京城闲妇 / 申力雯文集 / 中篇卷
*Tricolor of Women*

# 女性三原色

闲是一种心境，如清茶，细细入口，淡淡回味。

申力雯 / 作品

当代世界出版社
THE CONTEMPORARY WORLD PRESS

## 图书在版编目（CIP）数据

女性三原色/申力雯著. —北京：当代世界出版社，2017.3

ISBN 978-7-5090-1189-8

Ⅰ.①女… Ⅱ.①申… Ⅲ.①中篇小说—中国—当代 Ⅳ.①I247.5

中国版本图书馆CIP数据核字（2017）第036360号

| | |
|---|---|
| 书　　名： | 女性三原色 |
| 出版发行： | 当代世界出版社 |
| 地　　址： | 北京市复兴路4号（100860） |
| 网　　址： | http://www.worldpress.org.cn |
| 编务电话： | （010）83908456 |
| 发行电话： | （010）83908409 |
| | （010）83908455 |
| | （010）83908377 |
| | （010）83908423（邮购） |
| | （010）83908410（传真） |
| 经　　销： | 全国新华书店 |
| 印　　刷： | 北京天宇万达印刷有限公司 |
| 开　　本： | 710毫米×1000毫米　1/16 |
| 印　　张： | 17.5 |
| 字　　数： | 248千字 |
| 版　　次： | 2017年3月第1版 |
| 印　　次： | 2017年3月第1次 |
| 书　　号： | ISBN 978-7-5090-1189-8 |
| 定　　价： | 39.00元 |

如发现印装质量问题，请与承印厂联系调换。
版权所有，翻印必究；未经许可，不得转载！

# 序 一
PREFACE 1

## 痛楚而不由自主地燃烧着的灵魂
——评申力雯的《女性三原色》兼及其创作的特色

缪俊杰

19世纪俄国的现实主义文学泰斗托尔斯泰说过："诗歌是一团火，在人的灵魂里燃烧。这火燃烧着，发热发光……真正的诗人不由自主地、痛楚地燃烧起来，并且引燃别人的心灵。而这便是全部文学事业之所在。"又说："艺术的主要目的——假设真有所谓艺术并且假设艺术真有所谓目的的话——那么，艺术的主要目的就在于表现和揭示人的灵魂的真实，揭露用平凡的语言所不能说出的人心的秘密。因此，才有艺术。"（见《托尔斯泰笔记：1870》和《托尔斯泰日记：1896》）在当今现实主义受到猛烈抨击和轻狂嘲笑的时候，我仍然认为，这位洋老夫子的经验之谈，具有相当的真理性。我在阅读今天的一些作品时，仍然感到，有许多艺术家的灵魂在痛楚地、不由自主地燃烧，在发热发光，在引燃别人的心灵。申力雯的中篇小说《女性三原色》（载《当代》一九八九年第二期），就给了我这种感情的体验。

在广大读者中，甚至在文学圈子里，对申力雯的名字大概还不那么熟悉。但我相信，《女性三原色》会给她带来好运，它将会使这位长期为疾病所折磨的女作家，登上艺术大厦的一个新的台阶，为她痛楚的灵魂带来不少安慰和愉悦。

申力雯从小爱好文学，其父母盼其致力于文学，故取名"力文"。稍长，喜读《红楼梦》，颇觉晴雯就是她的影子，便执意改名为"力雯"。少年时喜作诗，还迷恋过一阵戏剧，十七岁时成功地扮演过《雷雨》中的繁漪。可惜命途多舛，"十年浩劫"时期的艰难处境和农村生活使她染上难以医治的肾病。久病成良医。后来，她终于成了一位中医师。然而，她对文学的酷爱，又使她同命运抗争，延续着少女的纯真和青春的浪漫，终于在文学上也取得了相当的成功，奏响了她生命的另一种音律。一九八五年《萌芽》第二期上，发表了她的短篇处女作《大树，还是小草》，接着在《人民文学》上连续推出了三个短篇《生命的颜色》《叔叔，你为什么搬家》《没有盛开的迎春花》。从此以后，各地报刊陆续出现了她的一些作品，如《三个女医生》《葛大夫的一天》《别了，往日的梦》《外婆的小村庄》《紧闭房门的小屋》《红窗帘》《紫丁香》《清明雨》《白纽扣》《寂寞》等等。此外，还有中篇小说《北京马扁》和《五十岁的男人》分别在《漓江》和《特区文学》上发表。但是，真正能代表她的创作水平和艺术特色的，我看还是发表在《当代》上的中篇处女作《虎年车祸》（载一九八七年第五期）和《女性三原色》。两部作品突出体现了申力雯的艺术特色，创造了属于申力雯的艺术世界。

申力雯的作品，无论是《虎年车祸》，还是《女性三原色》和其他作品，都没有摄入波澜壮阔的时代风云，没有描绘你死我活的人生厮杀。活跃在她笔下的主人公，都是一些善良、纯真的女性，一些执着人生的灵魂。通过这些不同年龄层次的女性们的感情历程，折射出时代发展的某些轨迹。申力雯着意刻画人的灵魂，表现人的潜意识。从某种意义上说，她的创作颇受弗洛伊德的精神分析学说的影响。

说到受弗洛伊德学说的影响，人们自然会想到他的"泛性论"。我看，申力雯所受的影响并不在此，而是他学说中的其他方面。事实上，弗洛伊德学说对文学的影响要广泛得多。弗洛伊德作为一个心理学家和精神病医生，他通过其所著《莱奥纳多·达·芬奇》《妄想与梦》《智巧与无意识的关系》《创作家与白日梦》《陀思妥耶夫斯基与叛逆》等论文以及《梦的解析》《文明及其不满》等专著，阐明了他系统的艺术观点和美学观点。他的心理分析学在西方社会意识形态领域广为传播，对西方现代文学艺术产生了巨大的影响。超现实主义的艺术家们在理论上曾"仰仗"过弗洛伊德：奥地利作家卡夫卡探讨过弗洛伊德关于罪与罚、关于梦以及对父亲的恐惧的概念；德国作家托马斯·曼自己说过，他的倾向永远遵循着弗洛伊德的兴趣方向；爱尔兰小说家詹姆斯·乔伊斯，在处理家族性的主题时，最彻底、最自觉地运用了弗洛伊德的观念。西方有些学者称他为"开辟精神世界的哥伦布"。可见，从弗洛伊德的学说中，在批判其消极面之后，人们可以得到多方面的借鉴。

《女性三原色》并非超现实主义的作品，但它同一般的现实主义创作又有所不同。作者在这里描写的，与其说是一个女性的恋爱故事，不如说是一个女人在恋爱中所经历的感情历程。作品不是着意去"再现"生活，而是"表现"主体对生活的体验。主人公羽姗是一个从事美术编辑工作的女性，她在三十岁的生命流程中，经历了三次恋爱失败的体验，从而构成了她人生的"三原色"。羽姗在十七岁时，曾经有过一场"红色的梦"。处于人生豆蔻年华的她，爱上了搞工程设计的青年邓聪。在他们的爱情的经历中，羽姗曾经体验过一种热烈的，然而又是和谐的感情的碰撞和满足。在相爱的日子里，羽姗"觉得整个世界都变了样！窗外的阳光柔和地流入了我的心房……阳光照在墙上，仿佛是来自天国的光明。墙上的枯草和褪了色的花，在风中摇响，好像在和我说着一个美丽的爱情故事。"正是这种感情的体验，使羽姗"第一次意识到自己是个真正的女人，一个完全的女人"。

然而，这个"红色的梦"很快就破灭了。这种波折是什么原因造成的？假如邓聪在插队的裕村不遇到那个叫海云的女青年，假如海云不是为了送邓聪在核桃树上摔下来受伤，假如邓聪不是从道德出发做出那种选择，羽姗或许不会失去邓聪。但这就不是羽姗了。因为羽姗是作为某种感情的载体出现在作品中的。正因为有了这种曲折，才使她经历感情的另一次体验。在失去邓聪之后的一个冬天，羽姗认识了一个叫"南"的诗人，比她年长二十多岁。在他们之间似乎没有出现过真正的爱情，却使她经历了一次痛苦的感情撞击。南确实以一位长者的宽厚和热情对待她。"他很健谈,也许因为他比我年长,处处都显得耐心、周到。"为羽姗的画得奖而举行家宴表示祝贺,南一清早就去前门买酱牛肉——"凡是你喜欢的,我都愿意去做"。然而,这就是爱吗?不管南对羽姗表现出多么的渴望和热烈,但作为爱,她是无论如何都难以接受的。"当他嘴唇到我唇边的一瞬,我被蝎蜇了一样地逃开了。不再有颤动,也没有羞涩,更没有快乐,什么都没有,只是从心理到生理的本能的厌恶。"在与南的相处中,羽姗体验到,"爱是一种生命的姿态,它能唤起人优美的意念。女人需要的是……恣情的欢乐,而不是一位渊博的学者、矫情的诗人。"在经受了"绿色的雨"这场感情体验之后,羽姗更感到逝去的"霞光闪烁的日子"难以复回了。

然而,当羽姗内心充满惆怅和依恋的时候,在她的感情天空中又飘来了一片"蓝色的云"。一个年轻、俊美、健壮、活泼的生命闯进了她的生活——"我终于抵挡不住年轻的灵魂对爱的渴望。"尽管这位叫杨晓欧的年轻医生比她小八岁,但她终于被他的热烈、执着的爱征服了。"他的热情有一种掀动人生命的冲力,能把人穿透,把人毁灭!我忘记了自己,被一种无法抵抗的热浪卷走了。"这时,也只有在这时,羽姗深深地感到"我生命的波涛远远地抛去了,我回到了童年的金色的小屋,拾起了海滨紫色的贝壳,冲着海浪远帆大声呼喊!我看到云彩融入水中,天空拥抱着大地,森林和海洋成为一个整体。这一时刻,我充满了圣洁的狂想,找回了最初的原始的自己。"然而,她和杨晓欧之间的感情的契合并不那么牢固,更不永恒。当杨晓欧同别人跳了一通宵的"迪斯科"而沾沾自喜,当他骑着摩托同另一位女郎在"兜风"时,羽姗"第一次强烈地感到年龄的距离,也第一次感到青春的缺憾"。当羽姗目送着杨晓欧到异国的飞机离开地面冲向蓝天时,她突然悟出"人总是在不断地离开一些东西。在茫然中,我清楚地意识到,这以后,我们的一切都已经过去了"。这样,小说既描写了生命的极致,歌赞了自然力的伟大,又咏叹了青春的短暂即逝,从而引导读者对人生做哲理性的思考。

因此,如果我们把《女性三原色》看成是一个女人失恋的故事,那就把作品的意蕴理解得表面化、浅层化了。尽管羽姗作为一个有感情、有色彩的痴情女子，有着一定的艺术生命，但显然不能把她看作是现实主义作品中的一个"典型人物"。与其说她是一个典型形象，不如说她是一个思想载体。从这个载体里，读者可以体察到更为深刻的意蕴。我不想用评价现实主义作品那种尺度去分析作品的主题思想、人物塑造、艺术特点，去评价作品的得失，而是把它看作是作者一次新的艺术探索。作者试图通过对人的"潜意识"的开掘、对人性的高扬、对人的心理的分析，把自己对人生的理解、对爱情的体验，都展示在读者的面前。正如托尔斯泰所说的，作者是要"表现和揭示人的灵魂的真实。揭露用平凡的语言所不能说出的人心的秘密"。正是在这个意义上，我认为申力雯的探索是成功的。这篇作品的成就已经显然高出她过去的作品而成为她创作道路上的一次重大的突破。在当前的小说创作中，《女性三原色》的出现也是十分可喜的。

申力雯在小说创作中着意表现人的"潜意识"，表现感情体验的尝试，早在《虎年车祸》中就已显露出来了。正像不能把《女性三原色》看成失恋者的故事一样，我们也不能把《虎年车祸》看成是描写"婚外恋"的小说。医生肖维博兴冲冲地准备回家度过他的四十八岁生日，尽管意外地遭了"车祸"，但在这死里逃生的时刻，他仍充满着难以掩饰的喜悦。在他的"潜意识"里流淌着温馨的热流。他仿佛看见一家人都围坐在桌前，等着他回来吃生日晚饭。儿子肖伟给他买了一块大蛋糕，妻子高兰插上了四十八根蜡烛，女儿肖雨一根一根地点着了，一边还唱着歌'祝你生日快乐'……"然而，一切却出乎他的意外，家里那么冷漠，那么凄然，一点过生日的气氛都没有。当他严肃地述说自己遭车祸险些送命的遭遇时，妻子的目光冷漠而且不耐烦，好像在听一个与她无关的小道消息或市场新闻；儿子也若其事，侈谈藏在卢浮宫的《大宫女》如何向宗教禁欲主义挑战；而女儿则因为随便留男生在家里过夜而同母亲争吵得不可开交。在这吵嚷声中，肖维博对家庭残存的最后一点希望也破灭了。他的心受到了致命的一击，他的心在流血。肖维博的心灵的创痛还不仅在于家人对他的冷淡，他最后的一点隐私被子女们，当然也被他的妻子发现了。他青年时期的恋人梅一青从国外回来，她旧情未断，要求同肖维博最后见一次面，也许是一次"幽会"。而这个"秘密"却被认为"生活不检点"的女儿发现了。女儿并没有为此大惊小怪，而是充分的理解。"爸爸，我理解您，真的理解。你们这一代人活得认真，活得执着，但也活得太苦太累了。"在父女之间的感情交流中，女儿显得开朗而豁达。悲剧在于，肖维博信守传统道德，对发生在变革时代人们的观念变化感到迷茫。不仅高兰，就是肖维博本人也无法理解发生在"后工业社会"人们的生态与心态，更无法理解像费雯丽死了之后，她的前后三个丈夫同坐在教堂里一条凳子上一起悼念她的亡灵，那种充分表现了现代观念对爱情生活宽容的现象。《虎年车祸》所提出的问题，同当前某些写"婚外恋"的作品所提出的问题是不同的，更多的不是让人们"警醒"，而是让人们思考。作品通过肖维博痛苦的感情体验，让人们意识到，在家庭、婚姻、伦理、道德方面也存在着更新观念的必要，如果固守在陈旧的观念意识上，那么，最牢固的家庭结构，在生命的行程中，也可能出现"车祸"，使家庭解体、崩裂。实写的"车祸"象征着人生感情的"车祸"，其哲理寓意发人深思。

申力雯的中短篇小说中，除了像《女性三原色》《虎年车祸》这样表现"爱的困惑"的作品之外，大部分作品都刻画了"情的纯真"。可以说，"爱的困惑和情的纯真"构成了其作品的基本主题。作者在一个场合说过："我一无所有，唯有的只是爱。文学就是我唯一的、有着百种风情的情人，一旦与他结缘，便终生撕扯不断。"这种表达也许显得有点浪漫，却透露出她的真挚感情。她在作品中透过人物之口，批评肖维博这一代人"活得太累、太认真"，然而在作品中，作者的感情同样表现得执着和认真。这种执着和认真，在某些作品中就表现为一种"纯情"。在这方面，《外婆的小村庄》（载《希望》一九八六年第十二期）很有些代表性。作品通过一个叫小燕子的少女的视角，来观察社会和人生，表达纯真的感情。在一个似乎与世隔绝的小村庄里，一切都显得那么宁静和和谐。那里有清亮见底的小河，有青黛色的群山，有老槐上新搭的喜鹊窝，有山腰上长着的野菜，有大黄狗，有黑虎哥、黑妞，更有一个令小燕子难忘的十分疼爱她的外婆。祖孙两代相依为命，相濡以沫。而常常思念的爸爸妈妈，有一天也来到了她的身边。妈妈教她唱歌，爸爸教她写字。她同样得到爸爸妈妈的温暖和抚慰。但她十分不理解的是，那天晚上，她突然被外婆叫出了妈妈的被窝，使她突然感到失去了爸爸妈妈。只是许多年过后，她才懂得了那个小村庄难忘的夜晚——那是一个既美好又忧郁、既甜蜜又辛酸的夜晚啊！作者通过这位少女的视角，把抗日战争年代，那难以令人忘怀的亲情刻在人们的记忆里。

当然，在作者的笔下，这种"纯情"也表现在描写师生之情的短篇《没有盛开的迎春花》（载《人民文学》一九八六年第八期）里。二十年前，十四岁的莎子结识了在一家艺术杂志做编辑的林野。林野是其艺术道路上的第一位启蒙老师。从某一视角来看，她对他也萌生了朦胧的"爱"。但是这朵迎春花尚未绽开，便被时代的风雨吹折了。二十年后，莎子从荡起秋千唱着歌的少女变成了惦记油盐酱醋的少妇。他们再度相见，彼此已感到茫然。从"纯情"到"爱的困惑"，这正是许多少女感情的必经历程。作家在剖析这些人物的灵魂时，在同情的笔触中总是吐露出几分惆怅和淡淡的哀愁。这或许同作者的某些感情体验有着密切的关系。

有位老作家说，申力雯的作品是"笔下流情"。是的，我们看到，她每一篇作品几乎都流淌着诗一般的情愫，有激情，有委婉，也有惆怅，但都是真情实感，没有造作和矫饰。这对于一个作家来说是难能可贵的。

一九八九年五月二十五日

# 序二
PREFACE 2

## 理想主义的风景画已经褪色后
——读申力雯小说集《女性三原色》

王利芬

完全能感觉到有一股莫名的力量,将我们裹挟着推挤到了一个境地——一个我们一直在内心深处顽强地抵抗着,而睁大眼睛一看却置身其中的境地,这个境地就是一幅画——一幅褪色的理想主义的风景画。

于是,一颗颗曾经易感的心草草地不停地一层一层地结上老茧,以最消极的途径护卫着已经平静的心跳,然后我们又迅速生发出一种曾经改变过、挤压过我们的力量,并将这种力量自觉不自觉地汇聚到一个所谓的时代大潮中,也同时将心上的老茧结得更厚。

我们已经置身于迥异于曾经熟悉的一个时代。

可我们别无选择。

我不想说这个时代就是后现代,因为在一个未曾经历过后工业化的社会里,后现代一词引起的歧义太多。我只想指出的是,这是一个审美观、价值观、人生观已经变形或彻底颠倒的时代。它的到来使用以表述过去时代的语言所具有的权威也在相应减弱,甚至那一整套语言所维护和追求的东西不知不觉在人们的感知中已经发生形变,其所指和能指都在遭到一种空前未有的瓦解或者是消解,取而代之的是一种无法用我们熟悉的概括方式归纳的一个新时代的来临。

这就是说,时代的航船已经进入另一个航道,而乘客中的一部分还在使用

## 序 二

曾用旧的望远镜眺望着原先熟悉的航道的风景。

单看《女性三原色》这个小说集子，申力雯显然置身在上述一部分乘客的行列中。

申力雯小说写作的出发点来自于她自己的理想化情结。理想化与理想主义接近，但不等同。在申力雯的小说中所表现的是一种理想化的东西，而不是理想主义，她的小说几乎是理想化光芒多方面辐射的结果。

小说集《女性三原色》很可能不是她作品的全部，但这部小说集大体能体现她的创作特色。这十多篇小说的集结几乎将她本人的每一个人生阶段都一一呈现于读者面前。以至于在看完这部小说集后，似乎对作者有了一个包括自传却又超出自传内容的了解。

《核桃树上的铃铛》《外婆的小村庄》回忆了她童年的趣事；《叔叔，你为什么搬家》《寂寞》是她少年难忘的生活片断；《生命的颜色》《没有盛开的迎春花》《码头》《清明雨》《女性三原色》是她青春的悸动和情爱画面的展示；《虎年车祸》《五十岁的男人》《希望热线》《北京马扁》《OK黄昏》《葛大夫的一天》是她人到中年时对人生和社会的思考。虽然她本人的形象并没有在每一篇中出现，但读者却能在大多数作品中分辨出她的影子，或者说，她按照其理想化的标准虚拟出了某个人物。这些作品似乎让人强烈地感觉到作者始终在营造一个她所欣赏或极为认可的形象，这个形象类似于作者自身，却又不等同作者本人。准确地说，这个形象就是作者进行虚拟的一个理想化的形象。这个形象是在作者自身的基础上加工而成。加工过程中，作者舍弃了生活原本的复杂和琐碎，对自身生活片断做了一些艺术化的处理。这个形象以有形和无形的方式出现在几乎每一部作品中。这个"她"的虚拟是作者全部理想化色彩的集中体现，也就是作者创作的一个基本出发点。这个点同时是衡量其他人和事乃至于对社会和人生的某些思考时所使用的唯一的一个价值尺度和评判标准。

这个理想化的人物分别存在于作者的许多作品中，"她"以各种人物形象和面貌出现。《虎年车祸》中的梅一青、《北京马扁》中的夏凌、《女性三原色》中的羽姗、《希望热线》中的沈菁、《生命的颜色》中的夏冰、《没有盛开的迎春花》中的莎子、《别了，往日的梦》中的杨丹丹、《清明雨》中的廖黛、《寂寞》中的妙儿、《码头》中的"我"等都是那个虚拟出的理想化的女性形象。因为这些形象的年龄跨度较大，本文只能做总体气质上的概括。

显然，"她"是一位酷爱艺术、有追求、感情丰富的知识女性。她优雅脱俗、内心洋溢着对爱情和艺术的浪漫情愫；她在清新自然、流畅潇洒、充满生机的同时又在眼底和眉梢带上一丝令人难以觉察的忧伤。这忧伤和生机融为一体，交织成内在美和外在美相统一且耐人寻味的魅力。她身上似乎有某种使命性的任务，似乎就是在等待那个在人群中一眼就能发现她眼中不同于一般女子的内容和一种是女人又超于女人之上的气质。因着她的矜持和自尊，她总是在等待着别人的发现和会意的应和，一旦出现了这样的知音，她就会以最快的速度受到来自由她自己酿造的情感热浪的冲击，然后自动缴械，并心甘情愿地为知音付出一切，并将这段经历作为生命的财富而珍藏于心底，在每一次的回忆中再加色添彩。作者不止一次地以浓墨重彩写过这个浪漫的爱情方式，《女性三原色》和《码头》中比较集中地表述了这种非功利的似乎是为着日后回忆的浪漫的爱情。

这其实是许多酷爱艺术、多情女子共同幻想或者所做过的。

作者在《希望热线》中较为集中地表述了这个形象的价值观和人生观以及作为女性立足于不败之地的金钥匙。《希望热线》出现了一个帮助"她"这个形象的思想得以完整的对立面，那就是迥异于"她"的李丽。作为帮助和教育的对象，"她"用热线电话这种方式充分地阐明了一系列有关社会家庭等多方面的问题。

在中秋节的深夜，在心理医生咨询等一系列条件和氛围下，"她"在"莫使金樽空对月"这个章节中指出了女人，或者说某一种女人走向幸福的路途——这就是不断地完善和丰富自己，总会在一天，有某个男人会爱上自己或赏识自己。其实，就算是像"她"所说的不要将太多精力浪费在男人身上而投身于一种有意义的工作或事业，那又会怎样呢？难道遭到遗弃的女人就是因为自己依附于男人，抑或是自己的浅薄无知？纵观北京城的单身贵族群和离异后的女人，她们多半是有自己的个性和追求的知识型女性，倒是像李丽这样的女人容易得到许多为谋取一官半职、或发些大财或发小财而心力交瘁的男人的欢心。因为面对她们，他们无须费力，更无须保持形象。就算是小说中的心理医生做李丽丈夫的妻子，那个丈夫难道就不会有他对陈秘书的新鲜感吗？只要有合适的条件，年轻女人战胜年老女人几乎是战无不胜，这时，年老女人的气质、修养、文化趣味的效力几乎等于零。之所以"她"一直看重或者自恃这些，是因为"她"心中同样有一个理想化的男人，这是一个终身忠诚于爱情的人，且永远在所爱的人的眼底能幻化那个曾经让他魂牵梦绕的倩影。在生活的风雨中，他们更多的是用心灵的默契而不是其他交流着。这并不是说生活中就没有这样的"她"所想象的瑰丽色彩和良辰美景，因为，谁都不能否认生活中的任何一种色彩的存在。但是，这里面更多的只是"她"的一厢情愿而已。心理医生沈菁自己在中秋节也感到"家在她的心里是一个空落的角落"。照她所告诫李丽的那些女性的人生哲学来看，她的生活毫无疑问应该幸福，然而她显然并没有这样的感受。存在主义哲学家萨特和波伏娃的终身相伴可以说是天赐良缘，然而，当曾经写过《第二性》的波伏娃在萨特晚年为萨特选定固定的年轻女人时，我不知道《希望热线》中的沈菁又会说什么。

　　似乎说什么并没有多大作用。

　　那就不妨让我们来看看，看一幅画，一幅西西弗斯弓着身推那快从山顶滚落下无数次的石头的清晰画面。这个画面似乎已经说得很清楚，然而在更多的理想主义者那里或者具有较强的理想色彩的人那里，他们从这幅画中看到的恰恰是生命的执着和理想光芒的壮丽与灿烂。

　　毕竟地球是圆的，世界也是圆的。

　　在生活这个什么色彩都齐全的大染缸里，似乎什么样的悲剧都会上演。作者的出发点似乎是，幸福靠人为的努力就能完成，或者生活可以依靠努力来改变现状。这也是理想主义作为鼓舞芸芸众生的一个基本点。

这并不是说作者没有写到现实生活，恰恰相反，作者曾经用了大量篇幅去描写和揭示无情的现实生活。就是在极为抒情的段落中，作者也喜欢借景抒怀。作者所涉及的多半是城市生活，也就是说，我们在申力雯的小说中能看到许多的街景，也能感到较强的时代气息。然而，这只是表面现象，其理想化的成分在其中仍然起着主要作用。在这些作品中，理想化的人和事首先成为作品主人公在现实中的逃避场所，《虎年车祸》中的梅一青，对肖维博来说，是一个生活中不可缺少的支撑点。对于像肖维博这样一个按照作者理想化的思维塑造出的形象，其痛苦也就是理想和现实的冲突。整个中篇所表现的恰恰是这种理想与现实的反差。小说一开始就是肖维博在自己的生日时为家人买礼品，而等待他的并不是洋溢家庭气息的欢乐，而是冷漠和吵闹。随着情节的发展，当读者知道肖维博有外遇这个事实时，不禁哑然失笑，笑这个近五十岁的男人竟然天真得像一个顽童。这个人物无疑在执行着作者的使命。小说在后半部为表现这种冲突的激烈将主人公推到一个两难的境地，一边是现实，一边是理想。

在抨击现实的题材中，作者对仍是把一种理想的蓝图作为标准。在《北京马扁》《五十岁的男人》这些作品中，不难找到这种理想的批判标准。

如果不是作为小说，而是作为散文，这些作品似乎会更容易让人们接受。其实，我恰恰就是从作者写的散文《四十岁的女人》开始喜欢上她的。没有想到的是，她的小说和散文的区别竟是这么小。

首先。她使用的语言和句式基本是散文所常用的。《核桃树上的铃铛》《清明雨》《没有盛开的迎春花》等作品完全像一篇篇抒情散文。

其次，作者笔下的题材是自己熟悉的医生行业和自身的经历。这些近距离的题材表达似乎更加适合用散文来表达。

其实，让我觉得她更适合写散文这个感觉来自其作品中的真情。如今，真情仅存于散文中，存于对那些已经逝去而一去不再来的人和事的回忆之中。在

# 序 二

一个挤压真情、嘲弄真情的时代，我们似乎没有哪怕分秒的时间注视在西天落去的如血残阳。

当我们在高层建筑的窗前面对闪烁的万家灯火，在我们能够将这些灯火与天上的星星连成一片的幻觉里，当贝多芬第九交响乐的最后乐章中的人声合唱传来时，心中会细细流淌出一股甘泉——我清楚地知道自己在渴望什么！我意识到，有一种东西是无法用高级时装和五星级饭店所改变的。这些东西深藏于人们心底，一旦遇到适时的氛围和场景，它就如同洪水般奔涌于心中，将我们置于一种非而不可的境地。它的崇高和壮美、它的圣洁和伟力在一部分人心中永远如阿尔卑斯山的皑皑白雪，与日月同在，与天地长久。

霓虹灯和喧嚣掩盖着它，但覆盖物越厚，其爆发力将越强。但它却与所谓具有时代气息的生活是那样的格格不入。而相当一部分人却还生存在这个时代之中。

他们却又无可选择，大概也并不想再有所选择。因为选择并不完全是主动的，它也是宿命的。

总是在这样的时候，我就想到了申力雯那些怀着一种少女似的美好心愿和梦想的似散文而又非散文的作品。于是，我写了上面的那些文字。

京城闲妇·申力雯文集 女性三原色

## 目 录
CONTENTS

| | |
|---|---|
| 虎年车祸 | 1 |
| 女性三原色 | 35 |
| 五十岁的男人 | 77 |
| 北京马扁 | 109 |
| 希望热线 | 138 |
| OK黄昏 | 184 |
| 牙买加灯火 | 213 |

# 虎年车祸

## 一

傍晚，一辆灰色小轿车在×市的柏油路上疾驰。在标记着各种外国牌号的时髦车流中，这辆车皮已经剥脱的小汽车显得有些落伍。

它满不在乎，依然奔驰得那样洒脱。司机是一个二十几岁的后生。他满心盼着快点下班，他正等待着晚上与一个姑娘约会。哥们儿给他张罗的这小妞真够"3.14"，他和姑娘在街上一走，那简直是绿了一片。他想，今晚是他们第二次见面，又是姑娘主动的，一定要在一个排场的饭店，漂漂亮亮地请姑娘餐上一顿，可不能在姑娘面前跌份儿。想到这，这后生得意地笑了。前天晚上，他在去机场的路上拉了几个老外。这些家伙坐在车里还挺不老实，他心里想：别臭来劲，一会儿就治治你们。其实路没有多远，他却故意兜了几个圈子，趁着大黑天，着着实实地"宰"了这几个黄毛蓝眼睛的洋人。今晚他正好拿着这"宰"出来的外汇兑换券请姑娘去华侨饭店。

他从侧视镜里，瞟了一眼坐在后座上的乘客，心里嘀咕着，拉这么一个一脚踢不出个屁来的人真没劲，聊聊吹吹不行，拉拉关系更没戏。

车里坐着的乘客，是位看上去不到五十岁的男子，颇有知识分子的风度，穿着一件蓝色的中山装，戴着宽边眼镜。他叫肖维博。

他望着窗外，好像在思考什么，大汽车、小汽车、有轨电车、无轨电车、摩托车在他眼前呼呼啦啦地掠过，自行车流裹挟着花花绿绿的人群，特别引人注目的是霓虹灯和理发馆门前的旋转花浪。一切都显得那样骚乱。

有个男子，烫着一脑袋羊毛卷，从理发馆走出来。他把刚刚擤完鼻涕的手在邮筒上来回抹着。

肖维博望着这黑压压的人群，皱紧了眉头。十字路口，竖立着一幅大广告画：一对夫妻只生一个孩子。他的嘴翕动了一下，便闭上了眼睛。

车愈跑愈快，猛地向右狂奔而去。司机高喊："不好了，刹车失灵了！"就在这一瞬间，肖维博还来不及抓住什么，他的五脏六腑便猛地被揪出来似的，感到一阵撕裂的剧痛。没等他反应过来，汽车已将他猛地甩了出去。一辆急驰的丰田车，在离他只有一步之隔的地方刹住了闸。

司机跳出了汽车，脸涨得像猪肝，眉毛都竖了起来。几乎同时，在不远的地方，只听见汽车的玻璃哗啦一声碎了，那辆灰轿车已和一棵巨大的老槐树撞在了一起。年轻司机变了个乌眼青，鼻子和前额都淌着血。

当过路的行人把肖维博扶起，他才看清四周里三层外三层的人。一个中年汉子感叹地说："好险呀！好险呀！"一个小青年向他比画着："您差点没窝在这儿！""大难不死，必有后福呀！"一个瘪嘴的老太太手里托着一块烤白薯。

肖维博摸了摸被擦伤的淌着一点血的腿，又伸了伸四肢，弯了弯腰，感觉尚好。他尴尬而歉意地望着四周的人群。

警察走过来，分开了围观的人群，站在肖维博面前。

"伤着了吗？到医院去看看吧。"

"呵……不……不……不要紧，一点轻伤，没关系。"

警察望着摊在地面上的一个红十字箱。

"您是大夫？"

肖维博点了点头，"刚刚出诊回来。"

"您是内行，那敢情好……"

他慢慢地走着，渐渐离开了人群。待他走过马路，回过头来，却看见人群还没有散开。他们不停地用手比画着，指点着，似乎在说着什么。

肖维博这才意识到，原来这里刚刚发生过一场车祸，他差点丧了命。想到这，他不由得出了一身冷汗。他感到后怕，愈是感到后怕就愈觉得侥幸。

他站住了，回过头去寻找那人群，但眼前一片模糊，唯有那棵高大的老槐树，正在阴森森地望着他。啊！我险些死在这儿，他的心几乎跳出了喉咙，脸上也浸出了汗水。他又一次伸了伸腿，挺了挺胸——啊，没有死！我不是还好好地活着吗？他突然觉得自己是从另外一个世界回来的人。

他一径向前走着，受伤的腿也不感觉疼痛了。他心里、身上竟升起了一股热气，只管向前走着。当他又下意识地回过头来时，呵，路灯全都亮了，一道光河流向远方，看不到头，也找不到尾。肖维博只觉得自己的心里也淌着光河。幸亏那辆丰田车及时刹住了闸——人的生死只在这一分一秒之差呵！

汽车的鸣笛声，人们的欢笑声、说话声，沿街小贩的叫卖声，给这冬天的黄昏增加了生气。每一辆行驶的汽车，都张着一双双明亮而有神韵的眼睛。肖维博过去一看到夜晚的车灯就远远地躲开——那刺眼的灯光让他觉得不舒服。可是，今天他突然觉得这夜晚的汽车的眼睛原来这般可爱！远处的高楼大厦、近处的百货商店已经是灯火通明，肖维博心里的灯也愈点愈亮了。他仿佛觉得这城市的每一盏灯、每一点光亮，都是为了庆幸一个死里逃生的人而点燃的。

夜幕上已扯起了一条灯的长廊，油煎灌肠炸响，在炒肝和卤煮火烧的摊子上，已挤满了品尝的顾客，不远的摊车上又响起了茶汤的叫卖声。

"生日贺卡，请买生日贺卡！"肖维博循声望去，只见一块流行色的花布挂在墙上，上面张贴着各式各样的生日贺卡。一个十六七岁穿着鲜艳的姑娘正对着话筒说:"今年是虎年,今天是阳历一月二十四日,也许就是您的亲人、朋友,或者是您本人的生日。您愿意买一张生日贺卡吗?它会给这美好的日子带来欢乐和幸福。"这声音不仅甜美而且热情。

这甜美的声音使肖维博不禁愣住了。呵!今年是虎年!是虎年!一月二十四日!一月二十四日!今年是我的本命年,今天是我四十八岁的生日呀!我差点给忘了!幸亏这个可爱的姑娘提醒了我,并意外地得到了祝福。

他两步跨到生日贺卡摊前,选了一张燃烧着大红蜡烛、开着两朵红玫瑰的生日贺卡。他拿在手里,一缕淡淡的香气,从红玫瑰的花瓣里飘来。

肖维博把这张散发着芳香的生日贺卡揣在怀里,默想:"多幸运,多奇巧,今天是我的生日。""生日贺卡会给您带来欢乐与幸福!"姑娘那甜甜的声音,在黄昏的夜空中飘着、飘着。此时,他想到女儿小雨也一定悄悄地给自己准备了生日贺卡。女儿那娟秀的字迹,好像跳动的小鸟欢快地向他跑来:"亲爱的爸爸,当您四十八岁生日的时候,请接受我献给您的一首小诗……"

他笑了,脸上燃起一把欢乐的火,像是来自一个光辉的世界。

他经过"五香斋"的门前,一股熏鱼味使他停下了脚步。哦!多少年不来了,"五香斋"那字号没有变,可过去的两层略略倾斜的小楼,不知几时翻修成大玻璃窗的二层楼了,过去的雕花木门也变成了茶色玻璃旋转门了。那时,门口经常站着穿中式对襟袄的笑吟吟的中年伙计,现在却是几个卫生警察来回溜达着,店员穿上了一色的西装。姑娘们还佩戴着耳环,手上戴着戒指。从前,店门口经常响着京韵大鼓,现在录音机里却一个劲地唱着港台流行歌曲。

一闻到熏鱼味,肖维博又兴奋起来。他下意识地摸了摸生日贺卡。呵!那一次来这里是我的生日,这一次来又是我的生日,事隔二十多年了!

二十多年前的今天,是肖维博婚后的第一个生日。妻子高兰陪着他,在这个五香斋买了熏鱼。还没等出门口,他就吃了一块。妻子高兰用手帕给他擦了擦嘴,娇嗔地说:"像个孩子这么贪嘴。""能怪我吗,这味太香了!"

肖维博大步走上去,推开了旋转门。"有南味熏鱼吗?""有。"一个系着红色领带、满脸粉刺疙瘩的男售货员有气无力地拖着长声回答,接着他又哼起了歌:"我的青春,我的美梦,一片茫茫……"

他买了两斤熏鱼,鼻子向前嗅了嗅,呵!还是当年的味,一点没变!

可是当他走出了五香斋,心里却蓦然掠过一抹惆怅。二十年一晃就过去了!那时,他还是个骄傲的年轻人,爱幻想,也有想的权利。现在自己已经是快五十岁的人了,真是弹指一挥间!他的心不禁又是一阵惶惑:五十岁可是老年的开端,往后的路还能有多长!那又是一条什么样的路?他看不清,也说不清。

一阵寒风吹过,他突然觉得自己的身体又腾空而起,远远地被抛了出去……

多多餐馆亮着灯,他的视线透过薄薄的窗纱突然凝住了。里面坐着一对青年夫妇,孩子坐在中间,桌上的生日蛋糕上点起了五根蜡烛。那对青年夫妇笑嘻嘻的,男孩趴在桌上,望着蜡烛出神。身着白色衣服的服务员,拿着相机,选着角度。

肖维博的心已经回到了家,仿佛看见一家人都围坐在桌前,在等着他回来吃生日晚饭。他回来了!儿子肖伟给他买了一块大蛋糕,妻子高兰插上了四十八根蜡烛,女儿肖雨一根一根地点着了,一边还唱着歌:"祝福您,生日快乐。四周多安静,树叶沙沙响,紫罗兰在开放,呵!万紫千红……"

那四十八根蜡烛的光多亮呀!他用力吹了一口,没想到只吹灭了几根,后来,全家人一起吹,倏地蜡烛全灭了。孩子们高兴地拍起了手,一家人高高兴兴地祝酒吃饭。想着,想着,他的脚步不由得加快了,恨不得一下子推开家门,一边尽兴地饮酒,一边讲述着这次车祸,让全家人惊叹不已。这是多么不寻常的虎年的生日啊!

他仰望着满天星斗,脸上绽出了微笑。

如果说,过去他对这个家确曾有过烦恼、矛盾甚至痛苦的话,到了此刻也全都烟消云散了。

在这一瞬间，他觉得自己的家是幸福的。妻子高兰是个尽职本分的教师，一儿一女都考上了名牌大学，他本人新近提升了内科主任，在学术界也颇有些名气了。多么圆满的家庭，还有什么可挑剔的呢？是啊！该满意了。

为了使全家都意外地高兴，他决定给全家每一个人买一件礼物。

他走进百货公司，在卖围巾的地方，足足挑了一个多小时。他观察着，仔细地考虑着什么肤色配什么颜色的围巾才协调。妻子的脸色不白也不黑，皮肤虽说不上细腻但还算光洁，他终于下定决心给妻子买了一条淡米色、质感很柔和的兔毛围巾。妻子那条灰色的毛线围巾已经用了十几年了，按照年轻人的观点早就扔进垃圾箱了，可是妻子还是"新三年，旧三年，缝缝补补又三年"的消费观念。肖维博经常提醒她："这是高消费时代，有钱就花，人民币愈来愈贬值了！"高兰却听不进去，她说："把钱存到银行我就放心了，这都是给孩子们攒的。"

路灯下，肖维博把兔毛围巾贴在脸上，很柔软，他想妻子一定会满意的。

五六个佩戴大学校徽的青年男女，高谈阔论地迎面走来，个个都显得那样英姿勃勃，那样自信与骄傲，像是灰蒙蒙的冰冻的土地上萌发出的点点绿意。他们正在争论什么问题。

"西方有议会制，这样能保证自由与人权。"

……

"现代化的社会，首先应建立现代化的政治体制。"

……

"尼采说过……"

"弗洛伊德现在统治了文学界。"

"宗教使人的知识个性都萎缩了……"

"罗马教皇……"

肖维博茫然地望着他们远去的身影，呆呆地望了很久，在这里，他看见了儿子和女儿的影子。

是呀，孩子们长大了，他们是自己生命的延续。肖维博茫然中又有些激动了。

儿子肖伟是音乐学院作曲系的学生，今年就毕业了。近两年来，儿子在家里愈来愈寡言少语了。他简直不知道该给儿子买些什么。儿子现在喜欢什么？肖伟小时候，冬天一上街就要糖葫芦……可现在呢？

肖维博终于想出给儿子买什么了。他记得儿子经常用不屑的口吻说："当今中国根本就没有音乐！"肖维博为此曾批评他："才上了几年学，就这么狂！"可现在他却有几分得意。是呀，儿子长大了，有主见了。他于是进了本市最大的一家音像商店，精心挑选了一盘原声带《维也纳森林的故事》，小心翼翼地装进了皮包。

走出了音像商店，他在思忖给女儿小雨买什么礼物，突然，前面书摊上响起了叫卖声："快来看，琼瑶的纯情小说！快来瞧！快来看！琼瑶爱上了她的中学老师。《一颗红豆》《在水一方》《心有千千结》《彩霞满天》《月朦胧鸟朦胧》……"

肖维博听着那滑稽的叫卖声，想起在女儿肖雨的案头，最近摆上了台湾影星林青霞的照片。他惊喜地发现，女儿长得竟和这个林青霞像一对孪生姐妹——一样的青春，一样的俏丽，一样的洒脱。

"爸爸，林青霞主演了琼瑶的《窗外》，就一举成名了。"

"琼瑶是谁？"

"哎呀，爸爸！你就知道血管神经，连大名鼎鼎的琼瑶都不知道！她是台湾著名女作家，她的作品正风靡大陆呢！"

肖雨在外语学院英文系读书，特别喜爱文学艺术，前不久，在大学生剧团演出的《罗密欧与朱丽叶》中扮演朱丽叶，而且演得很成功。想到这，肖维博高兴地走到书摊前，一下就给女儿买了八本琼瑶的书。

他想，女儿见到书，一定又是脚跟向上一踮，两手一拍，做个跳跃的姿势："太好了！"乌黑的长发往后甩动着，一本书一本书地乱翻着，连饭也不吃了。

　　肖维博大步流星地朝家里奔去,头发上、脸上、鼻子上都浸出了汗。他这时才体会到归心似箭的滋味。

　　住宅区耀眼的灯光展现了一片光明。"啊!我回到家了!"他高兴地悄悄说。

　　那亮着白色灯光的窗口,是他与妻子高兰的房间。此时,妻子准是正在灯光下不安地给他织着毛衣,等待着,盼望着,倾听着开门的声音。

　　儿子的房间显得很暗。他喜欢在幽暗的光线下思考或谱曲。当儿子接过磁带,随着一声欢呼"太棒了",录音机里很快便展现了维也纳森林的画面。热爱大自然的维也纳人,骑马驱车纷纷拥向森林、小丘、灌木丛和绿色的草地,大提琴温柔地拉出了奥地利民间舞曲。他从青年时代就迷上了这首乐曲。这首乐曲伴他度过了虎年生日的夜晚。

　　那微微泛着红光的窗口是女儿肖雨的,她最喜欢红色,她的台灯有一个红色的灯罩。

　　女儿已经饿了,她咬了一口巧克力,十分钟看一次表,五分钟、三分钟又看一次表……

　　他在梦幻中回到了家。

## 二

　　肖维博一口气就登上了六楼,一摸兜,钥匙忘带了。他呼吸还没调匀,就"咚咚咚"敲了门。半天没有动静,他又用力敲了几下,过了好久,终于传来了拖沓的脚步声。吱呀,旋转暗锁;咣当,门打开了。黑咕隆咚的过道,没有一点亮光。女儿和儿子的房门都紧闭着,衬着这漆黑的过道,显得异常的静。

　　凭直觉,肖维博知道开门的是妻子高兰。门一开,她没说一句话,转身就走了。肖维博半张的嘴,只好木然地合上。

肖维博在这漆黑的过道里僵住了。他突然觉得这黑漆漆的过道里那阴冷冷的过堂风有一种魔鬼般可怕的力量。他后悔没有留在大街上。虽然，人们是陌生的，可大家都在向前走，一路的灯光给人们撒下了光明。可以听到欢笑声、说话声、鸣笛声、吵闹声。你会感到一股活着的人群，在流动着，自己也在流动。更宝贵的是，你不会失望，因为你在幻想中走着，走着。

他心中一激灵，"怎么没有一点过生日的气氛？"他挪动着身子，慢慢地走到妻子的房间。高兰正戴着花镜，兀自批改学生的作业，手里的红笔不停地滑动着。见他进来，她头也没抬，只平静地说："我们都吃过了。厨房里有饭，快趁热吃吧！"

肖维博的心打了个寒战——她完全把今天这个日子忘掉了！他那颗发热的心终于冷了下来。

是呀！一切都是不能强求的。他的嘴唇紧闭着，嘴角上刻下了两道深深的皱纹。今天，他不仅显得衰老，而且凄苦。

他站着，一动不动地望着妻子。

很久没有这样看着她了。在灯光下，他发现妻子的脸焦黄晦暗，稀疏的头发没有一点光泽，满脸细碎的皱纹在她脸上拉出了密密匝匝的网，没有血色的嘴唇干裂得像久旱不雨的土地，一双疲劳的眼睛勉强睁着。她才四十五岁，岁月竟无情地剥蚀了她生命的活力和女性的丰韵。

肖维博长叹了一口气，开始怜惜起妻子来。她活得太累了，又舍不得吃营养品，像一盏干熬的油灯。肖维博内心在呼唤："兰，你怎么这么想不开，这样对不住自己！"

他慢慢地从提包里拿出了那条围巾，轻轻地给妻子围在脖子上。他的手，久久地搭在妻子的肩上。妻子手里的红笔终于停止了划动，脸上露出一丝喜悦，"我那条围巾还能将就，以后就不要乱花钱啦！"

肖维博凝视着妻子终于有了笑意的眼睛，温情而又严肃地说："兰，你知道吗？你差一点就见不到我活着回来了！"妻子手里的红笔扔在桌上，微微皱起眉。肖维博却忍不住笑了起来,他的手反复地温柔地在妻子瘦削的肩上抚摸着。

"今天,我被汽车甩出了好几米,后来……"

"兰,我这条命是捡回来的,以后咱俩好好过日子吧,别再吵嘴了。"他正想凑近妻子,像年轻的时候那样吻吻她。可他的手,却陡然滑下妻子的肩膀。他发现,妻子的目光是那样冷漠,而且还有些不耐烦,就好像在听一个与她无关的小道消息或市场新闻。肖维博的心受到了致命的一击,冒出了血。

"快趁热吃饭去吧,过一会儿饭就凉了。"说着,妻子又低下头,翻开了学生的作业簿。

肖维博流血的心,又被投掷在冰窖里了。

"凉了!凉了!凉了再热,长手是干什么的!"

肖维博猛地从妻子的脖子上,拽下围巾扔到地上。这意外的举动,使妻子动了气:"你不要以为给我买了条围巾就是功臣,我还不喜欢呢!你冲我发得着火吗!再说,我是好心,让你快去吃饭,饿久了,你的胃病不又要犯了吗!我错哪儿了!"高兰委屈地哭了起来。

妻子的眼泪,已经把肖维博逼到最后的绝境。世界上还有什么比终日厮守,却不能理解,不能沟通更可怕,更悲哀,更令人绝望的呢!

他靠在墙角,一动也不动。

妻子的哭声愈来愈大,他们之间的距离也愈来愈远了。

肖维博走出了妻子的房间。儿子肖伟,开着房门,正迎面坐着,戴着耳机。他穿着毛边牛仔裤,膝盖上摊放着厚厚的英语书。那自信的神情,使肖维博想起了街上那群高谈阔论的大学生。他只向父亲稍稍点了点头,便又继续读书了。

肖维博蹭上前把那盘《维也纳森林的故事》的磁带放在肖伟的面前。肖伟没摘耳机,随手拉开了满满一抽屉磁带,迅速地抽出其中一盘,在肖维博眼前一晃。肖维博定睛一看,失望地说:"你……已经有了。"他站立在肖伟的床边，一动也不动。肖伟望着他爸爸的神情有些异样，摘下耳机，"爸，你有事？"

肖维博今天突然发现儿子长成大人了，高高的个子，宽宽的肩膀，一头浓密的黑发很像自己年轻的时候。儿子小的时候和他形影不离，可长大以后，就和自己疏远了，平时话不多，近一两年索性回避他了。可是今天，他突然觉得这羽翼丰满的孩子不久就要离开自己了，竟产生了强烈的要亲近儿子的念头。他想把自己的心和儿子靠得近一些。此时，儿子正摆出一副正襟危坐、严阵以待的架势。

肖维博望着墙上挂着的毕加索的画如同看几何构图，加奈的画在他看来，又像是无意中把一堆颜色随便摊在纸上。天花板上，斜贴着一张女人的裸体画。肖维博皱了皱眉头。肖伟似乎看出了父亲的不满，像是争辩地说："这张画叫《大宫女》，现藏在卢浮宫。画家以这个裸体横陈的美女，向宗教禁欲主义进行了大胆的挑战！"

肖维博听到儿子这番慷慨陈词，心里笑道："真是年轻人呀！"肖伟不愿意父亲随便扫荡他这个自由世界。

肖维博此时已坐在单人床上了。他觉得床很硬，原来床板上没有铺垫子。

"小伟，睡觉硌不硌？"

"没感觉。"

"你在听英语？"

"嗯。"

"小伟，今年该毕业了吧？"

"嗯。"

"毕业后想去哪？"

"说不好。"

近一两年来，父子俩一说话就争执，所以今天他说话特别小心。他在寻找一种情绪，想创造一种气氛，向儿子倾诉今天的车祸，不管儿子说多说少，只要儿子能有兴趣听，他就感到安慰。

肖维博的目光，虽然停留在墙上悬挂的一张照片——那是肖伟四岁时，吹着气球拍照的。肖伟的脸涨得也像那鼓了气的气球。

"肖伟，这照片是你骑在爸爸的脖子上拍的呀！怎么看不见爸爸了！"

"不知道。"肖伟漫不经心地低下了头。

沉默，还是沉默。

"您，你还有什么事吗？我要学英语了。"

肖维博悻悻地望着儿子，一时说不出话来了。肖伟又重新戴上耳机，口里念着英语，一会儿，又把录音机的音量调大了。

肖维博背着手，迟缓地走出儿子的房间。房门"啪"一声关上了，"咣当"一声上了锁。

从女儿虚掩的房间里传来了断断续续的说话声："我毕业后，就去联合国当译员。"一个青年男人低沉的声音。

"你有路子？"

"我姑姑在联合国工作。"

"在国内当个翻译不好吗？"

"那我可不干，到了七老八十还当个说话机器，惨了点。男子汉大丈夫不能干这差事。"

"哦，对了，你猜一猜，现在我想干什么？这事我正要和你商量呢！"肖雨娇滴滴的声音还带点神秘劲儿。

"什么事？我不想猜，你自己说吧！"声音沉稳而自信。

"是这样，在大学生舞会上，我被选上了'舞会皇后'。后来，美术学院来人让我去当模特。当时，我没想好。昨天美院的人又来了，说我是最标准的模特，要重金聘用我，你说我去吗？"

"这是你自己的事情。"

"我不是和你商量吗？"

"可你的神情、腔调根本不像是和我商量，倒像是一个肤浅的女人在炫耀自己。"那声音依然很平静。

"那好，我决定明天就去当模特。你既然说我在炫耀，那我就炫耀生命的另一种价值；你说我肤浅，那是因为你不理解为艺术献身的价值。"

"你什么时候也学会为自己的行为贴上时髦的标签呀？"说着就听到了椅子的挪动声。

"不许你走，你……"女儿的声音像是命令，像是请求，又像是撒娇，"只要你说一句话，我是你的，我就哪儿都不去了。你说呀，说呀……"

"我恐怕还没有这个权力。"

"不！你有！你有这个权力。只有你一个人有。"

这还是我的女儿吗？肖维博手里的书滑了下来。怎么这样陌生？她突然长大了，她把爱与信任，交付给了这个陌生的男人。女儿已不再是过去的女儿了，女儿也离我远去了。

肖维博撞开了书房的门，随手拉开了日光灯。一道惨白的光阴兮兮地撒下来，钟表滴滴答答单调地走着。写字台上，摊着零乱的书稿，高层书柜里挤满了医学书籍。

他一头栽在沙发上，仰望着发黄的天花板，脑子里空空的，心也空空荡荡的。啊！孤独，孤独，可怕的孤独！以后的日子就这样一个人在沙漠中孤独地跋涉吗？一行热泪缓缓地淌到了嘴角。

他站起来，打开了一瓶竹叶青，对着瓶口吞饮起来。一股带点甜味的热辣辣的液体流进了喉咙。喝醉，喝醉，一醉解百愁。他又打开了那包熏鱼，心里苦笑："一个人过生日，一个人吃熏鱼，一个人庆祝死里逃生。这虎年的生日过得真惨呀！"他咬了一口熏鱼，觉得味道不对头，又咬了一口，觉得那鱼是苦的，便把它扔到了一边。瓶子里的酒快见底了，他的心里火辣辣的。不知什么时候，他已昏昏沉沉地睡着了。

窗外是闪电，是狂风。雨变成河。河水是清冽的，河边长着一朵白色的野花。河水印着一个朦胧的影子，他走向前，便仔细去看，那影子抖动了，河里飘着破碎的花瓣。

五月的鲜花吐着芳香，细细的垂柳像如丝的梦境。

夏天，清晨，薄薄的雾，宁静的小城……他踏着黎明的第一道霞光，背着鱼竿奔向那个湖。湖水已淹没在一片淡紫色的云霞之中了。

在不远的树林里，飘来了她的歌声：夏天的田野，成熟的麦田上，一个姑娘在歌唱……

雾气在树林里冉冉地飘动着。"梅一青，你在哪儿？"他看不清也摸不着，只能听见她若隐若现的歌声，像是一缕飘动的云雾。

他靠在一棵树上，用鱼竿驱散着雾气。突然，一双温柔的女性的手扶住他的肩。他浑身一震，"是你，梅一青，我找你找得好苦呀！"

他抓住了她的手，没有松开。在湖边，在绿叶丛中，印下了他的第一个吻，一个销魂的甜甜的吻。露珠偷偷沾湿了他们的发丝，也沾湿了身旁柔弱的小草……他轻轻地叫着"梅一青""梅一青"。他醒了，屋子里空荡荡的。是梦！是梦！为什么要我醒呢！

他的手触到了潮湿的枕巾，沙发上散发着一股酒气——原来，他不知什么时候呕吐了。

四周没有声音，他浑身冷飕飕的。隔壁房间里传来了儿子的鼾声。窗外依然是漆黑的夜。

他斜卧在沙发上，心里凉凉的，闭上了眼睛，想找回那失去的梦。

## 三

第二天是个星期天。早晨天刚蒙亮，肖维博就被一阵吵架声惊醒了。

"肖雨，你为什么随便留男生在家里过夜？你是一个姑娘，应该检点！"

高兰的声音在发抖。

"我们聊得起劲,索性就聊了一个通宵,这没有什么不检点!"肖雨若无其事地说。

"放肆!希望你要点儿脸。一个姑娘家能随便和一个男人待一夜吗!这让邻居知道了,我还拿什么脸见人!"

"该怎么见就怎么见,我们做什么用不着请示邻居,邻居又不是上帝。"肖雨依然满不在乎地说。

"你……你……太不知羞耻了。我们可是个规矩人家,绝不允许姑娘家做出伤风败俗的事情!"

"难道男女在一起,就一定要做出那种事吗?人愈是表面上一本正经,就愈容易把人想得坏,因为那是他们潜意识的反应。"

肖维博对家庭残存的最后一点希望就是给他一点安静,让他一个人躺上一天,什么都不去想。想不到这最后一点可怜的希望也被剥夺了。

"你少给我讲什么潜意识。你要是这么不要脸,就给我滚出这个家!"

"你管不着,今晚兴许我还要他来!"肖雨那挑衅的语音刚落,便听见"啪啪"两个响亮的耳光。

肖维博急忙拉开门,只见女儿正用冷冷的仇视的目光逼视着妻子。肖雨一言不发地跑回自己的房间,背起书包,"砰"一声关上门,就往楼下跑去。

高兰气得脸色发青,冲着肖维博劈头就嚷:"上梁不正下梁歪,她这个样子是你惯的。你倒在屋里装好人,我还以为你咽气了呢!"

肖维博顾不上听这些埋怨。

肖雨一下楼梯,眼泪便簌簌流下来。"肖雨,肖雨,你等一等。"听到父亲的叫声,肖雨放慢了脚步。

昏黄的灯光下,她迎视着父亲的目光,那目光是无奈的。寒风撕扯着他灰白色的头发,他只穿了一件破旧的薄毛衣,袖口已经脱针了。这时,她脑子里闪现出她考入大学时,父亲送别的情景:一路上,她走得很快,父亲也话不多。下了汽车，父亲说："肖雨，你就在这儿别动，我去去就来。"过了好一会儿，只见他提回一网兜荔枝："你不是最喜欢吃荔枝吗，回到学校和同学们一起吃吧。"她接过荔枝，心里一阵难受。离别时，父亲说："孩子，要是学习不忙，每个星期回家看看吧。"没走几步又回过头来："别想家，和同学很快就熟了。"肖雨望着父亲有些弯曲的身影，眼睛潮湿了。她想起平时在家，她一放学就和父亲有说不完的话：一个男生退了学，和他爸爸办了一个餐馆，现在自己买了部汽车；一个女生穿着健美裤、彩鞋，抹着口红来上学，被班主任撵回了家；高二年级有个女生自杀了，日记中写着学习压力太大，她期中考试有三门不及格，害怕家长，也害怕老师，同学们也瞧不起她……

今后，她离开家住校了，爸爸一定会感到寂寞的。

现在，肖雨望着父亲那双慈爱的凄苦的眼睛，再也止不住，扑在父亲的怀里哭了起来……

"肖雨，都是大学生了，还像个孩子。快别哭了，有话和爸爸说。"肖雨像受了委屈的孩子一样，尽情地在父亲的怀里哭着。"孩子，别哭了，再哭就要生病了。一家人有事好好商量，别一冲动就跑，连爸爸也不要了。"

一阵疾驰的马车跑过，扬起了灰尘，划破了清晨的宁静。肖雨终于停止了哭泣，肖维博给女儿轻轻地擦着眼泪。

这时，肖雨突然想起了什么。她连忙从书包里抽出了一封信，"爸爸，您的。"肖维博扫视了一下信封，匆匆揣进兜里，脸上显出一种很难看清的表情。

"您不要为我担心，我生命的车在向前开，我会把握的。"肖雨放低了声音，"爸爸，我倒真为您担心，怕您生命的车会出车祸，因为……因为……您已经是过站的人了，可还想开倒车，往回找补。"肖维博一时被女儿的话弄糊涂了。

"爸爸，请您原谅！是这样，最近，我发现一个水陆街51号的人经常给您写信，娟秀的字迹像是一个女人写的。我控制不住好奇心，悄悄地拆开了，才知道……后来,我又把信封好了,我本想不告诉您的,可现在我觉得还是对您直说了好。"

"肖雨……你……你……"肖维博的声音低得几乎听不清。

"爸爸,我理解您,真的理解。你们这一代人活得认真,活得执着,但也活得太苦太累了。"

肖维博将随身带的钞票塞给女儿,又细细地帮她围好围巾,把羽绒衣的拉链拉好,可嘴里却说不出话来。

沉默,长时间的沉默。

肖雨向前走了,不时地回过头来向父亲招手。他伫立在寒风中,望着女儿渐渐消失在晨雾中。

肖维博推开单元房门,一阵迪斯科的音乐在屋子里翻腾着,四五个年轻人正在肖伟的房内跳舞。肖维博的心一下又被揪了起来,火辣辣的。

他躺在沙发上,又起来把房门锁上了。他摸出了那封信,脸冲着墙,把信拿在手里,半天没有打开。他闭上了眼睛,想安安静静地享受它,可疯狂的迪斯科正在狂轰滥炸。那砰嚓嚓的舞步声好像是有几千根铁棍在他的胸口上乱捶,他的心好像在油锅里煎。他把那封没有打开的信又装进了内衣兜——他不愿这种恶劣的环境破坏他神圣的享受。此时,安静是他唯一的奢望。他几次想冲进去,对着肖伟大声吼,可到底还是压下来了。他心里好像烧着一团火,压着千斤重的大石头。

迪斯科的轰炸声渐渐平息了,传来了青年人七嘴八舌的议论声:

"咱们还是抓紧时间录制盒带。"

"也合算了,干上半个月就能赚上一千多块钱。"

"不过,细想起来也真够惨的,堂堂的学院派给他妈流行歌曲捧臭脚。"

"可……那没法子,眼下就认这个,老百姓就爱听这个。"

"要是搞点严肃音乐,根本就别想赚钱,不喝西北风就算不错。"

"嘿!昨天唱流行歌曲的那小妞,根本就不识谱。我还要一句一句教她,真费劲,别看她才十六岁,唱起情歌来,还真他妈够骚的。"

"××大指挥的女儿也在搞流行音乐,听说都买了汽车了,还有房子。"

"流行歌曲真肥人呀!"

"现在,我想多找点路子接外活,争取毕业就买房子。人大了和父母还沤在一起,太憋屈了,就差得精神病了。"这是肖伟的声音。

"是呀,他们看不惯咱们,咱们还看不惯他们呢!那个时代就培养了一群唯唯诺诺的伪君子。"

这帮年轻人吹了两个小时,总算走了。肖维博长出了一口气。

肖伟钻到厨房里,翻腾得锅碗乱响,一边嘟囔着:

"家里有两个大活人,也不张罗做饭,都想什么呢!"

高兰红着眼睛出来了,温和地低声说:"你先吃块点心,妈给你炒点饭煎蛋吃。"

肖维博涨红着脸,冲着肖伟大声说:"你不也是活人吗?你长手是干什么的?你又不是公子哥儿,谁应该侍候你?"

"我理你了吗?我求你做饭了吗?"

"让谁做也不应该。你妈一天到晚够累了,你应该体谅一下大人。"

高兰冲着肖维博没好气地说:"行了,行了,少说两句吧,有说话的工夫,饭都做好了。"

"你这个人就是贱。你是他娘,还是他是你娘?干什么和他说话总低三下四的。"肖维博气愤得冲高兰叫了起来。

肖伟站在那里一动也不动,脑子里闪现出前几天夜里的一件事情:那天半夜,他去厕所,当他经过父母的房门时,听到母亲正在哭泣。他停住了脚步,屏住了呼吸,细听下去:

"你可以和她来往,喜欢她,甚至和她生孩子,我只当眼瞎了,都可以不管。但我只求你不要张扬出丑,我……我绝不能和你离婚。"

半天,肖维博没有说话。

"你倒是说话呀！"

"和你说话太费劲，我现在没有力气说。"

离婚！生孩子！肖伟的脑子里轰了一下，他完全惊呆了：原来父亲有外遇！此时，父亲尊严的形象在他心里崩溃了。

他自幼就爱母亲，比父亲更甚，认为母亲是世界上最美丽、最好的人。当他长大以后便萌生了一种想法：爸爸能够得到妈妈一定是世界上最幸福的人。不曾想，爸爸竟然背叛了妈妈！从这一刻起，他已经不再把父亲当成父亲了。

当晚，他回到房里，呆呆地睁着眼睛直到天亮。第二天，他没有上学校，他跳了一天舞，喝足了酒，便和一个自愿献身的姑娘过了一夜。他想忘记那个夜里他听到的一切。

肖维博的一番话，激怒了肖伟。他走近肖维博大声吼着："我看你才贱呢！有家有口的，还在外面勾搭女人，你真有这份胆子，怎么不在外面多赚点钱，别让我妈一辈子跟着你喝白菜汤。"

肖维博像挨了重重的一鞭，顿时觉得脊背上直冒凉气。他万万没有想到，自己亲生骨肉会用刀子挖自己的心。他脸色发白，举起手来直捶向儿子的胸口。肖伟向前一拦，肖维博来了个趔趄。高兰哭喊着："别打了！别打了！"肖维博站了起来，扑向肖伟："你这个混账东西，马上给我滚出去！"

肖伟一边吃着煎鸡蛋，一边故意拖着长声说："别着急，我吃完就走。等我买了房子，就是你用八抬大轿请大爷来，大爷也不赏脸。"

肖维博一气之下把他的碗打翻在地。

肖伟一脚踢开了房门，在门口骂着："我就知道铁磨刀胡同那个馋嘴的老头子操不出什么好杂种来。"

高兰哭喊着："完了！完了！这个家算是完了……"

孩子们都走了，现在家里只剩下丈夫与妻子，顿时，显得异常的空旷和落寞。

高兰紧关着自己的房门，痴痴地望着窗外那棵枯死的老树。灰蒙蒙的天空压得人喘不过气来。这是一个没有阳光的阴暗的日子。

高兰默默地想：怎么一切都像一场梦！她不明白这个家为什么不能维系住过去的和睦？她不清楚那条维系和平的纽带究竟是什么？又是什么时候丢失了。是她自己的过错，还是生活和她过不去？

几十年来，她把全部的心血都倾注在这个家上，心无旁骛。她对自己很克制。炎热的酷暑，她为丈夫和孩子买来西瓜和冷饮，可自己只喝凉开水。她愿意，她高兴。

孩子是父母的骄傲，她从来没有放松过对孩子的教育，对丈夫也是尽心尽力，迁就容忍——为了维持一个体面的让别人看得起的家。平时，邻居同事经常羡慕地说："你多有福气呀！一儿一女都成了大学生，老头子又是主任医师。"高兰听到这些话，嘴里虽然说"一家有一家的难处"，可心里却是乐滋滋的。

近几年来，这个家渐渐变了。孩子们回来就各奔各的房间，能叫一声"爸""妈"就算不错了。高兰有时伤心地说："这是家，不是旅馆、饭铺。"

高兰有一次在女儿的写字台上看到了一本弗洛伊德的《论创造力与无意识》，她皱着眉头翻了几页。"妈，您别瞎耽误工夫了，这书您看不懂。"女儿漫不经心地说。她把书放下了，呆呆地站了很久。是的，她是看不懂。

"小伟，你在演讲会上，准备说什么？"高兰问。

"关于竞选与民主。"

"这可千万不能乱说。"

"妈，您可能不懂什么是真正的民主，您懂得更多的是奴性，这是一种殖民地性格。"

高兰感到有些害怕，她为孩子担心。

有一天她下班回来，肖伟和一群男女同学正关着门看录像，见她回来了，录像机马上就被关上了。肖伟不高兴地说:"您今天怎么这么早就下班了?"高兰意识到录像里一定有什么秘密。

丈夫也经常出去看什么"参考片"。他的心变野了,家已经拴不住他了。

高兰想:要是社会上不兴这些五花八门的东西,丈夫和孩子们绝不会这么撒欢儿。

她愈想愈觉得这个家已经败了!人去,屋空,一个曾经兴旺的家,已经不复存在了!她的心空荡荡,屋子里也空荡荡的。她伸出手来,想抓住一点什么,一阵赶不走的凄凉感塞满了她的心。

她突然觉得房子在旋转,家里的每一件东西都转动着。她眼前一阵发黑,晕倒在地上。过了好一会儿,当她爬起来,看见镜中的自己,不禁吓了一跳。她已经很久不照镜子了,这镜中的人眼角向下耷拉着,一头零乱稀疏的头发,脸上的肌肉松松地下垂着。"这镜中的人就是自己的吗?"哗啦一声,镜子摔在地上——她的家和她自己都在这堆破碎的镜块里。

"高兰,高兰,怎么了?你开门呀!"肖维博听到响声,急得敲着房门,可屋子里没有声音。敲门声更响了,屋子里还是没有动静。该不会出什么意外吧!肖维博心里突然掠过一个可怕的影子,他抄起家伙就"砰砰"地撬起门来。里面终于传来一嗓子沙哑的声音:"屋里的人还没死,用不着收尸。"

肖维博扔下斧头,无力地靠在这幽暗的过道里。天冷得出奇,无孔不入的寒风从关闭的大楼门缝里钻进来,阴冷冷地在过道里打着旋。黑夜一步一步地逼近,他望着妻子那紧闭的房门,儿子的房间没有一丝光亮,女儿的房间黑洞洞的,这里没有声音,没有呼吸,大家都像死去了一样。

肖维博突然手脚冰凉,心空洞洞的,像个黑窟窿。他觉得黑夜正要无声地把他一点一点吃掉。他恐惧了,从未有过的恐惧。他要逃避这黑暗,匆匆地披了件大衣,便冲出了家门。

## 四

他离开了家,拥抱他的依然是漆黑的夜。空气是寒冷而清新的,他的孤独感也更强烈了。

他茫然地向前走着,走了一段,感到脸上凉凉的,潮潮的。他抬头一看,细碎的雪花正绵绵地飘落着。他的头发已经潮湿了,铁灰色的衣服,脊背上已经湿成了一片。他蜷缩着身子,踽踽地向前走着,渐渐裹入了熙熙攘攘的人流。

他觉得实在是累了,想找个地方歇歇脚,便信步拐进了一条比较安静的街道。很久不来了,他发现马路上增添了许多新鲜东西:小巴黎发廊、维纳斯美容店、维也纳美容诊所、蒙娜丽莎减肥店、快速双眼皮诊所……每个店门前的各色旋转灯,不停地翻着花浪。肖维博的心更加烦乱了。

寒风吹过,他的胃又隐隐作痛。他推开"小天鹅沙龙"的玻璃门,里面传出轻柔的女声歌唱。这小沙龙只有二十平方米,但装潢得却很排场:红色的地毯、淡蓝色的墙围、乳白色的大吊灯、电镀的红色桌椅,里面坐了几对左拥右抱的男女青年。

肖维博捡了一个靠近窗户的座位,要了一杯咖啡和一小盘点心,不停地搓着手,不知为了取暖还是因为心绪有些烦乱。窗外是昏黄的路灯,他蓦然涌上一阵离乡的愁绪,不禁长叹了一口气:呵,冬天什么时候才能过去呢!他想起故乡的冬天没有这样长,更不是这样干冷,即使落雪的日子,天空也没有这般晦暗。他望着窗外那棵树——想必是枣树了,一树干秃的枝丫,把参天的黛色簌簌地摇乱。他眩惑地凝视着:啊,多雾,多水,多树,多花,多绿色的江南,梦的画舫轻摇,梦的歌声飘荡。

一个落雪的日子,他和她,一起去观赏梅花。一路上,他们唱着歌,咏着诗。他摇下了梅花树上的梅花,那粉红色的梅花也纷纷落在雪地上。她轻巧地把一朵梅花插在辫子上。她笑了,笑得很恬静。肖维博一想到她的笑,心里不由地抽动了一下。他默诵着王维的诗句："君自故乡来，应知故乡事。来日绮窗前，寒梅著花未？"在肖维博的心里，永远开放着那雪中的梅花。

银白色的吊灯突然熄灭了，茶色的壁灯倏地亮了，这幽暗的色调使咖啡馆显得异常宁静。肖维博这才发现咖啡店里的人渐渐稀少。

窗外的夜很浓，这浓黑的夜落在他的心上，恰恰是一个"愁"字。他愣愣地望着茶杯里那淡黄色的液体，一缕柔情涌上心来，继而又添了几分酸楚。啊，雪中的梅花树下，倚着一位他初恋的少女——梅一青，一颗遥远的星。

他伸了伸腿，左右环顾一下，便小心地把揣在兜里的那封信打开。


维博：

电话里又没有听到你的声音。我愣愣地拿着听筒，过了好一会儿，才把它慢慢放下了。

这些年，为了生活，我一直在英国四处奔波，我们已经很遥远了。我不知不觉地变了，各种观念也变了，但，我还是过去的我，只是老了。还是那样爱哭，只是哭在心里；依然还是爱笑，只是笑给别人。

我匆匆地来了，却不愿匆匆地离去，我只求你把一颗二十年来一直不变的心收下。你收下，我就走了，我变成一个没有心，没有爱，也没有痛苦的躯壳，解脱了，麻木了。

请收下我的血肉之躯吧，不要沉默了，更不要拒绝我。

我们把今天饮尽，明天，我们又是天涯！但今宵今夜，应真实地在这里留住。

下个星期六是你四十八岁的生日，我为你画了一幅肖像。你来看看吧，我已经想好了几样你最爱吃的菜，我一定要亲手给你点燃生日蜡烛。在烛光下，我要好好再看看你。

我等着你来，等着你，一直等到天明。每年这个日子，我都在异国望着燃烧的蜡烛，在回忆、幻想与痛苦中度过。蜡烛流着泪，我也流着泪。

现在，我已经回到你身边了，你不会让我失望吧？那一桌你爱吃的菜，那一个我亲手制作的大蛋糕，还有你最爱坐的硬木软椅，都苦苦地等着你。你来吧！来吧！一定来吧！再过二十天，我就要返回英国了。

我用双臂拥抱你！

你的青

肖维博读了一半，就读不下去了，好一会儿，才把信读完。他心里翻滚着春潮般的热浪。啊！世界上还有一个人在想着我，记着我。

世界上有一种感情，它不需要结果，只存在心灵里。它是美好的，坚强的。

他又觉得他们像两个恋人，隔着一条大河，只能互相招手而不能跨近一步。

他的目光亮了，望着雾中的梅一青。他们的目光拥抱在一起，他在目光里读到了她对生命的执着和悲戚。

他的眼睛又停留在最后一行："再过二十天，我就返回英国了。"

他望着窗外，咖啡早凉了，烟灰盂里堆满了烟灰。他想起了泰戈尔的一首诗："因为爱的馈赠是羞怯，它说不出名字来，它掠过荫翳，把片片欢乐铺展在尘埃上，捕捉它，否则永远失却！"呵！失掉了过去，又要失掉今天吗？他想。

他的心绪又回到那座美丽的海滨小城。假日，他和梅一青在这里拥抱了无数个清晨和黄昏。他们在这个城市的小巷中走着，想踏出一条充满阳光的道路……现在，肖维博的记忆依然是潮湿的，温馨的，但也颇为苍凉。

梅一青是个活泼而纤弱的女孩子，在海滩上她喜欢用她纤细的小手，漏着那软软的细沙。

肖维博游泳之后就爱躺在沙滩上，听着梅一青伴着海风轻柔的歌唱：

我愿是一片云，
飘在大海胸中，
我愿伴着风
寻找绿色的梦……

风声，海声，光影，还有梅一青的歌声，在他们的欢笑中扬起波浪。

黄昏悄悄地移来，云霞变幻着玫瑰色的童话。他们在等待着一只白色的帆船，等待着海上出现一盏灯火……

小城渐渐变得古老了，他们也渐渐长大了。肖维博考上了北方的一所大学，登上了北去的列车。

"你走了，再也没有人和我一起去海边了，我一个人害怕……"梅一青低下了头。

汽笛响了，划破了黄昏的沉寂，奔驰的火车，带走了他一生中最纯洁最美好的梦。

黄昏在梅一青的身后无尽地铺展下去，亭亭玉立的她在红色的夕阳中成了一个凝固的小点。

肖维博隔着烟雾，仿佛看见那凝固的小点一点一点大了起来，由一个系着辫子的活泼、可爱的少女逐渐变成了一个高雅风韵的知识妇女。

"每年这个日子，我都是这样度过的……这样度过的……这样度过的……让我们把今夜留住吧。"肖维博脸上浸出了汗珠。他站了起来，那影子又突然消失了。他颓然地靠在椅子上。

咖啡馆里茶色的光调得更暗了，肖维博有一种飘飘悠悠的感觉。妻子高兰正一步一步向他走来。肖维博刚刚伸出手，她倏地转过身，很快便随着拖沓的脚步声消失了。

一会儿，年轻时的高兰站在了他的面前，一个端庄的姑娘，剪着短发，身着浅蓝色的制服，十分素净。她轻轻地给刚刚进屋的丈夫摘下围巾，默默地望着他,"饭做好了,你饿了吧。"房间里飘着饭菜的香味。丈夫一句话也没有,似乎隐含着一种忧伤。她把头枕在他的胸口上,"我为什么不能使你快活?我做错了什么事吗?"她扑在丈夫的怀里哭了。肖维博轻轻地梳理着她的头发,"兰,你怎么会有错?是我对不住你呀!"他默默地想,高兰虽不像梅一青那样活泼、明丽,却把一股温馨、恬静的气息带给了自己,抚慰了自己心灵的创伤。让过去的就过去吧!过去的是追不回来的。

他怀着歉疚的心情抱起妻子,亲吻着她那颤抖的青春的躯体。那是多么值得怀念的一段日子呀!可什么时候,她竟变得这样冷漠了,躯体也麻木了,心灵的热也不多了。生活什么时候改变了她,熄灭了她的热?肖维博倒抽了一口凉气。

"先生,您还要点什么?"一位穿着红色西装的女服务员站到了他的身边。

"哦……"他这才意识到杯子已经空了,可他的手一直在杯边搓着。

"再要一杯葡萄酒,一个冷盘。"

他喝着酒,脸渐渐红了起来,却又感到十分寂寞,仿佛一颗冻冷的心需要热。他想:快五十的人了,难道还像年轻人那样需要爱吗?

这时,他想起一个比他大十岁的朋友,至今已与夫人分居八年了。前些日子肖维博去看他,他正在煮白木耳鸡汤,精神很不错。

"韦兄,都这么大年岁了,为什么不能和嫂夫人将就一下?"

"将就就对不住自己。"

他又想起与他同龄的几个朋友,有的也离了婚又组合了新的家庭。肖维博信守传统的道德,对此感到迷茫。

不久前,他在一本书里看到这样的一段话:"人是世界上最复杂的动物。特别是在工业化以后的现代社会,人们的生态、心态与工业化以前相比发生的变化不仅是量的,而且是质的。在人际关系单纯、社会生活空乏、日出而作、日入而息的时代,忠贞不渝、白头偕老的爱情因受到社会经济生活的保障而成为可能。但在交通便利、时空相对缩小、社交频频的快节奏现代生活中，人们就难得把爱情铆焊在一个固定的对象上了。费雯丽死了，她的三位丈夫同坐在教堂里的一条凳子上一起悼念她的亡灵，充分表现了现代观念对爱情生活的宽容。要使观念现代化，少了对喜新的宽容态度是不行的。"肖维博对这段论述，印象很深。他思索了很久，一根弦在他心里慢慢地松动了。快五十岁的人了，能够完全否认过去的生活，去寻找新的观念吗？

"妈妈，我要吃奶卷。"肖维博回过头，看见一对年轻的夫妻正在柜台前指点着，一个男孩拽着妈妈的衣角撒着娇。年轻的爸爸一下子把孩子举了起来："你看，这么多好吃的，你要什么？"

肖维博望着窗外嘎嘎作响的漆黑的老树，思绪又回到了许多年前：那时候，他与妻子也是这样年轻，儿子肖伟也有这么高了。他们夫妻经常带着儿子到街上去玩。冬天，儿子一到街上就吵着要糖炒栗子，肖维博总是一颗一颗地把栗子皮剥去，把栗子送到儿子的嘴里。有了儿子，肖维博便觉得这个家完整了，像个家了。他爱这个家，疼爱他的儿子，也爱他的妻。儿子不正是他们甜甜的蜜月里种下的爱之果吗？

兰，应该说你是个称职的妻子、合格的母亲。有了第二个孩子肖雨之后，生活经济日趋艰难，如何使收支平衡，并稍稍有些节余以应付急用，成了你时时考虑的事情。不久，我就去了大西北医疗队。没想到咱们的女儿患了肝炎，这是富贵病又是传染病。为了使孩子各方面营养都跟上，你拖着单薄的身子想办法多赚钱：给一个辅导班兼课，夜里还给一家刺绣工厂绣花。

你一个人默默承受着生活的艰难，从未写信向我透露。

你怕我在西北受冻，背着我悄悄地卖了血，给我做了一条皮裤子，后来竟使自己患了贫血病……这爱的分量是我终生都难以承受的！这爱又变成一条鞭子时时抽打着我，兰，这爱是真实的，也是残酷的。

后来，我从医疗队回到了你的身边。兰，你不记得那一刹吗？望着你憔悴苍白的脸，我发疯似的把你拉到我的怀里。你不该这样糟蹋自己的身子，那身子也是我的呀！我第一次把爱的泪水洒满了你的全身。那一刹，我觉得周身的血液凝固了，继而又融化了，燃烧了，那是你的血！你的血！在我的血管里流动着，流动着。当时，一个坚定的声音刻入了我的骨髓："兰，这一辈子都要爱你，爱你！要对得起你！绝不离开你！"

是呀！高兰，我的好妻子，在家庭面临艰难的时候，你用你的爱心温暖了我，你的爱像阳光一样照亮了咱们的家。

他又饮了一口酒，嘴里嚼着一块腐竹，默想：可我为什么不能时时记住自己的誓言，心渐渐地游离了她？即使那段充满阳光的日子，也不能牢牢地维系住我对她的爱？

他困惑地望着窗外没有星星的夜空。

现在高兰变得爱唠叨了："在最困难的时候，是我咬着牙，拉扯两个孩子。我为了给你买皮裤子，我卖了血……"她重复着，不厌其烦地重复着。

男人的感情总是趋于内向。肖维博把这事早已埋在心底的一块净土上了，这块土地是神圣的。可妻子不断的提示，使他心底一曲好听的歌走了调，一幅色彩美丽的绘画褪了色。这怪谁呢？

有一天黄昏，快要吃晚饭的时候，他和妻子吵了几句嘴，便跑到街上一家馄饨馆，要了两碗馄饨。他吃了两口，心里便有些不是滋味，孤单单的一个人有啥意思？可他又一想：唉！快五十岁的人了，还不知道几时见上帝呢！有什么可认真的！高兰好唠叨就随她去吧，吵来吵去谁也改变不了谁，有什么意思？她好歹给自己生了一儿一女，再过几年就三世同堂了。抱起孙子，一家人热热闹闹的，享受天伦之乐。不久就要当爷爷了，那真是名副其实的老人了。五十岁的人应该把人生看破了，何必自寻烦恼。

人年岁愈大愈看重儿女。肖维博和所有传统中国人一样，视儿女为自己生命的延续和青春的再现，希望他们成为自己修正的版本。一想到这，他心里热腾腾的。他又吃了一个芝麻烧饼和一两酱牛肉，便回到了家。兄妹俩正在饭桌上有说有笑地聊着。儿子用筷子插起一个馒头："明天是五四青年节，我和几个同学想骑车到远郊区野餐，痛痛快快地玩上一天。"高兰手里调着粉丝拌豆芽菜，不放心地说："可千万要注意防火！"

"哥哥，你们吃一个烧火鸡多香！"

"好主意！好主意！"肖伟两三口就啃完了一个馒头，用筷子又插起另一个馒头。"现成的鸡，用不着花一分钱，一路上那老乡家里的鸡能不出来几只？"

"肖伟，老乡的东西可不能随便拿，派出所把你拘留了，爸爸还得领你去。"肖维博笑着说。

"爸，你能到派出所领我，那可是你最后一次行使父亲的权力，可千万别错过。"他看见父亲愣在那儿的样子又补充说，"今后的社会结构上，家庭组成分子要'反集中'，家庭要淡化，儿女愈大，愈是父母身边匆匆的过客。"

肖维博刚才在馄饨馆里发热的心顿时冷了下来。儿女愈大愈是父母身边匆匆的过客！他默默地注视着儿子，见他稚气未脱的脸上长满了青春痘，女儿也长得丰满高大了。是呵，孩子们都长大了。

"你们翅膀硬了就想飞了，我养你们这么大容易吗？"高兰撂下饭碗沮丧地说。

"妈，萨特哲学的精神是对于'行动'的强调。人的价值要由人自己的行动来证明，人离父母愈远，离规范愈远，创造性就愈大。"肖雨像是在大学生演讲会上的发言。

萨特、存在主义、反规范……这些字眼使肖维博觉得很冷僻，他一时无言以对。但，有一点是清楚的——孩子们长大了，离他远了，而且是愈来愈远。

他望着自己的两个孩子——狂妄、骄傲的青年，一股衰老和孤寂的愁绪，把他的心搅得苦苦的。

肖维博的手，下意识地摸着那封揣在怀里的信。窗外，一个断了线的风筝，在电线杆上荡来荡去。夜幕沉沉地落下来。路灯在黑夜里发着朦胧的黄光。他想到在医院的办公桌的抽屉里还珍藏着梅一青青年时代的照片：雨天，她撑着伞，裤腿卷到膝盖上，南国小城的雨水在她脚下漫流着……这照片的"作者"就是肖维博。那一天，他们是冒着雨去桃花树的。

这张已经发黄的照片，悄悄地伴随着他度过了说不清道不明的二十年。

过了几年，梅一青也考上了北方的一所大学，和肖维博在一个城市里。

注册的那一天，梅一青和肖维博走在学校的运动场上，她怯生生地说："维博，我有点害怕，我想咱们的小城。"肖维博紧紧地握了一下她的手，没说一句话。教室的窗子敞开了，外面的雨还在下着。肖维博望着这漫天的雨网，心里不安起来——在这下雨的日子，梅一青一定又想念故乡的小城了。

他猛地离开座位，冲入雨中，以最快的速度跑到梅一青的学校。果然，梅一青正在学校的运动场上徘徊。他远远地看见了她，她也看见了她。他们默默地迎视着对方。

"梅一青，雨就会过去了，明天我们一起去看日出。"

"明天会有太阳吗？"

"会的，这个城市的太阳特别亮。"

她笑了，雨水在他们脚下飞溅起来，溅湿了她的衣服，也淋湿了她少女的笑。

时间就这样在和谐与默契中悄悄地过去了。上课，自习，去图书馆、讲演会、大学生音乐会，生活紧张而充实。他们都长大了。

这一天来得这样突然。

暑假，梅一青从南国的小城回来了。

"维博，咱们散散步好吗？"

"当然好，你怎么这样消瘦。"

他们沿着一条小河往前走。这天晚上，没有月光。

"维博，我给你唱支歌吧。"

"我很久没有听你唱歌了。"

远离故乡的土地上，
亲爱的朋友你等着我，
你可别生长在那
峻峭的高山上呀……

她哭着抓住了他的手："维博，我要离开你了。"
"怎么……离开？"
风吹着河边的落叶，树林瑟瑟地响着，河水也泛着寒意，秋天来了。一片干枯的树叶，簌簌地不知从什么地方落下，碰到他的面颊上，又落到地上。他陡然一惊，想起现在是秋天。漆黑的夜里，他看不清梅一青的目光，却摸到了一双冰凉的手，感到一具微微颤抖的躯体。
"这是怎么回事？！怎么回事？"肖维博叫了起来。
"我妈妈要回英国了，去继承外公的遗产。妈妈是外公唯一的孩子，年岁大了，又有心脏病，我……我也是妈妈唯一的孩子。外公和妈妈一定要我去，他们已经把手续办好了……"
"那你自己的选择呢？"
"我……我实在没有办法。在学校，因为我是一个华侨，有海外关系，近一两年来，政治上处处都受到歧视，听重要报告我都要稍候……去年外公回国探亲，团支书一定要我交代外公说了什么，做了哪些事。我赌气地说：'说的也多，做的事也多，我没那么好的记性，你最好派一个特务连去侦察……'维博，忘了我吧！"
肖维博把手中的信捏得紧紧的。他又看了看信中的日期，二十天以后，不就是明天吗！呵！明天，明天她就要离开我了！
他腾一下站了起来，推开了酒杯，旋风一样冲出了咖啡店。

## 五

西北风在呼叫着,那个断了线的破风筝,正在电线杆上啪嗒啪嗒打着那不成节奏的节拍。雪下得很厚,看样子要下一个通宵。空气清新得能把人净化,但肖维博却有一种被压迫的感觉。马路上很沉寂,只能听见车轮轧在积雪上发出的声音。望着那铺满积雪的马路,肖维博感到有些迷离。

他走着,向水陆街的方向走去,耳畔回荡着梅一青的声音:"我们把今天饮尽,明天又是天涯……但我们要把今天留住。"

他觉得身子热了起来:"梅一青,我回到你的身边了!"他内心欢呼着:"这一夜,我完完全全属于你,你也完完全全属于我。"继而,他又被这个大胆的想法震慑了。突然,一个庞大的雪人和他相撞,一个冰清玉洁的雪人破碎了,他身上沾满了白雪。

一只黑色的猫,站在墙上冲着他叫了几声,又窜到另一堵破墙上。肖维博想:它多么像家里的那只咪咪呀!它怎么会跑到这儿?它迷路了吗?他刚要走近它,那黑色的猫倏地消失了。

一想到家,他的心猛然悸痛起来,身上泛起痉挛似的寒潮。

家!家!家!他是个有家的男人。不,不要想,不能想,他下意识地咬紧牙关,内心的悸痛化作一团雾。

但他还是想到了家,远处居民楼的灯,一盏一盏地闭上了眼睛。"高兰,你睡了吗?还是在等着我回去?"肖维博放慢了脚步,望着那睡去的楼层。"兰,我知道你无论怎样和我争吵,可你还是把我当成丈夫。你的感情是有些麻木了,可那是由于被繁重的生活所磨蚀。你的心没有离开我,我明白……我明白……兰,你放我一夜吧,把缰绳松一松吧,我是逃不出这封闭的古堡的,明天我就回来。"

他刚刚松弛下来的心又绷紧了。他从来没有随随便便地在外面过夜,妻子一定以为他真的出了意外,焦急地四处找他。她一着急就容易晕倒,孩子们又都不在家……他的脚又下意识地转向了回家的路。

一个弹棉花的人,正在塑料窝棚里点着一根蜡烛弹着被套。他的一个五六岁的孩子在雪地踢着破铁壶,"小崽,好乖,跑呀!使劲跑,跑出了汗就不冷了。"那个男人操着一口江苏话。

破铁壶在这沉寂的雪夜里,被踢得更响了。

肖维博的心又乱了,默想:我还是走向那个家吗?那个曾使自己失望,烦恼而又扯不断拉不开的家吗?几年来,他像一个囿于城堡中的囚徒,一心想突围出去,看看外面的世界,即使是片刻。

今天他的思想松动了,可是城堡中有一条无形的缰绳正勒紧了他的脖子……回去!回去!!回去!!!你要去哪儿?你这个老年的浪子,年轻时都过来了,岁数大了,还守不住晚节吗?

城堡中的红灯亮了!报警声响了!

梅一青在他耳畔呼喊着:"明天,明天我就要离开你了,再来不知何年何月……我等着你,直到天明……你来吧,我们把今夜留住,明天我们又是天涯。"梅一青温柔地抱住了他,愈抱愈紧……他喘着气,停下了脚步,似乎整个人被撕成了两半……

雪愈下愈大了,大片大片的雪花,使人无法看清对面。屋顶变厚了,树上的枝条也被雪压弯了。

在雪中,肖维博停住了脚步,又往前走;没走几步又停下来。这个虎年的寒夜,这个漫天的风雪,把他的心快搅碎了。"晚节!晚节!我为谁守晚节!这晚节的价值是什么?"

梅一青是他年轻的梦,神秘的梦,沾满了青春露珠的梦。今天,这个梦,这个被压抑的梦,更年轻,更神秘,也更鲜活。

想到她,肖维博那快五十岁的躯体便泛起了青春的骚乱!老年人的骚动比青年人的骚动更强烈;老年人的饥饿比年轻人的饥饿更贪婪。年轻人还有长长的未来,而老年人,他们不敢去想明天,过去是他们的全部,而对于今天,又近乎吝惜，又近乎疯狂。

人的躯体是会衰老的，但一个人的心却不甘愿衰老。

在肖维博的爱情日益枯萎的今天，他的心是凄苦的，空落的。他要去寻找一朵花，一朵他爱的花，把它植在这块空落的土地上。这块土地如果荒芜着，那心就会死去。

他的手摸到一朵洁白的花，散发着清香。他看见绿色的树上，挂着神秘的禁果，多甜呀！多诱人呀！他无法抗拒神秘禁果的诱惑，他快醉了！

他仰起头，让雪花落在他的脸上，他想清醒些，可他看不清方向。

他在雪中自言自语："我为什么活得这样苦，为什么不能洒脱地活着？像年轻人一样，想要什么就要什么，想干什么就干什么！为别人活着，为名誉活着，为什么没有勇气为自己痛痛快快地活一夜！"他在雪地上走着，没有方向地走着，如同跋涉在一片看不见绿洲的沙漠上。

这时候，他突然想：我不如就躺在这雪地上，让白雪把我覆盖住。

他茫然地走着，走着，看不清方向，也忘记了要寻找方向。恍惚中，他好像看见了一棵槐树。他心里一惊，伸手向前摸了摸，又摇了摇树干上的积雪，呵，原来是那棵救命的老槐树！他明白了，他不知不觉地走到了那天出车祸的地方。

他不停地摇着树干，雪花簌簌地飘落下来。他倚在老槐树上，长叹了一口气，竟像孩子一样用力地敲着树干。老槐树发出了单调的声音，那声音很闷人。

一辆红色的轿车，在雪地上行驶过来，它勉强地睁开了睡眼蒙胧的车灯。一会儿，汽车急促地鸣叫起来，肖维博转过身，脚下一滑，竟摔倒在汽车下了。

这个虎年的夜晚，雪下得正大，夜浓得化不开，四周静悄悄的。

原载于《当代》（1987.5）

# 女性三原色

又是秋天了,今天是我三十岁的生日。

三十岁对于一个女人意味着得到了也失去了很多,可我很平静,因为我知道生命不过是一次自然的流程。

当昨天默默地离去,也许我会渐渐地忘记。这些无数个失去的日子,筑成了平静、淡远的今天,尽管它还欠圆熟,可我没有遗憾。

秋天。

我的影子在水面上颤抖,残荷的水珠滑落了,一片寂然。

秋天,随着花的残朵,嵌进了我白色的窗子。在淡淡的秋的天光里,他,邓聪——我生命的第一个恋人,从秋的深处向我走来。

他还是他,只是,似乎增加了什么,又好像减少了什么,但依然是他。

他没有向我讲得太多,他曾为海云离开了我,现在,又为海云的逝去来寻找应属于他的过去。

人们常常喜欢追恋昨天。昨天,即使我把一生都交付给你,那不过是昨天。

"羽姗,你还是一个人?"

"我从来都是一个人。"

他的眼睛里掠过一丝寂寞和兴奋。

"现在我们不可以在一起吗?"

"邓聪,你应该知道,错过的季节是回不来的。有些话我本不想说,你应该明白,酒酿到醇时,就要及时畅饮;花开得最盛的时候,要及时采摘。因为美的东西都不过是瞬间。"

"羽姗,难道我们不可以用双倍的力量燃烧起一个真正的夏天吗?"他激动地抓住我的手,像是要捏碎。我平静地望着他,在他的眼睛里,我看到了孩子似的困惑。

"邓聪,真奇怪,过去你站在我面前,就像是我的哥哥,可现在你却像我的弟弟了。也许,你需要夏天,夏天有绿荫,有鲜花,有骄阳,可现在我的心里只剩下一个静静的秋了。我们错过了整整一个夏季,那是无法追悔的。那时的情绪,那时的感觉,也只有那个时候才有。"

我松开了他的手。我们都沉默了,一直沉默到黄昏。

"羽姗,我请求你一件事。"

"只要可以。"

"我想一个人到你的房间坐一坐。"

我的眼睛潮湿了,点了点头。

他去了。

我站在桥头,听着桥下悠悠的水声,我心的重量渐渐地加重了。

起风了,秋更凉了。他的手轻轻地扶在我的肩上,"羽姗,我去过了,还像过去一样,完全一样,连气味都没有变。我坐在台灯前,待了好一会儿,又好像回到了当年,你就靠在床边的木凳上,习惯地卷着辫梢,听着我说话。人总是喜欢回到曾经给过他幸福的地方,虽然只是一瞬,可我好像找回了一生。"

"再见。"我没有抬起头,独自走了。我知道,我承受不了这话的重量。

隔着深深的秋,我的心在哭,哭得很静,就像这秋夜。

秋的树叶落进了我的裙褶,难道你要在这里生息?

雨声渐渐地小了,窗外响起了风声,在这秋的黄昏,有谁和我缠绵细语?

我走向秋的深处,远方的天空挂着一弯新月。我知道在不远的地方,会有一个美丽的季节,它也许属于我,也许不属于。

我推开房门,看见生日蛋糕插上了三十根蜡烛。我一根一根地把蜡烛点燃。幽幽的烛光映照出桌上的一封信:

羽姗:

记得我曾经在这间小屋里,为你祝福过生日,那时,你十八岁!

现在,我又来到这间小屋,第二次为你祝福——今天你三十岁。

那时,我们两个人在一起……

今天,我只能默默地回忆,再悄悄地离去。

邓聪<br>于你三十岁生日的夜晚

信在烛光中倦倦地化为灰烬,所有有阳光和有阴雨的日子都已成为过去!

但是,我还是不能真正地忘记,那是怎样的季节呀!

## 红色的梦

"来,我来介绍,这是羽姗,这是邓聪。"

我们就这样相识了,从这一时刻起,他渗入了我青春的血液。

爱!这就是爱吗?它是这样简单又是这样神奇。难道世界上真有那样精确、那样冷静的爱吗?如果有,那绝不是爱,我想。爱就是一种电感应,两极相通，就形成了爱的磁场，爱说不出太多的道理，靠的是吸引力。

他就坐在我的对面，带着泰然的沉默。稍稍有些单薄的身材里，似乎隐藏着一些说不出的沉郁。在我们对视的瞬间，我感到了一种微妙的默契。

我爱上了他。

唱机放出一支舞曲，标准的慢四步，他慢慢地站了起来。我抬起了头，迎视的是一双平静又热情、奔放又压抑的眼睛。他对我笑了笑，一时间，我的心被巨大的柔情淹没，生命展现出它无与伦比的美丽。我把手交给他，在舞曲轻快的旋转中，感到一种从未有过的和谐和幸福。我渴望很久了！突然，一滴滚热的泪珠，从我的眼里滑落到他的肩上。他望了我很久，低声说"不要这样，我求你"，眼睛里流溢着无限的柔情。我触到了他手的温热，那是实在的温热，不再是小说中幻想的那样缥缈了。他的面孔，那样生气勃勃。他的手轻柔地触到了我的腰肢，我只觉得身上一阵酥麻。他的目光在我的脖颈、唇边、眼睛里亲吻，那样小心、那样温柔、那样热烈。我的胸脯一阵潮热，眼前的一切都模糊起来……

我情不自禁地拥在他的怀里。忽然间，春天来了；忽然间，孤独已从窗隙隐去；忽然间，窗外盛开着紫红色的玫瑰；忽然间，我好像找到了归依。我紧紧地靠在他的怀里，"你是海湾，是沙滩，是我红色的梦吗？"

这一时刻，我从未经历过。

音乐结束了，陈洁用异样的目光注视着我和他。"对了，你们本来早就该认识了。"她笑着冲我说，"邓聪在'星星'画展上，很注意你的作品；你读的那本《红色少女》就是邓聪翻译的。"

"您是翻译？"我急切地想知道更多一些。

"不，不是，我在设计院里搞工程设计。"声音里有一份淡漠和自信。

我站在一株树旁，它盛开着红、白、黄色的花，洁净、鲜艳、美丽，像雨后生春的仙子，散发着浓郁的香味，唤起了我对生命的热爱。我等待着他，我想，他一定会来。

可他的目光好像在躲闪着我，又似乎收敛了什么，他的平静使我发不出声来。我呆住了，脑子里一阵混乱，一阵模糊，一阵惶惑……然后，有好长的一段时间，我觉得脑子里一片空白和麻木，周身突然变得冰凉，我好像已经不是我了。

我不知道我是怎样回到了家，屋子里黑洞洞的。我无力地靠在椅子上，像害了什么病。我努力使自己静下来，想一想发生了什么。我撩起窗帘的一角，瞥见了布满星星的夜空，远近的楼房宿舍，从窗户里闪着一盏一盏的灯光。我突然生出一丝陌生和孤独的苍凉。我哭了，用窗帘蒙住自己的眼睛。为什么他用目光告诉了我，却又悄悄地离去？爱原来这样烦恼，这样痛苦，这样难以琢磨，我有些害怕。不去想，什么也不去想！

可我还是忘不了他。

夜里，我倚在墙上，睡不着。雨点在屋檐房顶上不倦地奏着雨季的歌。

我的生命度过了多少雨季，记不清了，但我只是忘不了那一个雨季。窗外的雨声更响了，我的心里也积满了潮潮的雨。

那一个雨季很长，散发着一股青草味。我和小青手牵着手，在雨中奔跑着。雨伞被风吹跑了，我们不去管它，只是一径地向前跑。我把长长的辫子和青春萌动的肌肤都给了这漫天透明的雨。

在雨和风的哗响中，我突然感到体内有种莫名的不安，遥远的神秘感包裹着我。

雨哗哗地下着。不知那是怎样的一瞬，他抱住了我，吻了我的嘴唇。我哭了，想跑开，快快跑开！时间越出了门槛，空间变得混乱了！可我的脚却没有劲，只是在他的怀里哭。隔着雨声，我模模糊糊地听见："别哭，你哭我害怕。"他用衣服把我裹得更紧了。一朵灌满露珠的鲜花，一株嫩绿的草在我的身体里萌动了。

我的辫子散开了，他轻轻地抚摸着。把我的头发含在他的嘴里。雨一直在下着，我也一直在哭，那是惶恐、快乐的泪水吗？他的眼睛里也噙着泪珠。我低下了头，看见胸前衬衫落了一朵花瓣，刚刚发育的胸部在微微地颤动。这一瞬间，我平生第一回意识到自己是个女性。我跑了很远很远，拾起了那把伞，把脸遮了起来。

第二天，我们上课见面，谁也不好意思抬起头。从第一次亲吻起，我们便疏远了。那时候，我们还真是个孩子呀！

是啊！雨季是一个不成熟的季节。

如果，我未来的生命还有第二次亲吻，还是这样惶惑、神秘、不安和快乐吗？

下了一夜的雨，第二天天空放晴了。早晨我去上班，把画好的插图交给编辑部主任。他是一位五十多岁的老编辑，准确地说，应该称他是"编辑匠"。虽然他有熟练的文字技能和编辑技巧，但那是一个长期从事编辑工作的人不难做到的。遗憾的是，他没有自己的东西，他的一切都是重复，重复书本，重复别人，重复自己。

中午，他把插图退给我："画面要让人看懂。"我接到插图没说话，三笔两笔勾勒出一个简单的线条交给了他。

我无精打采地回到了家，外婆端上了我最喜爱吃的红小豆粥。我在饭桌前呆呆地坐着。外婆是世界上唯一爱我的亲人，爸爸是驻外武官，妈妈长年陪爸爸在国外，是外婆带着我一天天长大的。

外婆走到餐桌前给我加了一勺糖："姗姗，不甜吧？"

"甜。"

"那为什么不吃，是不是病了？"

我一下子扑到外婆的怀里，哭了起来："外婆，我爱上了一个人……"外婆说了些什么，我没听清，我只是纵情地哭着。

自从我见到邓聪，就会自然地想到沈从文的《边城》。这其中有什么必然的联系吗？我反复地在书中寻找着，可还是说不清：

山地仲夏的深夜，暑溽气消，月色如银，从对溪的高崖上飘过来声声甜美的恋歌，歌声把睡梦中的少女的灵魂浮起来，轻轻飘在明净湿润的银色世界中……

我的眼前是一片苍绿的山，山前有一条小溪，溪边有座白色的小塔，塔下住了一户单独的人家，这人家有一个老人，一个女孩，一只黄狗，静静的河水，清澈透明。我沉浸在这片自然、宁静、质朴的土地上……

翠翠在"风日里长养"，清风、丽日、青山、绿水给了她水晶般清澈透明的性格。翠翠是自由的，又是惘然的。我迷醉于她的人生形式。

邓聪给我留下了一个世界，有如《边城》给我的感受和空间。我说不出那到底是什么，只是能真实地感觉到。

春的脚步总是慢慢地走在峭寒和风雨中，刚刚拉开帷幕却又谦虚地为我们迎来了炎热的长夏。秋风又起了，我心里空空的，高远明净的天空让人感到寂寥。

我终于还是找到了陈洁的家，"请告诉我他的地址。"

"他是谁？"陈洁故意笑着问。

我没说话。过了一会儿，陈洁递给我一张纸片，"拿去吧，这上面有。"正当我拿起纸条往外跑时，陈洁大声说："羽姗，不要太认真。"可我没有理会她的意见。

我跑回了家，把房门关紧，用颤抖的手拨着纸片上那几个阿拉伯数字。不通，占线，没人接……可我并没有着急，却庆幸可以趁此恢复一下平静。电话终于通了。

"请找邓聪。"

"他走了。"

"走了！去哪儿了？"

"您是谁？"

"我……我是他的朋友。"

"他去他插过队的农村了。"

"还回来吗？"

"会回来的。"

我怅然地放下话筒。

秋天，我在郊野的一个山坡上作画。一棵参天的古树弯下了腰，可它仍撑着一树金黄，我的画笔却把它涂成浓浓的绿。

"羽姗，是你？"突然一个带着磁性的声音落在我的画纸上。我没有回头，激动得心快跳了出来。我知道，他——邓聪就站在我的背后。瞬间，画面上的每一片树叶、每一个枝条，都充满了勃勃的生机。

"羽姗。"又一个低沉的声音融入了我的画面。我回过头，感受到了他痛苦的热情。他敏感的双目，忧郁、沉思的眼睛和文静的态度，似乎有一股特别的气质，显得十分迷人。他望着我，就站在我面前，那样真实。过去的那些冷漠的日子好像从来就没有发生过，顿时，我周身的色彩起了变化。我眼前的世界是一片紫红色。

在秋天的郊野上，我们自然地走在一起了。他就在我的身边，我不再孤独了。他有一种我说不出、捉不到的丰仪煽动着我的心。

秋天北方的郊野，充溢着沁人心脾的清香。我们跨过一条不宽的小河，几只小山羊在山坡上吃草，放羊的孩子躺在草坡上，一动不动地望着湛蓝的天空。

我采摘着路旁的各色野花，簇成一个花环，戴在头上，悄悄地躲进树丛里。一会儿，便有几只蝴蝶在我跟前飞舞，最后，落在我的头上。于是，我悄悄站起来，轻轻地走，轻轻地走，一直走到他的面前。远处的金光照在一层层山岚上，他的脸也罩上了一层金色的光晕。他用手抚摸着我的前额："你真俏！"我们四目交投，没有再说话，这是我一生中最重大的时刻。直到现在，我还觉得他柔软的手温留在前额。从那时起，我便觉得自己一天一天俏丽起来。

"我们讲讲自己吧。"

"对！我们彼此还知道得太少。"

有一条清清的小溪在我们心间缓缓地流淌。

树叶在我们头上轻轻地喧唤，这是晚秋羞怯的细语。这是个变幻无常的天气，天空有时弥漫着轻柔的白云，有时又忽然开朗，明朗的天气真好像一双明亮美丽的眼睛。过了一会儿，树林里悄悄地撒下细雨。一会儿，天空又闪出了阳光，照在树上，呈现出一片金黄色或绿色的树叶，每一片叶子都在瑟瑟地絮语。

我们站在一棵高大的树底下避雨。我忘情地说："前几年，我经常一个人在这里散步。"

"你不觉得太寂寞吗？"

"不仅是寂寞，而是压抑。那时，不要说没有音乐，没有艺术，就连说话的自由也没有。整个人就像置身一座大监狱，除了大自然没有任何地方使我快乐。"我双手搂住了树干，不远的地方是一片青青的绿草地。

"现在，我们总算从监狱里走了出来！"他双手撑着树干，身子轻轻地向上一跃，那样快乐！我被感染了，笑了起来，用力抱着树干。

中午，我们在一个僻静的亭子里，喝着用泉水泡好的茶。下午的阳光从水面上反射过来，在白、绿、红的花丛中投下一道奇异柔和的光。水面上飘来了潮潮的水气。"今天，我很开心。"我饮了一口茶轻轻地说。我看见他的眼睛一动不动地盯着我，洋溢着热情。我低下头，用茶水沾湿手指，在石几上乱画。他慢慢地抓住我的手，他的唇边似乎泛起了话语，又无声无息地消失了。

过了一会儿，他说："羽姗，你什么时候开始学画的？"我的手指继续在石几上乱画，"我生在一个有月亮的晚上，后来，家里的人都叫我'小月亮'。等我长到三岁，外婆告诉我，月亮上住着一个美丽的公主。从那时起，我便画月亮，画漂亮的公主，就这样画起画来了。"

"你真是个幸运的女孩子。"他的声音有些沉郁，眼睛深情地望着远方。

"不，我不幸运，因为'文革'我没能继续读书，是靠自学考上了《春声》编辑部，当上了美术编辑，可我真是想当个画家呀！"

"唉！真是不同的境遇就有不同的想法。一个农村孩子，他的天赋也许不比你差，可你的不幸，对于他却已经是一种奢望。"他的手慢慢地从我的手背上滑下去了。

为什么他刚要走近我，却又停止了脚步？

秋天过去，冬天来了。

我等着他，他没有来。踏着雪我去看他，他又不在，我失望了。有一天，在电话里，我又听到了他的声音。那声音好像从雾里穿过，我感到一种遥远的淡泊的宁静的热情，它瞬间竟使我忘记了一切。

在他的住所，我们又相见了。那是一个简单的单身宿舍，触目的是墙上挂着一张少女的肖像画。只要你看一眼这墙上的女孩子，就会永远忘不了。

"这是你画的？"我问。

他点了点头。

"她是谁？"我不安地问。

"我的朋友。"

"人物的气质，抓得很绝，你一定很熟悉她了。"他没说话，却显出一种深深的热情。顿时，我的心好像被揪了一下。

我们隔着一张三屉桌娓娓叙谈起来。他给我煮了一碗花生，我慢慢地剥着壳一粒一粒地送到嘴里。他吸着烟，耐心地看着我吃。时间一分一秒地过去了，我在想，以后的日子我们也能这样厮守吗？

那一天，我懂得了他。一个敏感热情的青年在"文革"中被放逐到偏远的山村。使我惊异的是，他对山村生活的感受并不只限于自身，在叙述那段艰苦的农村生活时，他很平静，却让人感到他很深沉。他更多的是对社会、对人生的思索，他对那贫穷的山村寄予了深厚的情感。他说："这段生活，给我灵魂注入了另一种营养，它使我换了一个视角去看生活。从都市转向山村，人的感受会发生蜕变。你会发现我们的国家多么贫穷，很难相信这是解放三十多年的中国农村，你会突然感到自己一直生活在一个谎言的世界里。"

我望着对面的他，消瘦的脸上闪烁着一对有锋芒的眼睛，那沉静的气质深深地吸引着我。邓聪，我的朋友，你穿过了苦难的迷雾和我靠近一些，再靠近一些，我们一起来编织那红色的梦，好吗？

我的手有些发热，随手翻了翻他桌上的书：《中国哲学史》《西方哲学史》，还有叔本华的《意志与观念世界》……

"你在研究哲学？"我问。

"不，我在探索生存方式。"

是的，我们这一代人曾狂热地爱过，也最真实地恨过。我最大的痛苦是从戴红领巾的时候起，就被虚伪的说教欺骗。现在虽然明白了，却迷茫。于是，每一个人，都在痛苦中探索新的生命形式。

我翻开了叔本华的书。他用红笔划下了这样一句话："幸福之道不在财富而在智慧，靠智慧克服意志，利用哲学、艺术、宗教来净化意志，最后，臻于佛家所谓'涅槃'的境界。"

"难道你相信佛教？"我有些惊讶。

"对任何东西，我都寻求理解；当然，理解并不等于信仰。"

"你上大学为什么不学历史、哲学，而选学了建筑？"

"因为我懂得人类的历史就是娼妓。"

我愣了好一会儿，才醒悟过来，并产生了巨大的震撼！

在他的身上有一种凝重的悲剧美，这种美对于我有着奇迹般的力量。

我望着他，看得发呆。他用手托着下颌，也静静地看着我，像读一本书。

我们并不打破这种沉默。一时间，一种不自觉地对温存的渴望蓦然从心中升起，生命的欢乐又一次在我眼前呈现。邓聪，你不要说，什么也不要说，我的眼泪就要流出来了。

他把茶端给我，我看见杯里的水在微微颤动，在杯边我触到了他手的余温。

黄昏，又是黄昏。

我要走了，手触到了门把。突然他的手合在我的手上，愈来愈紧地摁压着。我眼睛里的泪水终于流了出来，也许他没看见。

"邓聪，别这样。"

"羽姗，你真美，美得让人难过。"那声音低沉得让人心醉。

他抓住我的手放在他的心口上，我触到了他的心脏急促的跳动。他轻轻地挽住了我的腰，我忘记了拒绝，拥在他的怀里。他那火热的、饥饿的嘴唇在我的唇边、脸颊、眼睛、脖颈……搜寻、侵占、燃烧，带着一种不可遏制的冲力。稚嫩的发涩的果子落到了地面。土地爆炸了！他像一道赤色的光轮，焚烧着活泼有力的生命，发出噼噼啪啪的声响。我扑向那火堆，脸上流淌着迷茫、兴奋、痛苦和恐惧的泪水……

这是生命的第一道霞光。

这以后的日子，我觉得整个世界都变了样！窗外的阳光柔和地流入我的心房。

我站在院子里，望着那棵柳树，虽然枝条已经不再翠绿，可我的心却感受到一种妙不可言的生机。那墙，那堵灰色的墙，挂满了黄色的蔓藤，阳光照在墙上，仿佛是来自天国的光明。墙上的枯草和褪了色的花，在风中摇响，好像在和我说着一个美丽的爱情故事。

早晨，我穿上白色的衣服，我喜欢穿上它时那种纯洁的感觉。穿上它，我变得幸福、和谐，好像拥有了一个自己的世界。

对着镜子，我第一次嫌自己不够漂亮。我把长长的辫子散开，披在肩上，衬着细白的脖颈，显得修长而飘逸。我笑了。

走出了浴室，我身上的绒毛潮潮的，散发着体内的清香，脸上泛着红红的光。

在镜子里，我看到了自己成熟、饱满、流畅的曲线，整个躯体犹如灌满了浆汁的水果，充满了阳光和热力。我审视着镜中的裸体，第一次意识到自己是个真正的女性，一个完全的女人。

这是霞光闪烁的日子。

这时，我接到了邓聪的来信。

羽姗：

当你读到这封信时，我已踏上了北去的列车，奔赴我曾经插过队的裕村。

就在我们分手的第二天，我接到了来自裕村的电报，让我速去。

在这里，我给你讲一个普通人的故事。记得我曾经对你说过，裕村是一个贫瘠的山村，那里根本没有一块可耕种的土地。农民们为了生活，只好在山的一角种一些果树。村民们为了能吃到粮食，只得翻过几座山到一个叫土洼的地方去。那里的人们就是这样一代一代地生活着。

你可能想象不出，在那里生活我的心情是多么沉重，当然，不仅仅是因为自己。

就在这时，我认识了裕村的一位姑娘，她叫海云。也许因为我认识了她，才使那些沉重的日子变得轻松。羽姗，你看到的我墙上挂着的那幅人物肖像，就是我为海云画的。羽姗，在我没有认识她之前，我一直认为学校是唯一培养造就人的地方。可是我见到了她才明白，大自然和土地才是最宝贵的学校。海云不仅善良而且聪颖，灵秀。虽然，她只在村办小学读了四年书，可是她对生活有很强的感悟力，而且求知欲很强。于是，我给她讲历史、地理、和古今中外的小说，她听得入了迷。更使我惊异的是她有一副好嗓子，她唱山、唱水、唱村、唱打谷场上的月亮。音色甜美,清柔。说真话,如果有条件,她应该是一个出色的民歌手。我恨我自己,我发现了她,却没有能力使她发展,使她幸福。

有一次,我们一起到河里洗衣服,她的歌就像小河的水一样清澈、透明。河水欢快地流着,和她的歌声溶在一起,真让人陶醉,以致我的衣服顺着河水漂走了还不知道。

在裕村,我们接近的一天比一天多。我比海云大十岁,也只是把她当成一个小妹妹。可后来,事情的发展并不像我想的那样简单。

有一天早晨,我到很远的山上去砍柴,路过兰河,远远地就看见了她。她静静地坐在河边,赤着脚,轻轻地拍打着河水,那神情有些忧郁。她在目送着一个小木筏轻轻流下,轻声地哼着歌。我听见声音,却听不清歌词,那甜美而忧伤的声音深深打动了我……

她终于看见了我,"哇"一声哭了起来。"聪哥,你真要回北京!嫌俺这地方穷?"那时,家里人正为我办回北京的手续,到处磕头、送礼,可是我却说:"海云……没有……没有这回事。"

她扑在我的怀里,轻柔的手臂自然地搭在我的脖子上,那神情真像是我的小妹妹。突然,她仰起挂着泪珠的脸,笑着说:"你真的不走了!"啊!她的脸就像是一朵刚刚绽开的玫瑰花,怎能让人不迷醉!不感动!看到这张纯洁美丽的笑脸,我哪里还有勇气说要走呢!

羽姗,我忘了告诉你,海云是一个苦孩子,自幼父母都去世了,她过继给远房的一个大伯。听村里人说,这个大伯待海云并不好。为此,又增加了一份我对海云的疼爱。

最后,我还是走了。我想悄悄地走,不去惊动海云,但是她还是知道了。

就在我临行的那天,海云一早就爬上了核桃树,劈劈啪啪地打着核桃。看见我,她猛地把脸回过去。我惊异了,一夜之间,她的脸变得如此苍白、憔悴。我站在核桃树下,大声叫:"海云,小心点,别摔着!"她一声不吭,赌气似的向更高的树干爬去。猛然间，核桃像冰雹一样铺天盖地地砸下来，那样猛烈，猛烈得让人恐惧。在树下，我听到了海云的哭声……

突然，海云从核桃树上摔了下来！她失掉了一条腿！几秒钟之前，她还是那样活泼的生命呀！时间，你是魔鬼吗？

当海云从昏迷中苏醒过来的时候，抓住了我的手："核桃你带走，核桃树是我的，我知道你爱吃核桃。"

羽姗，我一生中再也没有经历比这更痛苦、更沉重的时刻了！

裕村，海云，你是我的归宿吗？为什么当我要离开你的时候，却背上了这样沉重的十字架！当时，我真想抱起海云痛痛快快地大哭一场，为海云，为自己。可是，我不能，我只是说"海云，我不走了……"

这时，从她的眼角淌出了一行泪，流在我的手上，"聪哥，你走吧，别在这受苦了。我只求你一件事，我要是死了，把我埋在那棵核桃树下，你年年春天都来看看我……"

羽姗，不要再往下写了吧，你能理解我的心了吧！

我离开了海云，可我无时无刻不惦念着她。这种撕心的牵挂，是人类残酷的刑罚。所以，我总不能真正地快乐起来，也不能真正地去爱。

羽姗，如果海云仍然是个健康活泼的姑娘，也许随着时间的消失，我会淡漠，最多不过是心灵中一段美的回忆，可……现在，海云的病情一天天加重，身边没有一个亲人，我能不去吗？不！我只能去。她是为我，为我才牺牲了她美丽的青春。

羽姗，我已决定了，我要回到裕村，回到她的身边，让她快乐，让她慢慢健康起来。这是我生命的责任。我所能做的，也只有这些，我还能有别的选择吗？

当我这样决定了，我的心轻松了。羽姗，你能理解我吗？如果不能，就把一切留给时间吧！

邓聪

我拿着信，呆呆地，过了好一会儿，才相信这是真的。灯熄灭了，我内心的灯也黯淡了。

我的火，我的热，我美丽的青春，还没有来得及燃烧，就熄灭了。

我捧着这封信，慢慢地咀嚼着。它像人生的一杯酒，这生命的酒，有苦，有酸，有甜，有所有的一切。也许生命因为有了痛苦，它才变得丰富。

## 绿色的雨

岁月在匆匆的足音中走过，在哗哗掀过的日历声中消失。也许因为那时我还年轻，我不怕等待。明天，明天，所有的有色彩的日子都属于我吗？我不怕等待。

可是后来我明白，爱不能错过它的季节，流水不能迷失在沙漠里，花朵不能在清晨凋谢。

渐渐地，我害怕等待了。

多少次航海，我都搁浅；多少次回家，我打不开房门；多少个黎明，我看不见朝霞；多少次跋涉，我都扑倒；多少次呼唤，我得不到回音……

可是一切并没有使我的青春荒凉。我继续在美术学院学习、作画。晚上，我常常伴着灯光读书思考到深夜。我迷醉于用各种色彩的强烈对比来表现生活，我所看到的色彩是那样的怪诞，我表现的世界是不完整的，我也不祈望用全色表现完整的生活。

繁忙、紧张、充实的生活，并不能驱散往日的他，我祈望在广泛的交际中把他忘记。我没有勇气再认真地爱了。我怕。

爱只能有一次？只能属于他吗？

就在那年的冬天，我认识了南。他是一位诗人，比我年长二十岁。

他住在一个幽静的小独院里，院子里种满了竹子，书房飘散着书香。

我第一次走进这个院落，凭直觉感到这里缺少点什么。

"缺什么？"他问。

"女人。"

"是的，她走了。"

"为什么？"

"很平常的原因。'文革'时，我被打成了反动诗人，她受到了牵连。"也许他看出了我谴责的目光。

"她离开是对的，对我是一种解脱。让别人因为自己受罪，不是更受罪吗？"

我用银制的小勺搅动着奶茶，望着书桌上摊开的书稿。他斜靠在发黄的藤椅上。窗外是黄昏，窗内也是黄昏，微风送来了萧萧的竹叶声，我的心里掠过两个字——孤独。他走过来，用精制的小铜壶给我斟满了热茶，"喝热的！"声音也是热热的。

我经常到这里来消遣聊天。他很健淡，也许因为他比我年长，处处都显得耐心、周到。他从来不和我辩论什么，对我异端的思想，只是宽容地一笑。这笑的内容是一种距离，这距离拉得太大，让人感到空旷，一种乏味的圆熟覆盖着他的生命。

有时人自己也不明白他做了什么。

在一个冬天，天气干冷干冷的。刚刚下过雪，路上很滑，稍微不小心就会摔倒。

南为了祝贺我的一幅油画获奖，特意为我准备了一次家宴，这事原先我并不知道。

那一天，我看见他一瘸一拐地在厨房里操持，脸色很不好看，却显得非常高兴。正当我要问为什么，他擦了擦手上的油，笑着说："你绘画的成功，真使我高兴。你将是个很有才能的画家。一清早我就去前门月盛斋买酱牛肉，路太滑，不当心摔着了……"

"我带您到医院去！"

"没关系，养些日子就好了。"

"为什么一定要去前门？"

"你不是最爱吃月盛斋的酱牛肉吗？凡是你喜欢的，我都愿意去做。"

我的心陡地沉了一下，一下子靠在墙上哭了起来，"你为什么要这样！不要这样！不要……不要……我不要……"

我虽然感到一阵友情的温暖，可更强烈地意识到他的热情里，有一份我不情愿承受的东西。我应该走，马上就走，为了不使他痛苦。可我又不能失去他的友谊，这友谊就如夏日的绿荫，在它的下面，我静静地乘凉、品茗，回忆，遐想。我不再迷茫，不再罗曼蒂克，不再苦恼自己，不再想爱，我任性地靠在树荫下，读诗歌、小说，听他讲着许许多多的故事。在这里，我看云、望月、听蝉鸣、观夕阳。雨，不再是透明晶莹的水珠，而是绿色的雨丝。在绿色的雨中，我又变成了一个简单快活的小女孩。无数条轻柔的柳丝在空中无声地垂吊着，飘拂着。在绿色里，我看不到其他任何一种颜色渗透。在绿色的雨中，在他面前，我女性的意识萎缩了。

我依然在哭。他靠近了我，用手帕给我擦着眼泪，"羽姗，你的感情太丰富了。"他把嘴唇轻轻地印在我的额头上。一瞬间，我没有躲闪，是因为我的泪水需要抚慰吗？

可是，当他的嘴唇触到我唇边的一瞬，我被蝎子蜇了似的逃开了。不再有颤动，也没有羞涩，更没有快乐，什么都没有，只是从心理到生理的本能的厌恶。

他的关怀，他的理解，他所给予我的一切温暖，甚至是真诚，都使我不能接受这一吻。

人的理智是冷峻和狡猾的，它可以让步，可以投降。可是感觉，女性的感觉是诚实的——在男女之间的爱里，感觉有一种诡异的、复杂的艺术力量。

其实，一个女人在特定的氛围里，有时灵与肉是混乱的，可是女人对情绪的感觉是丰富的，女人的触觉是缺乏理智的，也是最富有情绪的。

在那一瞬间，我感到他的嘴唇，像是一个邋遢的老女人，在呻吟，在乞怜，散发着一股发霉的臭味。我眼前旋转着一片怪诞的色彩。亲吻，这香与美的梦，顿时陷入了丑陋罪恶的沼泽。我的每一根汗毛都竖了起来，情绪已无法容忍，感受要反抗了！

女人是挑剔的、任性的，她只忠实于她的感情。感情以外的任何东西，对于女人都是靠不住的。

看到我猛然逃开的一瞬，他的腿抽动了一下，便摔在了地上。他勉强地从衣兜里抽出一块揉皱的手帕，擦着头上的汗，"原谅我，让你不高兴了……"这时，我的心一阵酸痛，刚才的厌恶、反抗都消失了，只剩下两个字：怜悯。这是一个男人最不愿也不能接受的，尤其是来自一个女人的礼物。可我，对于他只有怜悯了，连一点的杂质都不掺。

我哭了，不是为了自己，是为了他。

有时，男人的欲望难以捉摸。其实，他如果冷静地看看周围，剔除不可能得到的东西，用单纯的友谊去充实生活中可能的部分，他可能会得到意想不到的财富。可男人是比较贪的动物，喜欢生活中带点腥味。他能得到的，他不要；他想要，又得不到。这是生活中常演的悲剧。

爱是一种生命的姿态，它能唤起人优美的意念。女人需要的是年轻、俊美、健壮、活泼的生命，她要的是恋情的欢乐，而不是一位渊博的学者、矫情的诗人。

如果年龄的距离，不仅表现在思想上，而且显示在生理上，那注定他们之间只能是友谊的关系，而不可能含有其他的意味。

这是自然本身决定的。

有一天，在游泳场，我穿着红色的游泳衣，和女友小红在岸上晒太阳。小红说："羽姗，你的大腿真有弹性，又那么长，当个游泳运动员都有富余。"

我把两条晒黑的结实的大腿向上抬了抬，"何必当运动员，做一只天鹅吧！"我哼起了天鹅湖舞曲。

这时，小红用力揪了我一下，"羽姗，你快看那个人，那副样子还来游泳。"我顺着她指的方向望去，天哪，我差点认不出来，原来是南！身上瘦得只剩下骨头了，最让人看了难受的是，他脖颈上失去脂肪和水分一层一层叠在一起的干皮，还有被水浸湿后只剩下的两三缕头发。他还不到五十岁，怎么就这样了！这完全是一个老人的躯体！他回避了我的视线。我纵身一跃，扑进了水中。

在水里，我一直漂游到黄昏，身上凉凉的，我上了岸。天上正下着雨——绿色的浓浓的雨网，在宇宙间飘动，它包裹着我。我浑身的肌肉都酸痛，看不清前面的方向，沉沉的绿色，压得人喘不过气来。

从这一刻起，南在我的心里不再是那个穿着整洁中山装的诗人了，只是一个可怜的老头，我将只把他当成一个年长的朋友来尊重。

一个女性最懂得感觉上的敏感点。男欢女爱的基点首先是赏心悦目，包括形体的、气质的。如果不能满足我的审美感受，其他的一切都不可能。有谁不喜欢勃发的生机、青春的力量，而追恋疾病、衰老和死亡？一个人明白了这一点，就会懂得理解、宽容和自尊，而不作非分的妄想。

女性的感觉是微妙的，当恋人站在面前时，她会感到兴奋和生理上的激动，并以最快的速度传递，促使她荷尔蒙素的分泌，使她年轻，健康，美丽。男人使女人成熟，男人是陶冶女人的土壤。

过去，我不懂得女人要什么，从这一刻起，我才明白，也第一次明白了自己。

青春是任性的，它像有形的水，流向一边，另一边就会干涸。自然本身是最有力量的魔鬼，任何神圣的说教都显得无力。

既然我明白了自己，就只管依顺我的内心走去。

可是诗人，有他自己的逻辑，一径朝着他认定的方向毫无迂回地走去。这是男性的愚钝，还是男性的自私？

就在这时，一种超脱的宁静在我心里滋长起来了。

南的住所真是世外桃源，我始终把那里当作一个消遣休息的好地方。尤其使我高兴的是，他珍藏了许多欧洲古典音乐唱片。我时常静坐在竹林下，欣赏着柴可夫斯基、贝多芬、勃拉姆斯……

我终生都将感谢他，在二十世纪七十年代末期，文艺尚未完全复兴的时候，他给予我的一份温馨和安慰。

我本来以为这样的日子、这样的友谊，可以静静地保持下去，然而……

有一天，在月光下，他走近我："羽姗，我希望每天都见到你，如果有一天看不见你，我……我……"

"我有时间当然要来的，听，这音乐多有情绪。"我故意玩世不恭地说。

"羽姗，你真像个孩子，我也像疼孩子一样疼你。看你瘦了，我总想办法给你准备你爱吃的牛肉、火腿，看你情绪烦躁，我就给你弹你喜欢的肖邦的钢琴曲……"

他俯下身来，一只手轻轻地放在我的肩上。过了一会儿，我便站了起来。

"羽姗，你不高兴了，但愿你能理解我的心。"

我靠在书架上，用一种带责备的口吻说："南，难道我们不可以保持一种超俗的友谊吗？"

过了好一会儿，他说："姗，在月光下，你更美了，我怎么能抗拒这美的诱惑呢！"

我笑了，笑声里充满了讥讽，"南，你在说这句话之前，对我的感情做过判断吗？"

"羽姗，请不要这样问我，要知道你像一阵春风，吹开了我窒息的窗户……"

我打断了他的话："现在我不想听诗。诗人，如果你一定要破坏这种友谊，我不能强求。"

"难道？"

"南，我对你只有友谊，很纯的友谊，难道你看不出，你站在我面前，我是多么平静。"

他颓然地深陷在沙发里，低下了头。

如果他爱我，却从来不对我说；如果他为我做这一切，却从来都是默默地；如果他从不向我诉说他的痛苦和寂寞……也许有一天，我会悄悄地爱上他，忘记了衰老、疾病和死亡，跃入深深的爱河。

对于男人，我迷醉于深刻、坚强和尊严的力量，而不能容忍一丝的轻浮和肤浅。

他从深陷的沙发里抬起了身子，"羽姗，只要你一离开我，我就会重新陷入痛苦里。"

"这，我没有责任。"

"不，你的容貌、你的声音、你的笑靥，就是你的责任。"

"看来，我现在就应该走了。"我拿起了挎包。

"你……你……不能走。"

从这声音里，我好像听到了生与死的搏斗，看到他孤独的生命在沙漠里哭泣。想到他曾给予过我的一切关怀和理解，想到我在这里所度过的愉快的时光，我的心变得无力了。为了一个复活的生命，我不能迁就吗？

过了很长一段时间，他说："羽姗，如果你真忍心离开我，我请求你一件事。"这声音使人联想起讨饭的乞丐。

"什么事？"

"这是我生命的最后一点渴望，到我怀里来，让我好好吻吻你。"

这个声音好像是从地狱里钻出来的，它杀死了我对他最后的一点敬意。强求别人去接受爱，是最不人道，最残忍的。

"只要你不怕我仇恨你！厌恶你！"我流着泪，但冷静得近于残酷。

他欠了欠身子，无力地倒在沙发里，像一具刚刚挣扎过的死尸。

我冲出他的院子。街上下着倾盆大雨，那是绿色的雨，落在地上泛着泡沫，雨中弥漫着腐败的青苔味。

夜裹着雨，雨裹着夜，沉甸甸的，让人透不过气来。

闷人的绿色的雨！

## 蓝色的云

过了一段疯狂沉闷的日子，舞会、海滩、摄影、作画，大谈弗洛伊德，萨特和他的存在主义……

我对所有的异性都失去了兴趣，可我依然活得自由自在、洒脱，把追求和欲望留给梦，留给明天。

青春是什么？它原来不过是个稍纵即逝的梦。青春是奢侈的，可那时我还不懂，漫不经心地把它挥霍了。

五年过去了！金色的年华渐渐离我远去了，我的内心充满着惆怅和依恋。唯一使我欣慰的是，我举办过一次个人画展，无论岁月怎样匆忙，我始终没有忘记自己。

可我终于抵挡不住年轻的灵魂对爱的渴望。在下雨的深夜，我拿着雨伞，走在没有路灯的马路上，把刚刚写好的信急切地投入信筒，没有地址，也没有姓名。

我需要一束鲜花，遮掩那块清凉的墓地。当我一个人坐在电影院里，呆呆地望着银幕，想哭又流不出泪的时候，我遇见了他——杨晓欧。我们一起同行了一个美丽的夏季，只有一个夏季，只有一个。

我静坐在医院的候诊室里，看着白色的屋顶、白色的墙、白色的诊桌、来回走动的白色的衣服，一种孤单落寞的情绪凝重地窒息着我。

这段日子，我经常失眠、心跳、疲劳、食欲极差，连月经也时来时走。朋友们都说我"人比黄花瘦"。这时，我正处在一个心理、生理和健康的低潮。

我痛苦地等待着这段危机快点过去。无奈，我去求助医生。

"您叫羽姗？"一位青年男医生走近我，"请跟我来。"他看着病历，"内科把您的病历转到我这里了，请您配合。"声音非常沉稳，音质纯厚，落在人心上给人一种熨帖的抚慰。我抬起头，看见他一身素白，口罩上面闪动着一双眼睛，那眼睛很黑很亮，闪着智慧的光。

我随他坐在诊桌旁。他仔细地翻阅着病历，手指又细又长，沉思的神情中透着一种自信。

"你经常心慌吗？"他把听诊器温在手里，一边耐心地询问我的病情。过了一会儿，"好了，听诊器不凉了。"于是，开始听诊。

他的手触到我的皮肤，我感到他的手指是那样细腻、柔软和敏捷。我的脑子里突然浮起一阵冲动——我要为医生的手创造一具雕塑。

他洗了洗手，"你没有器质性的病变，主要是精神要注意放松，不要和自己过不去，学会为自己找愉快，过段时间会好起来的。"说得很自信，在职业性的冷静中又有几分恰到好处的热情。

后来，我经常找他看病，精神上对他产生了一种信赖。我的健康一点点恢复起来，我渐渐熟悉了他。他是一位刚刚毕业的大学生。不知什么原因使这位年轻医生脸上总带着一种早熟的严肃。

有一次，在他的诊桌上，我看到了一本弗洛伊德的《精神分析引论》。

"我可以翻一下吗？"

那时，文艺界的朋友们正在着迷似的研究弗洛伊德。

"有兴趣，拿回去看吧。"

我拿起了书，感激地笑了笑。他静静地注视着我，那目光好像也在读一本书。我匆匆地走了。

在一次音乐会上，我遇到了杨晓欧，他坐在我的前排。他看见了我，大方地笑笑，没有说话，继续专注地听着音乐。音乐会演奏的是斯美塔那的交响诗《我的祖国》。这时，乐曲展现了沃尔塔瓦河瑰丽庄严的景象和美丽的自然风光。看来，他完全陶醉了。

音乐会结束了，他走近了我，"你好，没想到在这里遇到你。"声音里透着愉快。

这是我第一次不在医院那种特殊的环境里看见他，感觉上很不一样。在医院里他穿着白色的衣服，端坐在诊桌前，气质和精神给我一种成熟感。尽管他比我年轻，但我作为患者，对医生有着一种依赖。可现在，站在我面前的他，身着白色的夹克装和一条地道的牛仔裤，头发蓄得很长，脚下蹬一双白色旅游鞋——真正是一个摩登青年。这时我的情绪突然产生了落差。

他洒脱地看了看表，"一个人来的？"

"一个人。"

"这么晚了，我送你回家。"语气中有一种不容分说的坚定和关怀。

下了汽车还有一段很长的路才到我家，我们都不由把脚步放慢了。沉默了一会儿，杨晓欧轻声地说："羽姗，感觉身体好多了吧？"

"我好像换了一个人，太感谢你了。"

"不要说感谢，这句话似乎不应该出自你的口。"

"为什么？"

"因为我第一眼看见你，就感到你很不一般。其实你的病是你自己治好的，不完全是我。你对心理的悟性很强，善于服从诱导。羽姗，只要你明白，除了躯体以外的任何东西，都并不是实在的，你就走向了健康之路。"

我沉吟了片刻才懂得他的意思。

"杨医生，你借的书我看完了，弗洛伊德的精神分析真是够神秘的。有许多问题，我简直搞不清。"

他沉默了一会儿，慢慢地说："弗洛伊德是了不起的，整整花了七十年的时间，才证实他的观点是正确的。他对心理学的发现不亚于达尔文在生物学中的发现。他重要的发现之一，就是性欲紧张引起的神经官能症。不过，弗洛伊德的泛性论，把人降低为一般的动物，抹杀了人的本质特征，是不可取的。精神分析作为一种文化思潮,不能离开一定的文化环境和个人环境。"

"杨医生,你的兴趣好像在心理分析。"

"是的,不过这在不发达国家还暂时被冷落。"说着,他一脚把眼前的一个罐头瓶踢得老远老远。

这是我第一次和他肩并肩地走在一起,第一次离他这样近地听着他的声音,那声音绵密低沉,十分好听。

他站在淡淡的夜色里。他的眼睛闪烁着一种东西,或是痛苦,或是欲望,或是不安。在他的眼睛里呈现出最细微的心意。现在,他和我如此靠近,突然,有一种什么东西打动了我的心,莫名地对他感到爱怜,真正的爱怜。

不知不觉中,天空落了雪花,纷纷扬扬。

"啊!下雪了!"他高兴地跳了起来。

我仰起了头,静静地享受着雪花落在脸上的感觉。

"羽姗,你真是个多血质的姑娘,富有感情。"他小心地掸掉我身上的雪花。

在沉默的气氛中,在淡淡的夜色里,我们面对面地站着,一动也不动,沉默着。我觉得他与我都有一种模糊的愿望,可又说不出来。那是真诚的一刻,有声的语言反而成为一种干扰。

雪花在他身上撒满了一层淡淡的银粉。隔着薄薄的雾气,他的眼睛是一泓看不见底的湖水,我们彼此站在湖的对岸,站在可能与不可能之间。

马路上结了一层冰,他用力地拉着我的手在马路上滑步,并哼起了一支奔放的美国乡村歌曲。在风与雪的旋转中,我感动得直哭。

我望着他,想到了过去那些清纯的日子,竟使我有几分惶惑。我感觉到心中一种甜美而细致的感情正在逐渐复苏。

我们不觉到了家。

"不进来坐一会儿吗?"

"不，不，太晚了。"

我走进房间，石英钟的指针赫然指在十二点上。"糟了，已经没有车了，徒步走到城里至少要两个小时。"窗外是漆黑的夜。

夜里，狂风席卷着冰雹，我独自走在没有人烟的荒山里，跑呀，跑呀，我听到了远处寺院的钟声。我躲进了一座破庙里，一个人也没有。天黑了，看不见一点光，我害怕地哭了起来……

我醒了，窗外是一片灿烂的阳光。

那时，我还常在梦中看见一个梳着日本娃娃头的小女孩，在年三十的下午，趴在幼儿园的铁栅栏门前，向外探望。我问他："你在等谁？"她说："我等爷爷来接我。"可是别人告诉我，她的爷爷昨天去世了。我抱起她便哭了。

……我紧锁的抽屉，被人撬开了，信件、书、日记本、项链，还有几颗珍珠全都不见了。我急得大哭起来。

杨晓欧听完了我的梦，用抚慰的声音说："从我一接触你，就感到你有焦虑症。它表现为一种心理冲突。焦虑是指个人面对复杂世界而产生的孤独感、渺小感、不安感。重要的是要善于建立对抗焦虑的防御机制。你的这两个梦，都表现了你对爱的渴望和焦虑。你自幼缺少母爱，你对爱的渴望非常强烈，可又得不到满足。你压抑的、封闭的欲望试图要冲破，这就积累了爱的焦虑。"

"我该怎么办？"

"或者释放，或者升华，不能继续积累能量。"

于是，我对他讲了我昨天的故事。他静静地听着，用眼睛安慰着我。

他说："人的幻想、情感并不都能在生命中得到满足。对于外物，对于世界，我们都只是匆匆的过客。对生命旅途中所遇到的一切，即便是炽烈的爱情，也不要十分认真。认真是最伤害自己的。生存是一连串的选择，对于一个心理健全的人，心理应变的渠道应该是通畅的，对生活会做广泛的抉择，从不偏执于一方。"

他的话，把我带入一种新的境界——突破有限的空间、时间，对人生、宇宙产生了一种哲理的感受。心灵、感觉都似乎变得博大、洒脱了，可又有一种隐隐的不安。

晓欧，我的医生，我的朋友，既然我们相逢在相知的路上，但愿你能与我同行，至于它是什么形式，我不在乎。

冬天，寒冷的冬天，使我们的脚步离得更近。

他的灯光是我心灵紫色的光晕，在他的世界里，我找到了自己。

我一直在渴望，有一天，我们一起走向那条美丽的山路，有树荫，有清风，有花香，有蓝天和融在蓝天里的蓝色的云。

那蓝色的云，是你为我染色的头纱。它飘浮在山间和清流上，同清风一起在蓝天里飘荡。

蓝色的云，我宁静的梦。

那时，我从未想过，时间会慢慢地把我们隔开，世界上无论哪一种感情都不会永久。

这时，另一件事使我激动极了。我的作品被选入全国优秀绘画展。这是我多年的梦！

可是开展前夕，主办单位却通知我，我的三幅作品只能上一幅，理由是地方有限，要给一位名人留地盘。

我感到难过、屈辱和无奈。晓欧握住我的手，让我依在他的怀里，平静地说："这没有什么了不起，没有什么事真的这样严重。"我茫然地问："我该怎么办？我真不甘心把那两幅作品撤掉，那是我十几年的心血。"

"你怎么办，我不知道，我只知道自己该怎么办，把最后一幅画也撤下来，把地盘统统留给名人。就这么简单。"

我愣了半天，才明白过来。他傲然的违拗感染了我，这来自一个人的尊严和自信。我想一个普通的人不可能有这样的气魄。我觉得心里轻松了。

那个夜晚,他懂得我需要和他在一起。他驾驶着摩托车,我依偎在他的后背。车一路飞驰过美丽的城市。夜晚的天空那样明亮,入夜的清风从水面上吹拂过来,带来一种清新的凉意。他在前面大声说:"抱紧我,要加快速度了!"我把脸紧贴在他的后背上,抑制不住突然来临的泪水。

在这个快速的、闪动的世界里,在这个时刻,我觉得拥有了他。

他青春的热流、他灼人的目光都在积聚着一种渴望。我躲开了他的视线,却又无法摆脱,他已凝固在我的视野里。

我的情感呈现出调不清的色彩,沉淀到心底是一片蓝色,一片充满愁绪的蓝色。

真的,我不敢去爱,也害怕爱了。我流血的伤口还没有愈合,心还在隐隐地疼痛。

我比他大八岁。八岁这是人生一段多大的距离!尽管真正的爱情没有年龄的限制,但,我已不是喜欢做红色的梦的少女了。对于一个女人,年龄是最重要的。

爱情是一种脆弱的、缺乏弹性的感情。它娇贵,它任性,它流动。

记得我曾经说过,"爱,只要爱,我不在乎它的形式。"但事实上,爱的敏感,使它计较得非常精细。赤诚的爱,它要求容纳、要求交流,爱把空间挤得没有缝隙,所以它很容易窒息。

因为我害怕改变,才不肯说出心底的誓言,因为将来注定要分离,所以没有勇气求得片刻的相许。

留下的,该留下的只留在我的心底。

一个月过去了,我回避着他。两个月过去了,我还是依然。这段日子,对于我竟如此的沉重。每一次打开信箱,我都不安;每一次电话铃响,我都震颤。想到不能与他相见,眼前一片黑暗。今后,有谁在细雨霏霏的夜晚和我絮絮低语?有谁在我忧郁伤心的时候,为我温柔地擦去眼泪?有谁在孤独的黄昏,陪我走向夜的深处?有谁在酒气弥漫的大厅,把我引向清新的旷野?有谁用温暖的手为我包扎好流血的伤口?

……

今后的所有的这些日子,有谁?还有谁?

在这暂时的隔绝中,我或许能将自己澄清,可是,一个疯狂的念头却在心头滞留不去:想见到他!只想见到他……

有一天,他弟弟来了,把《约翰·克利斯朵夫》第三册放在桌上。

"怎么是你来?他呢?"我问。

"他让我来的。"弟弟讷讷地说。

"他没有说什么吗?"

我焦急地盼着他说借第四册。

他摇了摇头。

我的心向下一沉,把削好的苹果放在盘子里。我只是希望他能多坐一会儿。

"不!我明天要物理考试。"

他走了。

我急切地翻弄着书本,想找出一个字条,想听到一点声音,想闻出一点熟悉的味道。可是没有,什么也没有。他真的不想再见到我,永远也不想吗?我看着眼前的一堵高墙,一堆乱石。

过了一段时间,我终于收到了杨晓欧的来信。

羽姗:

你在逃避我,也在逃避你自己,为什么?难道你不觉得我们都活得够苦了吗!人生本来就太短促,为什么要折磨自己!

既然生活使我们相识了,我们为什么不能走在一起,能有多长就有多长,重要的是它应忠实于我们自己。

羽姗，我们相识的日子已经不短了，可我不知为什么，我们每次相见你总是用距离把我推开。可你的眼睛又告诉了我，你是那样痛苦，而我每一次见到你就怕失掉你，每一次的离别又想到要相逢的喜悦。一年多来，我就是在这样的不安和幸福中度过。

羽姗，虽然我没有享受过你全部的感情，可我已经体味到了。

记得有一天晚上，我们一起看日本电影《砂器》，你一言不发地走出了剧场。我看得出，你还没有从人物悲剧的情绪中走出来。你坐在我的旁边，不住地用手抹眼泪。当时，我真想递你一块手帕，但，我知道，你是不愿意让我看见你流泪的。

可说实话，那场电影我根本没有看好，你那样的流泪，能让我心安吗？

记得，那一天你有些发烧，晚饭只吃了两片饼干。我摸了摸你的手有些热，劝说你回去休息，可你却执意要穿过一个园林公园。我没有多阻拦，因为我知道，你要做的事，别人是拦不住的。你真是一个任性的孩子。

那天晚上，在园林的亭子里，你曾问我："你一生中最不幸的是什么？"当时，我只是沉默。那是我最敏感、最痛苦的创伤，我怕说出来影响你的情绪。

现在我告诉你吧，羽姗，那就是我过早地失去了母爱。那时，我只有十二岁。

那一天，我刚考完试，便十二分火急地跑到了医院，推开了妈妈的病房门，只见妈妈的病床是空的。我惊叫了起来："我妈妈在哪？"病友们用异样的神情躲避着我的目光。我明白了，妈妈不曾看我最后一眼，就撒手而去了！从此，我只能在回忆中重温着母亲的爱！

不久，爸爸娶了一个年轻的女人，她曾是父亲的学生。婚后，他们生活得十分幸福，他们的快乐常常使我关上门痛苦地哭泣。很长时间，我都无法摆脱对母亲的爱和对那女人的恨。我觉得他们的快乐简直是一种罪恶。

于是，我搬出了家，一个人生活了……

羽姗，我不是一个容易流露感情的男人，但在你面前，我无法控制自己。

羽姗，和你在一起，我感到从未有过的欢愉和幸福，你用你的方式深深地感染了我。你真的是我的姗姐吗？你天性中有一种孩子般的稚气，而且是那样真实、自然，没有一丝的矫情。见到了你，激起了我强烈的男性保护意识，你是我的妹妹，一个柔媚的女性。

你那恣情的、任性的笑声，另有一种特殊的风韵。当你用目光期待我时所流露出的诗意，使我不止一次想起了德彪西的《月光》。你的美是说不出的，是从你的血液里渗透出来的。看到你，我第一次懂得了什么是迷人。你的音容笑貌能把一个坚强的男人完全搞乱，爱情也许就是壮丽的纷扰。

羽姗，你是我的一切：母亲、姐姐、妹妹、情人。认识了你我才知道，女性原来了这般丰富、优美和细腻。我相信，离开了你，哪一片土地都显得贫瘠。我愿这片土地是我最初和最终的归依！

羽姗，你记得吗，那天我有意让我弟弟去你那里还书。我想，如果你主动把第四册借给他，那就是说，你希望我去，可你却没有！那一天我简直要疯了……

羽姗，我们离别这样久了，我多么渴望听到你的声音。前天，我拨了你的电话，紧握着话筒的手浸出了汗。我沉默着，话筒里传来了你的声音："喂，喂，是哪一位？怎么不说话？"我捉住了你的声音，紧紧地，紧紧地，无论多么缥缈，多么遥远。这一时刻，我仿佛和你站在一个永恒的极点。

晓欧<br>于子夜

这一天我什么也没做，只是一遍一遍地读他的信。可令我奇怪的是，为什么在那期待的瞬间来临的时刻，反而痛苦多于快乐。我对于本应陶醉的欢乐感到茫然。

有一天，他突然来了，沉默地站在我的面前。在他的眼睛里，我只读到一个字——爱，爱得令我有些恐惧。他嘴角挂着一抹痛苦，神情却有着不容分说的力量。他消瘦了，脸色也有些灰暗。我的心在疼，如果不是理智的力量，我会泪如雨下地扑向他的怀里。

可我却跑到窗前，推开了窗户，面对着冬日的残雪。

过了好一会儿，他终于说话了："我想你的眼泪该吞咽下去了吧，你总该回过头来。"

我咀嚼着流入嘴角的咸咸的泪水，听着屋檐下残雪的水滴发出断断续续的声响，"晓欧，我求求你，不要来烦我，帮助我把你忘记，我求你。"

"你真的这么想吗？"

"真的。"

"我真的对你这么不值得吗？"

"真的。"

"好，我马上就走！"他走了几步又停了下来，"羽姗，我最后求求你，你回过头来，让我看看你，看看你就走，绝不再来。"这声音把我的心撕碎了。

我的眼睛慢慢地离开了残雪的水滴，啊，我看见他了！他狂叫了起来，"你为什么欺骗我，欺骗自己，你的眼泪是为我流的，为我！为我……"

在我们对视的瞬间，我们的灵魂第一次真正地拥抱了。他的双手拥抱着我，但这一双手颤抖得厉害，好像注定我们是一次诀别。

他抱起了我，紧紧地像是要把我压碎。我喘不过气来。他的嘴唇放在我的眼睛上，把我所有的泪水都导入了他的酒杯，他要一口一口地喝干："我喝干你的眼泪，你以后不许再哭了，你是我的，绝不让你离开我。"

他的热情有一种掀动人生命的冲力，能把人穿透，把人毁灭！我忘记了自己，被一种无法抵抗的热浪卷走了，我的欲望在告诉我——离不开他。

爱是什么？爱是天赋，极高的天赋，没有天赋纵有怎样的爱心也奏不成优美的旋律。

在以后的时间里，我们一起度过了许多美丽的日子，我真不忍心把它当作普通的日子，难道将来也总有这样的日子在等待我吗？

其实人生的一切，无论当时多么浓烈、美好、真实、辛酸或痛苦，都不过是瞬间。遗憾的是，当我渐渐长大的时候，才懂得了它。所以在人生的旅途中，我无畏地投掷了那样多的真情和眼泪。在长长的一生里，走得最疾的、消失得最快的总是那些美好的时光。

"羽姗，今晚在雯雯餐厅我请你吃饭。"

"又是你请？"

"我应该请。"

"为什么总是应该？"

"因为我是男人。"

他男子汉的意识很强，也许正因为那样的年龄才夸大这种尊严。但，他的破费令我不安，而他认定的尊严又是那样强硬！

"羽姗，你一定来，一定。"语气中有一种兴奋和急切。

"大概是去不成了，今晚一个朋友约我去看画。"

"你看着办吧！"说完，他扭头蹬车便远去了。

晚上，我还是去了，因为从他的目光和语气中好像流露着什么特殊的意义。不过，那已经过了约定时间快两个小时了。

隔着餐厅的玻璃，我看见他一个人孤独地对着酒菜。隔着烟雾，我看不清他的脸，可不知一股什么情绪使我心里很不好受。我的心在悄悄地说："晓欧，我来了，真的来了，我就站在你的身边，你不要一个人，不要……"我的眼睛却不住地淌着泪。

我平静了很久，终于走进了餐厅。我悄然地站在他的背后，轻轻地拿过了他手中的酒杯，"晓欧，不要喝得太多。"

"我在替你喝。"

我坐在餐桌前，望着满桌的酒菜，用目光询问："这是为什么？"

他淡淡地说："羽姗，今天是我们相识三周年。"

我脑子里轰了一下。我竟然忘记了这个日子，完全忘记了！

我低下了头，心里翻腾着，眼睛潮湿了。我一生中从未感受到这样真挚的情怀！

在无言中，我凝望着他。我感到他像一团火，燃烧着，火光把整个夜晚都照得辉煌灿烂，空中弥漫着灼人的热气。我要投入火中，只为了片刻的幸福而化为灰烬！

我们的酒杯在火光中发出轻柔的碰撞声，我不自觉地唱起了一支台湾歌曲：

其实，我盼望的
也不过就是那一瞬
我从没要求过你给我
你的一生
如果能在开满栀子花的山坡上
与你相遇，如果我
深深地爱过一次再别离
那么，再长的一生
不也就只是，就只是
回首时
那短短的一瞬

唱完歌，我痛饮了一杯酒。他伸过手来放在我的酒杯上，许久许久不松开，我们互相凝望着说不出话来。

天黑时，我们离开了餐馆。这时，我对他的依恋使我惆怅。这是个没有风的夜晚。

在夜色的朦胧中，他拉起了我的手，把脸贴在我的手上，"姗，今天能多给我一点时间吗？"我盼望的正是同样的期许。

星星把我们送回了家。

我靠在椅子上，酒后有些头晕。他靠近了我，在我耳边亲吻着，"姗，累了。"用手轻轻地梳理着我的头发，轻轻地，柔柔地，一点一点地在我脸颊上亲吻、融化，我们的生命靠近了……

在幽暗的紫色的灯光下，他抱起了我，紧紧地，像是两个不能分开的生命。在颤战中，我昏了过去。

他的爱是那样生动！只有用生命的热情才能创造如此惊心动魄的爱。

窗外高耸入云的烟囱，火车入隧道发出的音响，山谷中挺拔的树林……啊！这是生命，有力的生命！我们沉醉在生命的欢乐中。

我被生命的波涛远远地抛去了，回到了童年的金色小屋，拾起了海滨紫色的贝壳，冲着海浪远帆大声呼喊！

我看到云彩融入水中，天空拥抱着大地、森林和海洋，成为一个整体。这一时刻，我充满了圣洁的狂想，找回了最初的、原始的自己。

暴风雨过后，一条美人鱼静静地躺在沙滩上。她在想，人间多么美！可大海又在呼唤了。她消失在海天之间……

在过去的日子里，我们是两个互相渴慕的生命，当我们碰撞了，自然就被接受了，正如那条河，它流着，流着四季的声音……

那是一条郊野的河，河水不深，河对面是一片麦田。我坐在河边，望着河对岸的一座茅屋发呆。

"你想画那座茅屋吗？"晓欧躺在草地上漫不经心地说。

"不仅想画，而且想住。"

"如果那里有虱子、臭虫你还要吗？"

"我要。"

"如果那里有老虎、蛇你还要吗？"

"我要。"

"如果那里没有我，你还要吗？"

"我要。"

"那好，让你要。"说着，他把鞋子麻利地甩掉，一把抱起了我，走向那条河。

我还没有来得及反应，就听到河水在他脚下发出啪啪的声响。我紧紧地搂住他的脖子，真怕不小心掉在河里。

我好像变成一片树叶，在水上漂流，天空、云彩触手可及。

"如果你还敢说要茅屋不要我，我就把你扔进河里。"

"我就要茅屋，不要你。"

我觉得我的辫子已经在水里漂了。"

"要我？还是要茅屋？"

我紧紧地抱住他，一言不发了。他俯下身来，在我脸上落下深深的吻。

水上的吻是潮湿的，散发着淡淡的水的清香，浸透着洁净、清爽和透明。他的胡须，像一片春天的草丛。我的嘴唇像一只蝴蝶，在这里寻觅、躲藏。我忘情地倚在他的怀里，闭上了眼睛。

一阵瑟瑟的风吹过，一片早落的树叶，飘到我的身上。这时，我听到流向黄昏的河水，在忧伤地低唱。我突然产生一种深深的悲哀——一切都会像流水一样过去。

"我求你，把我放进水里。"他用亲吻堵住我的嘴，不让我说下去。

终于，他的嘴唇吮到了我的泪水。他惊异地问："姗，你怎么了？"

"我求你，让我们一起都埋入水里。"

"为什么？"

"这样我们就永远在一起了。"

这一瞬间的痛苦，竟然如此深沉巨大，我好像预感到了什么。

我们上了岸，我靠在茅草屋旁，怅然地望着流水。他轻轻地吹着口哨，捡起一块石子抛向水面，惊走了一群低飞的小鸟。

河水不倦地悠悠地流着。它带走了什么？它遗忘了什么？一切都这样匆忙。

生活、情感有它自身的规律，尽管我们是那样不情愿。时间证明，什么都是留不住的。

那一年除夕，我病了，在床上随手翻阅着画册。

"姗，你病了！"晓欧坐在我床边，给我剥开了橘子，"尝一瓣，不酸，我跑了半个城才买到这么好吃的橘子。"我勉强吃了两瓣。又过了一会儿，他说："今晚除夕，我要参加一个迪斯科舞会。"我惊异此时他竟然有这样好的情绪。

"你当然应该去，今天是除夕。"

"我可能要跳一个通宵。"

于是，他走了。

我呆呆地望着他的背影，期待他能回过头来看我一眼，然后说："我不去了，陪着你。"可他没有。听到门最后的碰撞声，我哭了，哭了一个通宵。我在想，为什么一个人在欢笑，另一个却在哭泣？

我第一次强烈地感到年龄的距离，也第一次感到青春的缺憾。

第二天，他来了，"病好些？"

"好些。"我倦倦地回答。

他轻松地点了点头，接着，他便毫无倦意地向我讲述着舞会的欢乐。

我强忍着听，心却在尖锐地疼痛。我装作不在意地说："既然跳了一个通宵，怪累的，赶快回去休息吧。"在这句话里，绝不含有一丝的关怀，而是恨他在不经意中的残酷。

如果他再继续讲下去，我会抑制不住地大哭起来，会把一切都撕得粉碎，可那是我女性的自尊所不允许的，尤其是我较他年长。我坚守着这块阵地，那是我最后的武器。即便我把感情输了，也决不能连自尊一起输掉。

八十年代的中国，在这二十世纪的最后的日子里，充满了骚动和不安。民族的生命在进行奇迹般的大胆的尝试，在迎接二十一世纪的太阳。

人们的生活在变化，大家都忙碌起来，虽然并不确定这为了什么。

我所在的出版社精减人员，我一个人不仅负责刊物的插图，而且还要兼管广告和书籍的封面设计。

人们的心都变得躁动起来，工人、农民、军人、知识分子，甚至学生，最热门的话题不外乎"买卖""公司""回扣""赚大钱""出国""美元"……

晓欧以他的青春活力和灵性很快悟出了它的道理，并以极大的热情卷入这热潮中。

他利用业余时间，在一个私人诊所又找了一份差事。这时，他的兴趣又转移到针灸、推拿及气功美容。他凭着一口流利的英语，招揽的大部分都是外国人。那时，他经常说一句话："外国人骗中国人的钱，中国人也学着骗外国人的钱，这年头就不兴一个'骗'字吗？"

一切都变化得那样快，让人瞠目结舌。这个世界对于我突然变得陌生了。

我和晓欧的关系也有了微妙的变化，由于生活节奏的加快，感情的表达也变得匆忙起来。我们只在电话中匆匆地问询对方：

"羽姗，怎么样？"

"老样子。"

"你呢？"

"忙得昏天黑地。"

……

资讯快速地发展着。飞机缩短了人们的距离，使人们情感的期待和重逢变得缺乏味道；电话使人类的情感陷于最直接、最简单的语言对话。我喜欢选择人类古典的感情交流方式——书信，但人们往往无暇顾及。

一个混混沌沌的雨天，我去看他。

他简单的家里，已经安装了私人电话。我问："电话一定很有用场吧？"他拿起了话筒说起来，"对，我已经弄到了几十台二十一遥，不过要看出手后能拿多少回扣……不行……不行，再加三千，我考虑，明天给回话。"电话刚刚放下，又急躁地尖叫起来，"……可以出诊，不过……请付美元。"

我靠在墙上，看见他好像站在一个很远很远的地方，我看不清，也摸不到。这个世界突然变得陌生和遥远了。

他拉起我的手："羽姗，你听了觉得意外吗？你应该理解我，现在中国大的氛围是搞活、开放，第一次给人创造了发展的机会，我为什么不去参与？为什么干看着别人捞，自己只会发牢骚？读书做学问是能力，能够赚钱更是能力，人应该明白，只知道喝白菜汤是无能和耻辱。"

我一句话也说不出来，只是望着他。他似乎也感觉到了什么，"羽姗，你不觉得你把自己封得太牢固了，离这个时代有些远了？"

"不，我只想保持住自己，不受环境的污染。"

他耸耸肩，点起了香烟。

有一次，我在街上看见他正在一家大公司的门口。他低着头在踩摩托车，口里叼着一支烟，身后跟着一个穿迷你裙的女孩。车开动了，那女孩的手，环在他的腰上。他显出了一副满不在乎的样子。摩托车和穿迷你裙的时髦女郎都像是他购买的新潮物品。

我望着摩托车疾驰远去的背影，内心却有一种了然于心的寂静。

他终于在单位办了"停薪留职"，终日穿梭在北京、广州、深圳、香港、厦门之间。

我已经很久没有见到他了，偶尔收到一封简短的问候信，就好像飘来的一片秋天的落叶。

他还没有忘记我的生日，给我带来了一大束鲜花。我的心一阵激动。我把花插在墨绿色的花瓶里，闻着它散发的淡淡的香气。

"我们很久没在一起了，今天能陪我多待一会儿吗？"

他犹豫了一下，"可以。"干涩的声音里缺乏热情。他的手下意识地撕碎了一片花瓣，靠近我："姗，不要再像一个任性的孩子，我们都不是几年前了。"说着，便把我拥在他的怀里，"听话，羽姗，我也是很艰难的……"他在我耳边轻轻地说。我感到他的温热、他的气息，那好像是很久很久没有过的感觉了；我的全身泛起了一阵温柔的渴望。我在哭泣中，准备把热情作最后一次挥霍，把生命中所有的残余的热情都交付给他，一点也不为自己剩下，只要，只要能唤起过去的他。

可是，在我清醒的瞬间，我终于明白了一个可怕的事实：他已经不是他了，他已经死去了！

他的感觉变得麻木了，他的热情像一缕淡淡的烟，目光投射出可怕的冷漠，他的嘴唇像干裂的土地，他的抚摸是那样的粗糙，双臂疲乏无力……他？不是他？

不能，不能，我不能再让感情欺骗自己。在那样的片刻，我对他是什么都不可能的。

人总是在不断地离开一些东西。在茫然中，我清楚地意识到，这以后，我们的一切都已经过去了。

那一天，是个有云的蓝天。

他靠在门框上，静静地待了好一会儿，然后小心翼翼地说："姗，今天我就要走了。"

"去哪？"

"美国，我终于搞到了一张留学经济担保书。"

"搞这东西挺费劲吧？"

"花了我全部积蓄，连摩托车都卖了。"

"你还打算回来吗？"

"将来的事情只能将来再回答。"

我好像掉进了冰窖，不再说什么了。他的手臂突然揽住了我的后腰，"姗，我就要走了，对我说点什么好吗？"我轻轻地拿掉了他的手臂，坐在沙发上，随手翻阅着报纸，静默着。墙上的时钟嘀嗒嘀嗒地走着，空气突然变得凝重起来。

突然，他扑向了我，把我手中的报纸撕得粉碎，用近于发狂的声音说："我把一生中最好的时候都交给了你，你永远是我生命的第一次！以后的日子，我都不会认真了。"一滴泪水落在我的手上，滚热的。

他走了，脚步声拖沓而沉重。

我走向机场，如同走向荒凉的墓地。一个人，只有一个人，四周一片空旷、平静。

我抚着冰冷的栏杆，目送着晓欧乘坐的飞机缓缓地离开了地面，冲向蓝天，一会儿便和蓝色的云融在一起，消失得无影无踪了。

原载于《当代》（1989.2）

## 五十岁的男人

唉！五十岁正是男人闹事的年龄。

还是俗话说得对，大夫能治别人的病，可治不好自己的病。

朱迟这位五十岁的主治医师，近来患了时髦的忧郁症。这些日子，他总是闷闷不乐地待在家里。只见他脸冲着墙抽着香烟，在一片烟雾缭绕之中，长长地叹着气。

这病的起因，还得从大年初三的同学会说起。说老实话，为了这次同学会，朱迟可着实地苦恼了好一阵子，他是打心眼儿里不愿去那儿受这份刺激。唉！五十岁的人了，心理上、生理上的承受力都钉不住劲了，比不上年轻的时候。十八岁时，他敢和拿破仑比个高低！

可现在，唉！就甭往下说了……要他眼巴巴地瞧着个个同学都混得人五人六的，甭管当初他们是个啥模样，碰到这节骨眼儿上，谁的心里也不是滋味，就更别提当年的朱迟还是被同学羡慕的高材生了！

可不去参加同学会，情理上又说不通。朱迟在市中心医院工作，交通最方便，信息最灵通，又当了多年的联络员，这还甭提他是同学会的发起人呢！赶到在年边上,他要是红口白牙地硬说自己病了,那非得招来一世界同学到他家糟蹋一趟。瞧这屋子,一间房子,半张炕的,连个下脚的地方都没有,这不更恶心人吗?

唉!去就去吧!他横下一条心,早前那些枪林弹雨都过来了,还怕这糖衣炮弹?

虽说包子有肉不在褶儿上,可那天朱迟还是在打扮上颇费了一番心思。披洋货,穿西装,打领带最新潮,可他觉得五十岁的人了,赶这个潮流,透着的是浅薄。

这年月知识分子最穷,那干脆就往穷里打扮吧,穷还透着干净呢!

记得前两个月,他去医科大学开会,教授们个个都穿的是一色蓝灰涤卡中山装,一半教授的家里,摆着的还是黑白电视机,阴面的阳台就是他们天然的大冰箱。

最愚最傻的还算是陈教授,在美国讲学好几年,把辛辛苦苦赚来的大把美元,统统给学院买了教学设备,可家里的一切设备都是地道的国产货。

这事发生在今天,可真够稀罕的!别以为今天还会有人对这档子事跷起大拇指,人人都戳着陈教授的脊梁说:"这老头发了神经。"

想到这里,朱迟的心突然升结起一股崇高的悲壮感,知识分子这座民族的长城,尽管受到了不公正的待遇,但我们是中华民族的脊梁。虽然这脊梁不那么硬朗。

朱迟翻箱倒柜,终于找出了一身满意的行头:一条蓝布裤子、一件灰色的的确良对襟小褂,再配上一条驼色围巾。他对着镜子前后照了半天,觉得自己真像是五十年代的知识分子——就这身了!既显得随便,又透着不俗。

大年初三那天,他们是在一位近两年来发财走红的A同学家吃请。A同学对这次聚会特别上心,给诸位同学、朋友——寄去了烫金带响的大请柬。他现在是华远股份有限公司的董事长。

客厅已聚集了十几个人,瘦小的董事长太太殷勤地站在门口,用听得懂的广东话说："请诸位换上拖鞋，舒服一下。"朱迟这才发现他已经在雪白雪白的羊毛地毯上，印上了着着实实的四个大脚印，可又偏偏碰上了B女士是个心直口快、没遮没掩的女人。虽说已是五十岁的老小姐了，却一直过着自由自在、无拘无束的独身生活。B女士拍着手说："这真是一幅印象派的杰作！"闪光灯一亮，"咔"一声把地毯上的杰作拍摄下来了。这还不罢休，她又紧张罗着："哪位先生再来一张？"客厅里传来了一阵开心的笑声。只见董事长夫人的脸上像是笑，又像是哭，可也像生气，到底是什么也没人弄得清。

这可让朱迟尴尬透了，他连忙躲在墙旮旯，慢慢地解着鞋带。可老天爷偏偏爱跟他逗着玩，鞋带打了一个死结，急得他汗珠直往下流。最后他急中生智从兜里摸出了一把水果刀，"嚓"一声鞋带割断了。他心里骂道："他娘的。"

"嘿！朱大夫，您这手术可做得真利索，现在还有谁穿这'踢死牛'的老家伙，落伍了！"朱迟一抬脸，原来是他中学的同学小七。别看小七已秃了顶，可还是挂着一张红扑扑的娃娃脸。别小瞧小七不过是个科长，可人家是房管科科长，那是当今又肥又俏的差事。听说他家里已全盘西化了，烟就甭提了，那好米、好面、鲜鱼、大虾……就擎等着人送呀！常听他背地里说："这年月要是光靠工资那小钱过日子，不饿死就算便宜。"

还是人家董事长够派，他欣赏着地毯上的四个大黑脚印，竟笑了起来，那笑声明亮，快活，有力量，"我同意B女士的建议，谁还再来一张？"董事长的话，不仅透着对艺术的理解和热爱，而且还显得十分豁达，十分阔气。

"董事长，您家铺白地毯，在北京恐怕是首户吧！哪奔来的？"

"这是从澳大利亚运来的，我太太嫌它毛短，明年再去溜达一趟，奔一个毛长的回来。"那语气愈是说得轻松就愈显得有能耐。

董事长是个有心路的人，今天他请各方人士聚会一堂，是有明确的目的的，一是为了今后更大的发展。当今在社会上办事、提拔靠的是各种关系，他在商界还有更大的志向，就需要编织更大的关系网。就是眼巴前用不上的人，也得应酬，人走到哪一步谁也说不好，往后备有个用场。

其二是，大凡人都需要一种心理上的虚荣平衡和满足。董事长是个机灵人，老天爷就唯独没给他读书那根筋，几次投考大学，都名落孙山。可俗话说得对，人各走一径。董事长最善解人意，或雪中送炭，或锦上添花，或吹灯拔蜡，或以攻为守，或息事宁人，或曲意逢迎……都能用在火候上。

细说起董事长混到如今这模样，可真是不易。

他工资四十七块钱，一直拿到小四十岁。老婆一个月开三十二块钱，每月得给家里老人十五块钱，还要养活两个张嘴等吃的孩子，这一大家人就靠这七十九块钱。这日子能不紧巴吗！那一日三餐都不带重样的，早点是窝头、棒子面粥、咸菜，中午吃炸酱面，那是两毛钱肉炸的一碗黄酱，少说也能吃半个月，晚饭是米饭、馒头就虾皮熬白菜，那肠子肚子里刮不出一点油水来。三毛八分一斤的带鱼，也得赶上逢年过节才能沾沾筷子。

有一次，他的大儿子郎郎发烧，又赶上了大月底，连打针吃药的钱都没有了，还是靠朱迟接济的。从那时起，他就暗暗下了决心，有机会一定想法子赚钱！兜里没钱短半截，钱是商品社会的第一需要啊！

日子苦还算能熬，可还得干瞪着眼睛，看着自己的同学一个个上了大学，当了大头儿、律师、翻译，混得好的还有在铁衙门里做事的，人家个个都当上了体面的人，可他不过是一个供销科的采购员。他是个要强要面子的人，心里真是不好受呀！可董事长自幼受他爷爷的影响很深。他爷爷本来是个讨饭的花子，后来居然当上了当铺的老板。他相信谁也不是老天爷的心肝宝贝儿，人的命老天爷早就算计好了，到头来一个自然平衡，也就是俗话说的"三十年河东，三十年河西"，先甜后苦，先苦后甜，甜甜苦苦，苦苦甜甜……

一想到这儿，董事长就什么都能忍耐了。

老天爷果然有眼，这两年，董事长看准了机会，凿通了路子，该作揖的作揖，该磕头的磕头，该出血的出血，七捣八捣，弄起了珠宝首饰，又找了个有背景的人当靠山，成立了这个公司，眼瞧着他就发了起来，谁说人没有时来运转的机会？

这就是董事长今天让大家瞧的。

C君靠近朱迟坐下，他们俩是大学同学，可走动得并不多。如今的人都忙着奔，特别是过了五十岁的男人，就像有今天没明天似的，遇到什么都抓一把，碰到好吃的、好乐的、好玩的、美女那是样样都不放过的，好像是在找补年轻时老天爷欠下的风流债似的。

其实，人生是什么也找补不来的，过去的就过去了。

五十岁，你还想爬山，自然觉得气喘，还得半途折回。

五十岁，你才想起吃草莓，可你的牙一沾酸就倒。

五十岁，你还想跳霹雳，又恐怕你的腰腿不答应。

五十岁，突然觉得还没有真正谈过情，说过爱，接过吻。于是，你想找个年轻的情人，恐怕你一龇牙，非让那小情人倒了胃口；又恐怕你床上的功夫，连你那黄脸婆都跟着着急、腻味。

唉！五十岁真是个闹事的年龄！

C君问："这回副主任医师稳拿了吧！"

"唉！人要是倒霉，嗑瓜子都能嗑出臭虫来。上次晋升因为病假拉了一级，一步赶不上就步步赶不上呀！"朱迟的声音闷闷的，好像胸口塞住了什么。

"唉！事在人为，这年月人不能犯死心眼儿，你不会给卫生局职称审定组的头头儿上上贡？"

"我上什么贡呀！值钱的咱没有，不值钱的，人家又不放在眼里。"朱迟低下了头。

"看看，还认识吗？"朱迟抬头一看，站在他面前的是一个二十岁左右的小伙子，梳着香港头，白白净净，穿着一身浅灰色西装，上下两个扣子都扣严了。朱迟愣住了。

"朱伯伯，您不认识我了？我是郎郎，小时候，你不是常给我看病吗？"

"这就是郎郎呀！走在街上，真是不敢认了，长得成大人了！"朱迟喟叹一声,"你工作,还是上学?"

"我在外企工作,那里的工资含金量最高!"口气充满了无限的自豪。

朱迟又愣了好一会儿,这才发现有一个戴耳环的时髦女郎,紧贴着郎郎的背后。

"对了,朱伯伯,我都忘了介绍了,这位是我的未婚妻,妮娜小姐。"妮娜笑着摇了摇两个大耳环,面颊陷下了两个如疤痕样的大酒窝。朱迟以一个外科大夫的敏感,一眼便看出这是一个失败的美容手术。

郎郎热情地招呼着朱伯伯:"请朱伯伯看看我们的新居,下个月就准备办事了!"

"新房?"朱迟有些诧异。

"对,就在对门的单元里。"

朱迟的脑袋轰了一下,想到了他的儿子,结婚三年了,孩子都生下来了,可至今还住在农村一间月租金八十元的土坯房里!

他简直不知道他的脚是怎么挪动到这间新房的。一开门就是一间敞亮的二十五平方米的门厅,一张白色的烤漆方桌上,摆着一个插满鲜花的花瓶。墙的四周是一水儿的日本沙发,衬着红色靠垫,显得十分气派。再往里参观,才知道里面还有三个房间,都是宽宽敞敞的。卧室垂挂着绿色的金丝绒窗帘,床头柜上赫然摆着一部红色的电话机……浴室铺满了白瓷砖……

这时,朱迟的心陡地下沉,手脚都变得冰凉了。面对着眼前的恶性刺激,朱迟不能无动于衷。唉!他辛辛苦苦地当了快三十年的老黄牛,可至今还住在只有一间半平房的大杂院里。最难的是,深更半夜,刮风下雨,闹肚子拉稀,跑公共厕所。那胡同是用土铺的,下起雨来,满地的泥浆,溅一裤子泥还算是小事,一不小心还得摔上一跤,那就罪过大了!闷热的夏天,洗澡冲凉也是一个难题。一个人在屋子里用洗澡盆洗,全家老小在外面排队等着,等一家人都洗完了,家里也快成了河。唉!要是再赶上阴雨连绵的鬼天气,那屋子里满地汪着水,东西都长了毛……朱迟近两年患了风湿性关节炎,实在是忍受不了了。可又有什么办法，单位没有房子呀！

可眼前这个刚刚二十岁的青年人，从生活的起点就享受了朱迟一辈子都追求不到的目标。说是目标，乍听起来俗，其实，这对一个普通人来说那是实实在在的呀！

当朱迟回到客厅时，厅中央已架起了一张可容纳二十几个人用餐的白色折叠桌。大家鱼贯入席，宴席算是丰盛的，董事长称这规格为"明珠海鲜级"，还特地从长城饭店请了一位厨师。各色大小不等的餐具、酒器闪闪发光。紫色的金丝绒垂披着墙角的钢琴，上面摆着一个景泰蓝的花瓶，一切无不在炫耀着主人的阔气与高雅。

朱迟无视酒场纪律，不经劝酒，竟自斟自饮了，一挺脖子，一杯泸州特曲送到肚了。他脸红到脖颈了，眼也红了，一口菜也没吃，又一饮而尽。

朱迟听着邻座的两个人对话："您戴的这领带可真够新潮呀！""比不上您新潮，您脖子底下是大名鼎鼎的金利来！"

这时，朱迟用发红的眼睛扫视了满桌文武贵宾，穿的或是西装，或是猎装，或是夹克。对面的那位贵宾穿着太空服，戴着金丝框架眼镜，摆出一副超然、尊贵的神情。

朱迟再低头瞧瞧自己，愈发觉得寒酸。有钱有势穿得朴素，那才真正透着清高呢！自己本来只赚这两半钱，有吃就没穿，有穿就别想吃，还充什么大瓣蒜呀！有谁还拿自己当棵葱焓锅呀！他心里现在只有两个字——快走。

这时，董事长站在中央发话了："好，今天承蒙各位朋友赏脸，光临敝舍小饮，真是荣幸，荣幸！今天在寒舍举办的是首届扩大的同学会。大家都知道，如今的社会想办成一件事，就得靠一帮铁哥们儿、磁姐们儿的帮助，我能有今天这么红火，全靠哥们儿姐们儿的鼎力支持、照应。今天借这个机会，我给诸位作个揖，表示感激！我希望，能够通过这次聚会，诸位能相互沟通，互相关照，开通渠道，使我们的事业兴旺发达。"

董事长的声音不仅洪亮，而且真诚。

"好，现在我从左开始介绍。"董事长清了清喉咙，诸位先生女士们的眼睛也突然亮了起来。

"这位是我的贵同学洪峰教授，刚刚从美国讲学回来，对通货膨胀最有研究。今天洪教授能给府上增辉，实在是万幸。"

"这位是敝公司的公关部主任，田美玲小姐。"田小姐从容地站了起来，脸上堆起了甜腻的媚笑。

"这位是财税局局长鲁长征。"

"这位是海关总署实权人物高兴先生。"

"这位是外经贸部经办主任唐达先生。"

"这位是华洋有限公司总经理李成先生。"

"这位是中华医院院长文天峰教授。"

……

董事长每介绍一个人，那个人便站起来和诸位互递名片，点头微笑，"幸会，幸会；关照，关照。"然后，又相互精确地审视着对方的使用价值。流露出的目光一丝不苟。

朱迟是董事长最后介绍的一位客人，可他好像什么也没听到，什么也没看见，只是呆呆地望着。

他想起二十多年前，毕业典礼的时候，同学们都聚在一起，那一时刻彼此是那样依恋、深情。

学校教导主任宣布"为毕业生鸣响最后一次铃声"，大家都靠在一起哭了。哭声和铃声融化在一起，永远在我的心里回荡着绵绵的回忆。

这铃声意味着我们的黄金时代已经一去不复返了，这铃声隔开了我们和学校永恒的距离，从此再也没有老师殷殷地望着我们的背影走向教室，再也没有情同手足的同学一起奔向课堂，步入图书馆或在绿色的校园里背诵着外语单词。我们吵过架后又抱在一起，共同分享着欢乐和忧伤。唉！那心无芥蒂的日子已经属于过去。我们多么愿意把今天永远留住，我们拥抱在一起哭了，老师握紧我们的手也流下了眼泪,那是多么纯洁真挚的泪水呀!在以后的岁月里,我再也没流过这样没有半点杂质的泪水。

典礼后,同学们手拉手在李小芒家里聚会,虽然那是共和国最困难的时期,我们个个面黄肌瘦、浮肿无力,可是我们毫无怨言地和祖国一起分担着苦难。

那天,我们各自都带着自己的一份口粮,有的带来了馒头,有的拿来了窝头,有的炒来了黄豆,有的买来了桃酥,朱迟带来了五块炸带鱼……我们围坐在一起,享受着人间最丰美的晚餐,那到底是什么滋味?在以后流逝的岁月里再也没有品尝过。

我们轻声地唱起了:

五月的鲜花,开遍了原野,鲜花遮盖了志士的鲜血……

唱着、唱着,我们又流泪了。

朱迟饮了一口白开水,便站了起来:"我提一个建议,今后无论我们分配在什么地方,都要保持联系,尽量利用假期我们一起聚会,让我们永远保持十八岁的纯真、朝气!我们要风雨同舟、勇往直前。我的志愿是大西北、东北。也许那里到处是荒凉的沙漠,经常是冰天雪地,但有同学们的友谊之火,温暖着我,我就什么也不怕。愿大家能经常给我鼓励,给我写信,我们的心永远在一起……"

"我愿意!"

"我也愿意!"

"还有我!"

"别忘了我!"

一双一双手搭了上去,叠成高高的一座墙……

朱迟沉浸在鲜花一样的梦想里,那是一个真诚的年代,真诚的年龄。

董事长太太推来了一架小巧的不锈钢餐车,送来了两壶茶,然后一杯一杯地倒入客人们蓝花白底的小茶杯里,姿态显得自得。她用沙哑的声音说:"请品尝我们广东的菊普茶,补养又清热。"

朱迟望着杯中淡淡的茶水,好像又回到了现实。这时,从另外一个房间里传来了歌声:

昨夜的、昨夜的星辰已坠落
消失在遥远的银河
想记起偏又已忘记
那分爱换来的是寂寞
……

也不知这歌给朱迟带来了一股什么情绪,他的眼睛潮湿了。他轻轻地吹着飘浮在杯子里的茶叶,只是吹着,吹着。

"只要一张耳朵就知道这歌声是从极高档的音响里发出的,是不一样!"

C君问:"董事长,我到了您这儿就好像进了迷宫。你一共住几间房子?真是闹不清。"

"这里是五房一厅,对面是三房一厅。"

"哎呀!两年前您还住在小破平房里,一眨眼的工夫,鸟枪换炮了!有什么绝招吗?"

公关小姐连忙接过话,"这个绝招,恐怕别人学不来。我们董事长,一年为国家赚的外汇够盖两个大厂,再说,董事长可是个有托的人!"

那天,朱迟到底吃了什么菜,喝了什么酒,诸位又扯了什么淡,他已是一概说不清了。只是,他醒来时,才知道他喝醉了,又吐又笑又哭,后来董事长用他的公爵小轿车把他送回了家。

从那天起,朱迟便患了忧郁症。

大凡人都是这样,在外面戴着面具演了一天的戏,总希望回到家里卸下装,松弛松弛,可朱迟连这样的一隅也没有。

他住的这个大杂院竟没有一时消停，三班倒的人，麻将一搓就一直闹到深夜。卖盒饭的个体户是个才释放不久的劳改犯，现在人家可发财了，光摩托车就三辆，家里还装上了空调。他经常说："我穿的是绸，吃的是油。"每天，他独占着院子的水龙头，冲着从街上捡来的木柴杆似的筷子和从菜站捡来的堆菜，还有出了芽的土豆，发了霉的豆腐……哗啦哗啦一冲就是几个小时，街坊们干瞪着眼。可谁敢惹，连"雷子"还得哈着他几分。这还不算，他嘴里还不停地哼着小曲儿："金饭碗、银饭碗，不如捅了眼的铁饭碗。"要是再高兴，还忽然猛一嗓子："妹妹你大胆地往前走呀……"这一吆喝，非吓死几口子不可。

直到现在，朱迟都觉得群众是惹不得的。所以，街坊四邻找上门来打针、换药、按摩、针灸、点穴、询问……朱迟是一点也不敢怠慢，如敬鬼神。

可近两年，他愈发感到自己老了，需要一个安静的环境养养他疲惫的心。他厌烦这乌七八糟的环境，但凡有一点法子，他也不能在这儿忍了！

中午，院子里响着整整一打收录机，声嘶力竭的、慢声细语的、虚情假意的，偶尔还夹杂着一句京剧道白，"这个世界乱了！"

又闹起来了。

从油毡搭的小厨房里，传来了炒锅的响声，朱迟知道老婆正在炒大白菜。

他坐在住房与厨房的夹缝间，一根一根地摘着韭菜，好像在梳理自己乱糟糟的心。当他看见一堆绿生生的韭菜摆在眼前时，心似乎平静了一些。

这时，一只手突然落在他的肩上："呦！这韭菜真透着绿呀！"他抬头一看，原来是赵选。小赵三十岁出头，在卫生局组织部工作。他是去年从市中心医院调到局里去的，与朱迟的关系很铁。

朱迟愣着没说出话来，倒是小赵快人快嘴地把他拉回了屋，"你别这傻愣着，老朱，今天我是给你道喜来了！"

"哎呀！你小子别拿我穷开心了。"

"要是真有喜事怎么办？"

"随你怎么办都行。"

"这可是你说的。"

"我说的。"

小赵凑到朱迟的耳边神秘地说:"你要当院长了!"

"什么?!"

"你——要——当——院——长——了!"

朱迟愣了好一阵子,过了半天,才稍微清醒过来。他仔仔细细地端详着赵选,从小赵那语气,那神情,以及他所在的阵地,他终于相信这消息的可靠性,可舌头又一时含在嘴里打转,竟说不出话来了,半天才吐出了两个字:"真的?"

"哎呀!你也不看看我在哪个衙门吃饭,这消息能错吗!不过,你还得抓紧时间到胡局长那走动走动,把事再砸瓷实了!"

"行,我和胡局长能套上瓷。"

"老朱,咱们可是自己人,我这个人说话是竹筒倒豆子直来直去,你可是五十岁的人了!这次升官,恐怕是最后的机会了,千万不能错过。你们医院是个正处级单位,处长听起来官不算大,可也是县太爷呀!职称问题不用你费心,自然有人替你张罗,没谁也不能没院长的。住房、电话、汽车,都统统解决了。"

赵选的话,句句说在朱迟的心尖上。他的精神马上振作起来了,心也豁亮了,两颧也泛着红晕,竟比喝了二两白干还生效。他紧张罗着留小赵吃午饭,小赵比划着说:"今天我还有事,就免了。等你荣升院长时,咱们就得香格里拉见了!"

小赵走时,匣子里正播送着广告:"金利来领带,男人的世界。圆点代表爱慕关怀,方格……"

朱迟胡乱地往嘴里扒了两口饭,马上就蹬车去医院了。

真是人逢喜事精神爽,朱迟觉得周身有用不完的劲,身子轻松极了,心口也不堵了，下水道的淤泥都掏尽了，周身的筋脉疏通了，血管里流动的是如同二十岁青年的血。他骑着车就如同驾在雾里一样，他跟着感觉向前骑，向前飞。这使他想起了三十年前，他接到大学录取通知书时，也是这样的感觉。如果说有不同，那时是在迎接晨风送来的第一班列车，他要去游览无数的山川、河流，有无尽的宝藏在等待着他去开采。

现在好像是在漆黑的冬夜里，终于等来了最后一班地铁。

朱迟的心又是一阵发热，他眼前呈现了一个玫瑰色的梦，今后他就可以呈上院长兼主任医师的名片；再用不了多久，就可以搬进卫生局盖的院长宿舍楼，听说室内装潢统统的是港台味儿的。

自行车正要拐弯，十字路口的红灯亮了。他下了车，脚在地上轻轻地打着慢四步的舞点。一扭脸，他看见高台阶上的柜台门口贴着告示——公用电话，每打一次五分，过三分钟倍增；晚七点以后，每打一次一角，过两分钟倍增……打电话的人，一手抓住话筒，张开大嘴，大喊大叫，另一只手捂紧耳朵排除干扰。后面排着十几个急不可待的人，个个摆出家里有火烧房或死了人的架势。

朱迟的慢四步停止了，他长叹一口气："唉，今后再也用不着为请一天假，冒着大西北风到路北拐角的瘸子家打公用电话了。医院的小轿车、急救车自己用起来自然也便当多了。"

一阵暖融融的春风吹过，朱迟浑身冒了汗。他把粗呢子外套脱了，夹在自行车的后架上。今年的春天来得真早啊！他慢慢地蹬起了车，看见路两旁的柳树，已吐出了新芽。他的心又是一阵喜悦，情不自禁地哼起了：

正当梨花开遍了天涯，河上荡着柔曼的轻纱，喀秋莎站在峻峭的岸上……

朱迟今天去医院是特地为做手术而去的，这个手术春节前就预约了。前几天，护士小姚还特意到朱迟家来，"您要是有病，我就和病人说请别的大夫做，可那位患者死活非让您主刀。"

朱迟当然知道这位患者就是从台湾来大陆探亲的邱明烟老人，他背部长了个15cm×10cm的脂肪瘤，疼痛得不能入睡……

这真是一个信息时代，朱迟一迈入医院的门，就觉今天医院的温度比往常高二十度。

人与人不一样，大夫与大夫也不一样。朱迟事业仕途平平，人也就默默。平时，别人不大理会他，他也不大理会别人。

当朱迟的自行车前轱辘刚一滚进医院，传达室的临时工石伍，热乎乎地迎了出去，"老朱，您的杂志，还有三本挂历我都给您锁好了，生怕让人抄走，您还不知道咱们医院的人都有顺手牵羊的毛病。"朱迟连声道谢："挂历您就留一份吧！""哎呀！无功受禄，怕折寿呀！"

听说石伍在旧社会当过巡警，新中国成立后，一直找不到一份正式工作，后来总算托了人情在这家医院干了快十年的临时工。他对工作很卖力气，不得罪人，尤其是对领导就如同奴仆对待主子。听说领导值夜班，他还给打洗脚水呢！这倒不是为了别的，只盼着医院能给自己转成正式工，老了能混几十块钱的退休费和公费医疗。这也是常理中的事。

他就怕有人提起他当过巡警这当子事，可自打电视上演了老舍的《四世同堂》，他就气粗了，常拍着胸脯说："那年月，我冒着被日本人杀头的危险，没少给街坊四邻办好事，那白巡长就像是我呀！"他说得很认真，可现在的人无论听到什么都置之一笑，笑得让人生疑。

朱迟一走进二楼，内科薛大夫迎面跑来，连蹦三尺有余，"您可来了，您那台琴岛利渤海尔奔来了，优惠百分之三十，我明儿就给您往家拉。"朱迟还没来得及回答，药房的张杰悄悄地把他拉在一边，"西洋参口服液来了，你可得在处方上写'安神补脑液'，咱们还得防着卫生局罚，卫生局不罚咱们，他们吃什么呀！"

"一次能开几盒？"

"别的大夫一次只能开两盒,您通通地开!"

今儿可是怎么了,从他身边走过的人都热情地叫他的名字,问寒问暖,那亲热劲戏台上都演不出来。

还是大大咧咧的化验技师马立四坦诚,他一边斜靠着椅子,喝着啤酒,一边翻着黄色的眼珠,"朱大夫,你要是当了,可想着点我们,多给我们化验室提成,别老让我们苦哈哈地傻干!"

人们的情绪就是晴雨表,看来朱迟这院长是当定了!朱迟的心跳得直往上撞,撞得他两眼直冒金星。

朱迟直奔手术室。这时,邹大夫一个健步追上了:"朱大夫,您病刚好,一个人行吗?我给您打下手吧!"

朱迟愣了半天才反应过来,"我行,我行!谢谢,谢谢!"

邹大夫是医院有名的刺头,工农兵大学生,做起手术来倒是麻利快,可就是马马虎虎,常不戴帽子就进手术室,消毒时也不细心,缝合时粗针大线。前两个月,一个患者手术后感染了,可给医院找了不少麻烦。前不久,朱迟批评了他几句,他竟然当着一屋子的病人,大声嚷嚷:"别在我面前倚老卖老,这年月谁理你那一套!"

朱迟望着这个刺头,今天的毛怎么理顺了?

朱迟刚刚走进手术室的预备间,就听见门外"笃笃笃"的敲门声。门开了,进来的不是别人,正是那位从台湾来的老人邱明烟。

"朱医生,您可来了,我一直等着您呢!"

"您老伴手术后恢复得怎么样?"

"好极了,再调养些日子,就完全好了,真是太感激您了!"说着就往朱迟的书包里塞进了一个用红绸子包裹的四方形小盒子。朱迟有些不自在,可绝不是第一次接受红包的那种不自在,更不是不想接受,而是因为,他知道自己就要当院长了,似乎不大妥帖。他半推半就地说:"……别……别……这是应该做的。"

朱迟想起了前两个月，他偶然知道一位患者在做手术前给外科主任送了两千元的现金，心里不大对劲。正在他思索的时候，只听见邱明烟说："大夫，我是个天主教徒，一辈子最讲虔诚，这是主的意思，让我把它奉赠给您，请您在一个吉祥的日子里，四周安静的地方，轻轻地把丝条撕开，盒子里会给您带来福音。"朱迟握紧邱明烟的手说："太谢谢您的祝福了！"朱迟十分激动。

说也奇怪，朱迟这个有着将近三十年党龄的中共党员，一个彻底的唯物主义者在这一瞬间，真的相信冥冥中掌握命运的上帝了！看，不是上帝也在为他祝福，对他微笑了吗？他的兴奋已超过了那红包本身的意义。

说来也怪，这年月，算命的人明里暗里比新中国成立前还多。听说前不久一个演艺团去广东，他们逛了一圈，没买吃，没买穿，一人拎了一套相书回来，有《麻衣相法》《推命全书》《五行算命法》《指掌相法》……几页薄薄的纸订成的小册子，张嘴就要三块钱。他们这些艺术家，还真愿意伸着脖子让人宰，你说这事邪性不邪性！

说起红包来，这话就长了，现在各大小医院，患者送大夫红包已蔚然成风。

患者住院或做手术前，一般先要打听好行情——病与病不一样，如拔牙和割痔疮不是一个价，男女也不一样，子宫全切与阴茎包皮术不是一个价，小媳妇、老娘儿们、大姑娘做流产不是一个价……还要打听好是哪位大夫主刀？家住在哪？不得声张，然后根据行情登门呈送，送的时候，不便多言，只往大夫眼前一亮，双方即达成默契。

不过，你要是糊涂人不往明白道上走，把个个大夫都当成白求恩，那也没人拽你后脖领子，不过，那住院，手术就……

有一位六十多岁的女独身患者，在社会科学院搞考古研究，人也快成古董了。她患了尿毒症，大夫理应马上收入住院进行透析，可大夫慢条斯理地说："没床位，没床位，你要死，还有比你更要死的呢！"这位老古董一直在昏迷中傻等着。幸亏老古董有个侄儿，是个炸鹌鹑的个体户。人家可是个明白人，眼睛一眨，往大夫家里抱去了一台直角平面"二十一遥"，这老古董才转危为安。

朱迟第一次接受红包，那还是他为一个叫李虎的患者做阑尾手术。朱迟毕竟是受传统教育成长起来的一代人。不过，大凡人都是环境下的俗物，在污浊的空气中，要想不受感染，除非他有非凡的免疫力，朱迟自然难以免俗。

不过，朱迟这一代人毕竟还保留了那么一点良心，那就是，他们做了不大对劲的事，还多少能对照良心去反省；而现在的年轻人，无论他们干了什么伤天害理的事，胸口下的良心，还依然跳得那样均匀，那样快活。

话再说回来，朱迟把红包一揭，原来是五张一百圆的大票子。他的心怦地跳了起来，也说不清是什么滋味。不过，此时，他有一个想法是清楚的——把钱还给患者，自己穷也要穷得干净。

朱迟找到了患者李虎的地址在和平里北路。星期天，朱迟计划着先逛逛和平里的自由市场，听说那是市内较大的一家，顺便把脚下那双快磨透底的皮鞋粘块皮子，买一双新的没有五六十块钱下不来，还有衣服上的拉锁也坏了。然后，顺路到李虎家，把钱还给人家，不也就静心了吗！

和平里自由市场，果然名不虚传。街面又长又干净，货也齐全，五花八门的衣服，挂在货架上，如节日的彩旗迎风招展，鱼、肉、蛋、菜样样都齐全。

有一块空地上，围起了里三层外三层看耍猴的观众。只听见锣鼓一停，套着花裙子的猴爷给观众一一磕头，要赏钱。别瞧看热闹的人不少，可落在地上的钢镚儿，却零零星星，稀稀拉拉。过了一会儿，只见一个八九岁的男孩把一张一块钱的票子扔给了那猴爷，紧接着"啪"一个响亮的耳光落在那孩子的脸上，只听见一个妇女扯着嗓子嚷："你这个败家子，这钱是让你买芹菜的！晚上你饿着吧，看耍猴就饱了。"那孩子的哭声和敲锣声渐渐融在一起了。

朱迟只是远远地看了一会儿，就走开了。他这岁数的人，只要一看见人扎堆的地方，就躲得远远的。街面上经常发生一些触目惊心的怪事，动辄白刀子进红刀子出，穿着舞星般的华丽，风度如绅士般的高贵，问起他的事由，不由得让你目瞪口呆。前几天在电车上，有几个小伙子拳打脚踢一个老人，围观的人竟没有人敢相助，直到那老人奄奄一息时，人也都走散了。

朱迟走到蔬菜、水果、鱼虾、肉类的摊架上，浏览、观看，没有一种价钱不让他心惊肉跳，没有一种货色不让他起疑分心。

这时，一个操着江苏口音的中年男子对着喇叭抑扬顿挫地叫着："有终日卧床不起者；有走路跌倒者；有关节肿痛四肢萎缩者；有跛足驼背推迟婚姻失去爱情者；有去过全国各大小医院，中西药吃过无效者；一病未除又添一病者……我劝君不必绝望，我们的八味药已治愈成千上万的患者……"朱迟听着这铁嘴半仙的广告，想起了去年河北一青年农民，利用中学生高考急切中榜的心理，流窜到北京与北京某公司勾搭成交，打着"科学"的幌子，经营邮购所谓"记忆录""视力矫正仪""记忆跟读机"。他们在《中学生学习报》等十几家报刊登广告，短短三个月竟有三万多名中学生，将三十八万元汇寄在这位骗子的名下。而当中学生惊呼上当时，骗子已携巨款逃之夭夭了！

这真是一个炮制虚假广告最猛烈的年代！可又有什么是真的呢！有真的，等朱迟补完皮鞋，修完拉锁，十五分钟的时间，两张大团结进了这位个体户的腰包。

朱迟的肚子饿了，他转了大半个自由市场最后下决心吃一个煎饼，六角钱一个，是市场上最便宜的价码。他对摊煎饼的师傅说："请您别给我夹油条。""行！行！省我一根油条，我给你烙焦焦的。"朱迟不要夹油条的原因是怕细菌，这就是大夫的讲究了，那煎饼好歹在锅上加了热消毒了。

他躲在墙旮旯，脸冲着墙，吃了一口，蓦地心里升起了一阵悲哀，胸口堵得满满的，他把剩下的煎饼装在塑料袋里了。

有时人的自信心是很脆弱的，尤其是男人。如果说男人是坚强的，但他的韧性却不如女人，如果一个五十岁的男人在事业上、感情上都平平淡淡，那他以后的日子将是毫无光彩的。女人的价值来自自身的因素，而男人的价值则需要外力、社会、事业的认可和成功。这时，朱迟的脑子里突然记起了一个美国人说的话:"……三十岁我要是买不上房子,银行支票账户上没有四位数,没有自己的办公室,没有……五十岁时要挣不到六位数字,我就该打……"当然,朱迟并没有非分地把中国的经济状况和美国去比,可此时,他对自己产生了深深的悲悯——他第一次这样看不起自己,也看不起这个世界。

他好歹是个本科大学生,毕业于第一流的医学院,当了近三十年的大夫,发表过论文,可活到五十岁了,连间像样的房子都混不上,就是逛一趟街,连吃顿饭还要再三盘算,这活得有什么劲呀!活得像个男人吗?

他想起了,他做一个最普通的门诊手术所付出的代价。从消毒到缝合,人力上最少是一个护士,两个大夫,一干就是快两个小时,这还要手术顺利。手术前的消毒工作是非常严格的,朱迟的手有些干燥,可手术前,要用刷子蘸着新洁尔灭至少刷十分钟,刷得指甲缝直冒血,皮肤生疼,然后再把手泡在酒精里。冬天的酒精冰凉冰凉的,手浸在里面,感到从手心到胳膊都像是要掉下来了。

手术室是绝对无菌的,窗子是双层玻璃,密封的,可以隔音隔尘。天气再热,也得戴上口罩,可一会儿,热气就把眼镜蒙上了一层雾气。大夫为了能够准确地看清手术视野,只好用两块橡皮条把口罩和皮肤粘在一起,憋得太难受了,只好从口罩的下方进行呼吸。整个手术过程无论时间多长都不能吃、喝,不能上厕所,更不能说坐一会儿了。

闷热的夏天,只能把电扇放在地上,轻轻地吹大夫的腿,可不能让病人受一点风。

这样一个手术的价码是八块钱,还不算敷料及成本。

八块钱只够买两个猪蹄,还别买大的!

这一瞬间,他的思想认识和情绪突然产生一道裂变。多年来,他崇尚清教徒的精神,可摆在他面前的是一个明显的依靠关系和权利来追求利润的社会。一个个体户、一个出租车司机的月收入是一个教授的好几倍。在这难以应付的通货膨胀面前,他的经济地位、他的精神视野、他的观念在异化中茫然了,在茫然中失望了！这些思想，他不是没有过，只是在今天，突然凝固得化不开了。

朱迟慢慢地离开了自由市场，沿着宽阔的马路花坛走去，想到那里静静心，可正要过马路时，突然一辆急驰的摩托车停下来了，"朱大夫，您怎么在这溜达？"朱迟一扭脸，正是他要找的李虎。"你……你伤口好了吗？"也许是朱迟感到了意外，他一时竟结巴了起来。

"好了，全好了，连阴天下雨都不痒痒了。"

朱迟的手伸进了书包，想掏出那五百元钱，可他的手又好像抽了筋。

"朱大夫，我一瞧您就是个老实人，手艺也高。过一阵子，我就要开饭馆了。现在已在西四买下了二层小楼，你有空就去，吃喝管够，您不用蹦一个子儿。这就算我走了运，交了您这么个有文化的大大夫。不过，你可别瞧不起我，我没文化，初中都没念完，惨点吧！"

朱迟望着这个憨实的青年，坦诚得可爱，"你年轻轻的，哪来的钱买房子？"李虎把摩托车靠在墙边，不住地用头盔扇着脸上的汗，"这话说起来就长了。我在毛里塔尼亚的沙漠里当了五年劳工，那罪可受大了，最受不了的就是终年四十度的高温，人都快成烤白薯了。可是人各有各的活法，各有各的打算，趁年轻，到外国去卖力多赚点钱，回来不就给后半辈子打下底儿了吗！五年我赚了不少钱，每次回国的'指标'我都给卖了，大件卖一千五百元，小件卖五六百元，这也没有定价，看行情涨落。就这么着，我存了点积蓄。"

"上半年，我去了一趟广东，人家广东人可真会赚钱，会做生意，对顾客客客气气。我看准了广东的茶楼很有风味，看咱们北京，早点一概是油条，干干巴巴的，没吃头。我打算在西四开一个茶楼，道地的广东味，这买卖准保能给我带来财运。为这个，我还特地去北城瞎子那摇了一卦，是指日高升，求财到手，谋望成全，我高兴地给那瞎子扔了两张大团结。"

看李虎的情绪，还真是把朱迟当成朋友了，别看这小伙子有些蛮、粗，但透着一个"真"字。这让朱迟的感情也渐渐起了变化，他终于掏出了那五百元钱，"给……这我不要，你也不容易赚呀！"

李虎低头一看，脸就变了色儿，"您这个人怎么这么看不起人呀，这是我的一点小意思，您倒让我不好意思了。我一直就有慢性阑尾炎，在外国做一个阑尾手术得五六百美金呢！我可舍不得，强用药顶着回来，有运气碰到您，这不就手到病除了吗！在外国，大夫可赚钱了，汽车、洋房、花园……我一看见您，就知道您是个老实人。这年月，人要是老实，手头准紧巴，现在是撑死胆大的，饿死胆小的。这点钱刚够那么个意思，您可别驳我的面子！"

既然李虎的态度这么坚决，朱迟也就不再推辞了。"朱大夫，咱们这就算是认识了，你是个大夫，接触的人多，有机会多向他们介绍我那小茶楼。对了，您认识记者吗？"朱迟想了想，"有，倒是有，不过是个患者。""那就更撞到枪眼上了，哪有病人不求大夫的呀，吃五谷杂粮谁能挡得住病呀！您就请那位记者给我的买卖吹吹，自然，我也不会亏待他们。"

"叫宣传，不能叫吹。"

"唉！现在的事有几件不是吹出来的，您细想想。"

朱迟低头一想，倒也是那么回事。

事一说完，李虎骑着摩托车便飞走了。

自那以后，朱迟再接受患者送来的红包，不觉得不得劲了，再往后，就习惯了，可再往后呢，要是患者不送红包就觉得不对劲儿了！

朱迟先让邱明烟先生去厕所排尿，他趁这个空当把那个红绸包装进了一个大信封里，便锁进了衣柜。他兴奋地想，"今后要当院长了，可能会收到更贵重的礼品。"不过，那一定严格控制透明度，不然，他怎么对下面的群众进行医德教育呢！

可又一想，他的心一沉，今后自己也得向上级领导上贡，万一遇到什么事，得有人替自己挡着，不然，别说提升，就是官也兴许做不踏实。

现在邱明烟躺在手术台上，护士在细心地消毒，从手术室的预备间里轻轻传来了《恋人的浪漫曲》的原曲，这是朱迟想通过音乐来分散患者的注意力，另外，这音乐给患者的精神起到一种舒缓、镇静的作用。这也是朱迟从医以来第一次把音乐作为一种辅助治疗手段。当然，也有一种下意识的东西在他的心里涌动着，他那封闭的、冻僵的心也好像在复苏了，他的内心在悄悄地渴望着什么……

今天的手术室，显得格外庄严宁静，又似乎包裹着一种特别的气氛。

朱迟用刷子反复地仔细地刷着手的皮肤，当他的手泡在冰凉的酒精里，竟没有感到往日透骨的凉意，欢乐充盈着他的心灵。

无影灯清晰地照在手术视野上，他准确地把皮肤切了个梭形切口直到瘤体。用止血钳剥离着……出血了，他迅速地用止血钳夹住，用线丝结扎……

音乐依然在一片白色、蓝色的空间里，轻柔地回荡着，好像是情人的温柔的抚慰。邱明烟的脸上，呈现出一片宁静。

朱迟觉得今天手指特别灵活，脸上挂满了汗珠，白色帽子下面闪动着一双灵活的眼睛，口罩完全湿了……

朱迟在整个手术的过程中，充满了宗教般的虔诚。他觉得那个冥冥中的上帝在注视着他，祝福着他。这种神圣的感觉，在他的记忆里还有过一次，那就是三十年前他站在庄严的党旗下宣誓时。

手术一个多小时就做完了，邱明烟稍事休息无恙，朱迟把他送上了出租汽车，关照几句后，马上跑到了澡堂冲了个痛痛快快的热水澡，回到手术室的预备间竟没有一丝疲劳。

他把门上了锁，又听了听外面的动静，便打开了更衣柜，把那个红绸子包打开。啊！这是一个玫瑰紫色镶着金边的工艺盒。他端详着，摸抚着，他正要撕开那个镶着金边的丝带，却又把手松开了。这时，突然一个强烈的念头涌上他的心头——拿这个精致的工艺品送给胡局长，如果把这条镶着金边的丝带撕开了，不就破了新吗？这也让局长小瞧呀！

他想起上次邱明烟的老伴做手术时，送给他一个24K金的戒指。他还特地请行家鉴定过，是真货！他老婆后悔地说："早知是这么贵重的东西，本不应打开，就咱们这份德行，还配有这金戒指！就是戴在手上，别人也知道不是好来的,不如拿它去送门子,送给卫生局管房子的局长,不然,咱们就一辈子活活困死在这大杂院里。"在朱迟的眼前,又出现了老婆耷拉着眼角,流泪的样子。他又端详了半天这个方盒子,兴许是个翡翠首饰?或是个钻石戒指?里面的东西肯定是贵重,可为了今后的仕途,也得割爱呀!

他终于还是下了狠心,望了望这神秘的盒子最后一眼,忍痛地把它套在一个大公文袋里。看了看手表,离下班的时间还有两个小时,他蹬上了自行车,直奔卫生局。走到局长办公室门口,他调匀了呼吸,郑重地敲了几下门,等了一会儿,里面没有动静,他又举手敲了几下。这时,从对面办公室里走来了局长办公室秘书雷晓港,"朱大夫,您找胡局长,他开会去了,有事请和我说。"

朱迟犹豫了一会儿,还是把那个大公文袋交给了她,"请您转交胡局长。"雷晓港是个嘴巴甜甜的姑娘,谁见了她都会产生一种好感,难怪人家提拔得快呀!

朱迟离开了卫生局的大楼,走到街面上,好像干完了一件了不起的大事。他松了一口气,心想,有这么贵重的礼品作铺垫,当院长的事就瓷实了!他心里正乐着,不巧和一个捧着鱼缸的小青年撞了个满怀。不用说,鱼缸自然是碎个稀里哗啦,那五条小金鱼可怜地在地上打着滚,挣扎着,好让人心疼。

"瞧瞧!你挺大的人想什么呢?"

"对不起,对不起,不是故意的!"

"少废话,杀人偿命,毁物抵钱,我可没工夫跟你磨牙。"

"那您说怎么办?"

"不多要你的,连鱼带缸拿出六十块钱,放你回家,拿不出来,咱们一块去派出所,那地方咱平蹚。"

朱迟一想,碰到这么个不三不四的人,讲不清,道不明的,干脆认倒霉。这已经围了一圈人看热闹来了,再待一会儿,围观的人比看耍猴的还多。这又不比在别的地方，这是在堂堂的卫生局门口！朱迟扔给他六十块钱，驾车逃跑似的飞了。

他终于逃出了卫生局那长长的胡同，站在街上，松了一口气。这时，他突然觉得嗓子眼干得在冒烟，心里也烧得难受。他钻进了冷食店，一连喝了三瓶冰镇汽水，心里才平伏了一些。

他抬头看看天，还大亮着。高高的天上，蓝得醉人。街上不时地飘动着女郎们各种颜色的花裙，好像彩云落到了人间——啊！空气里不时地送来阵阵拂不尽的春意。当他拐进景山胡同，看见三棵粉红色的桃花树钻出了院墙。他久久站在这个红色的小门前，一股抑制不住的柔情像潮水一样涌来。

五六年前，朱迟在卫生学校教课时，有一个女孩子就住在这个院子里。上课时，她总是坐在第一排，眼睛一眨也不眨地听着他讲课，低着头扬着两道弯弯的细眉。课后，她常爱提问，笑着望着朱迟，笑得有些羞涩，那是只有少女才有的那种微笑。她的名字叫然然。

那段授课的日子，也不知是怎么了，课堂是唯一使朱迟感到兴奋的地方。他的目光，一刻也离不开然然，然然的一声咳嗽、一个蹙眉，都会使他不安。有一次，在他们目光对视的瞬间，然然的脸上刷地泛起了一层桃花色的红晕。她低下了头，从此朱迟再也没有勇气正视然然的目光了。朱迟有些害怕了，他怕的正是自己。

课业结束的最后一堂课，朱迟和然然都感到有些沉重。然然竟偷偷哭了一夜，她多么想这最后的一节课无限地延长下去，朱迟也希望这最后的一节课又是新课的开端。

当然，课业还是结束了。

以后，然然曾给朱迟写过许多情意绵绵的信，也曾去医院找过他。朱迟在无言的兴奋中默默地接受了她的心。

然然真是爱上了朱迟，像一切师生恋那样平凡，那样简单，那样动人！

朱迟低沉的男中音，常常使然然的心颤动。她想倚在他的怀里，她要爱他，也要他爱她，无论怎样一种形式的爱，她都不在乎！

有一天朱迟上夜班，然然去医院找他。他望着然然，亭亭玉立的身材，纤纤的腰肢，隆起的饱满的胸部，内心一阵冲动，可他却说："然然，我正忙着，你有事吗？"

"难道我只有有事才能找你吗？"然然委屈地哭了。

朱迟的心涌起一阵深深的爱怜，真想把然然紧紧地抱在怀里，好好地亲亲她，可他又本能地恐惧起来："然然，你先回去，明天我去看你。"

他扶着然然的肩膀，然然一下子扑在他的怀里哭了起来，"……我……我离不开你，我要你……"

朱迟在这一瞬间，完全被吓住了，声音变得干涩："然然，你冷静些，我对你没有权力。我是个有家的人，你还年轻……我……我不能……你走吧！"他把然然从自己的怀里推开，乞求地说："然然，你走吧！"

然然远去，他关上了门，好像关闭了一个危险的禁区。

现在，朱迟望着这两棵绽满桃花的枝头，心里也不知是一股什么滋味。的确，从那个夜晚以后，他再也没有看见然然，可是他却一日一刻也没有忘记她，尤其是在那些寂寞的宁静的夜晚，只要一想到然然明媚的笑容，扑在他怀里那甜蜜的瞬间，他的心就会变得年轻、甜蜜、快活。然然细腻的腰肢，触到他脖颈的感觉，就好像在昨天，他回味着，享受着……

可最近几年，他突然感觉自己太愚了，愚得冒傻气。

现在社会上，婚外恋像通俗歌曲一样流行。人们在把经济搞活的同时，也在把感情搞活。他耳闻目睹多少衣冠楚楚的正人君子变成了花中君子。

不久前，他坐在牙医诊椅上。牙科医生说："这颗、这颗，还有这颗都无法补救了，得拔掉，然后装假牙。"牙医敲着那颗牙，朱迟疼得一缩——并不是疼，牙神经早就死了，而是出于一种惊恐，对于年龄的惊恐。刮脸时，他对着镜子，望着下巴处垂下的肉，一切无不在提醒他——老了。

也许有些人奇怪，为什么追逐女性的冲动会发生在已届老年的五十岁男人的身上？

　　因为在他们进取的年华中，一直压抑着这种冲动。现在他在生活的领域正在向下滑坡，不免感到失望、沮丧。同时，他们感到过去实在是亏待了自己，因此便像饿狼扑食一样寻求女性，寻求对年轻女性的占有。这样他们便会感到自己充满了活力，年轻起来。

　　另一方面，稳定乏味的婚姻生活已燃不起他生命的激情，平衡固定的生活模式已日渐使它变得冷漠。性生活的乏味与单调，使他的性能力日渐萎缩。

　　而五十岁的男人最惧怕的就是性能力的丧失。作为男人，他的生活应该以为性能力来表达，而这种性能力是以女人的认可作为先决条件的。男人希望再次在女人身上找到明亮的星星、梦一样的朦胧的月光、灌木丛中的野花……他期待着一切显得新鲜刺激的生活，使人重温恋爱的种种，期待等电话、信件的心情，怦然心跳的感觉，这一切都会使五十岁的人又回到二十岁的青春年华。

　　但他们绝不轻易抛弃同甘共苦几十年的糟糠之妻，那是他几十年苦心经营的窝，有儿、有女、有财产、有稳定的生活，重要的还有他的声誉。

　　五十岁的年龄，是个最胆大也最胆小的年龄，既要做最后的冲杀，又丧失了冒险和赌注的本钱。他只想在一块没有责任与义务的田园上休憩和欢乐，享受星光下生活浪漫的情调，这是一种婚姻生活的补充。可一旦那位美丽的情人，突然认真起来"非你莫属"，变成了他的负担，他就逃之夭夭了！

　　然而那股少女的纯情，几年来始终是朱迟心里一块绿色的草地，一个静谧的园林。他就要当院长了，他相信这片绿色的土地，一定会给他带来更年轻、更旺盛的活力。

　　朱迟走进了院落，一个艳丽的背影映入他的视野——一位红色的过短的迷你裙只掩住了臀部，裸露着浑圆成熟的大腿。那女人扭过脸来，张开了红红的嘴唇："哟！是您呀朱老师，真是请不来的贵客！"

　　她快言快语，那神态就好像他们昨天才分手，那情绪与他们最后一次的难舍难分，完全是比例失调。

朱迟的脊梁骨冒出了一股凉气，他的眼睛模糊了，在他的心里然然依旧是那个梳着齐耳的短发，身着青裙的少女。她无论如何也不能和眼前这个俗艳的女人连在一起，朱迟的手冷得发抖。

然然把朱迟迎进了客厅，呈上一杯麦氏速溶咖啡，"然然，你不要忙，我是顺路来的，坐不住。"

"快别扯别的，真是劳您大驾，还没把我忘了。"

朱迟用手来回摩挲着玻璃杯，一时找不出话茬，"然然，你现在还当护士吗？"

"我早就辞职，在一家外企当公关小姐。"然然笑了起来，笑得很快活。这一瞬间，朱迟仿佛又找回了那个爱笑的然然，可这笑容里又似乎缺少点什么。在朱迟眼前，闪动着一张纯情少女的脸，像弯弯的月亮那样皎洁。旋地，朱迟的眼睛又模糊了，过去然然柳条一样的腰肢间总是系着一条白色的带子，现在她的腰和臀已浑然一体了。齐胸的领口，裸着肥大下垂的乳房边缘，这不能不使你联想起一个已婚妇人的身体。

"咔嚓"一声，打火机亮了。

"不介意吧，干我们这行的烟酒可是离不开了，可烟酒这东西又催人老，真是没法子。朱老师，您看我见老吗？"

朱迟喃喃地说："看不出，看不出。"

朱迟还是想把时间和感情拉回到六年前的课堂和最后一次分手的夜晚，"然然，我总是忘不了你听课时的神情。想起我们最后告别的时候，我真是对不起你的感情……"

"哎呀！朱老师，您过去犯傻，今天您还犯傻，您得几时才能明白呀！"

"铃——铃——铃"里面房里传来了电话铃声，然然小跑着去接电话，"喂——好吧，不过你得等一会儿，家里现在有人，等我把他打发走了，你再来，拜拜，亲爱的。"

朱迟在短短的几分钟里，好像经历了一个世纪的变化，他来时的热情、希冀都已消失得无影无踪了。

"您今天来得正好,我有件事要求您。我有一个哥们儿要调到我们公司来。劳您大驾,给开一张肝功正常、澳抗阴性的证明。"说着拍在桌子上一沓钞票,"你拿走,一点小意思!"

朱迟站了起来。这时,他产生了一个强烈的欲望,赶快逃!赶快逃!不然,他会哭出声来。

从此,他心灵深处的那块绿色的草地,已变成杂草丛生的荒野了。他后悔,不该去!不该去!后悔把这最后可以回忆和梦想的田园也毁灭了。

一切美好的东西,都经不起岁月的磨蚀。美好的东西,大多是脆弱的。

第二天,是个春寒料峭的日子。卫生局胡局长传令,请朱迟去局里走一趟。这会儿,朱迟的心可就扑通开了。他强压着自己的激动,冲了一杯降压饮,又悄悄服了片安定。同诊室的小魏说:"快去吧,有好事等着你呢!"当朱迟刚把自行车推到医备门口,放射科的赵大麻子笑着拍着他的肩膀说:"小心出门,别撞着车,回来咱们就翠花楼见了,等着你出血!"朱迟赔着笑脸,胡乱应酬着。

他的心还是一个劲地向上撞,就是那两片安定也没能按捺得住。他骑车飞跑着冲向立交桥,走到十字路口,竟没看见路口上亮着红灯。警察对着喇叭大声喊:"闯红灯的那位男同志,过来,过来,罚款十元。"朱迟刚想争辩几句,警察的喇叭又响了起来,"再拖延时间,罚款二十!"朱迟一声不吭地从兜里掏出来一张大团结,老老实实地退回到停车线内,可这一切并未使朱迟扫兴。

绿灯亮了,他又轻快地驱车前行了。这时,马路上的大喇叭不住嘴地叫着:"我们是害虫,我们是害虫,正义的来福林,正义的来福林……"朱迟也不禁跟着它的节奏哼哈起来:"正义的来福林,正义的来福林……"今天,他全身的关节如灌了油。他心里琢磨着,这准保是任命之前的例行谈话!没错!

啊,还有十五分钟、十分钟、五分钟、三分钟,我就要当院长了!就要实现自己的价值了。其实价值这玩意，也没有个斤两，更没有个准谱，看行情涨落。

有人觉得自己值一块钱，可领导偏偏拿他当七毛钱使，所以他就拼命地想找回那三毛钱的差价，有些人是一辈子也找不回来了，那就只好在抱怨、不满、委屈中折磨自己。可朱迟的价钱还有一分钟就找回来了，他能不乐吗？

推开局长办公室的门，迎面冲来了一股难闻的臭味，原来胡局长正在给君子兰施肥。胡局长看了一眼朱迟，慢条斯理地说："老朱，你先坐。"

朱迟靠在沙发上，用手帕擦着脸上的汗。

"老朱，你瞧，我这两棵君子兰长得不错吧，有人出一千块钱想买走这两盆，我都舍不得。"

"当然不能卖，这么好的君子兰，哪能一千块钱就出手呀！"

胡局长大笑一声："老朱，你落伍了，现在君子兰又跌价了。"

然后，胡局长又一片一片地擦着君子兰的叶子，那简直比大夫给患者消毒伤口还仔细。朱迟早就听说胡局长爱花出名，果然不是虚传。墙上的石英钟嘀嘀嗒嗒地响着，朱迟坐在冷板凳上，感到有点不大对劲。

胡局长总算坐下来了，打火机窜出了昏黄的火苗。他扔给朱迟一根希尔顿，朱迟看了一眼，想起不久前，一位患者送了他三条也是这种烟。他吸了一口，觉得味有点不对劲。

烟雾缭绕着局长办公室，再加上施肥的那股腥臭怪味，朱迟的心感到一阵憋闷，终于忍不住了先开了口："局长，您找我有事？"

胡局长低下了头，拉开了抽屉，"我给你看件东西。"这时，呈现在朱迟眼前的不是别的，就是昨天给局长送来的那个精制的方盒。

朱迟愣了一下，接着又好像明白了什么，"局长，这是一点小意思，不成敬意。"

"你打开看看。"局长的脸上已是晴转多云。

朱迟屏住了呼吸，有些疑惑地望了一眼胡局长，好像要在他的脸上找出答案。可局长正眯着眼睛喷云吐雾。

显然，盒子已经被启开过了。朱迟万分小心地把盒子打开，里面安详地叠有一块雪白雪白的绢布。朱迟把绢布轻轻地展开，只见一行行流畅的小楷跃然其上，绢布下面还压着一张邱明烟老人青年时代的照片。

尊敬的朱大夫：

我们是来自台湾的同胞，这次来大陆，特看望我们失散多年的妹妹以解思念之苦。

承蒙您的恩泽，给我们的健康带来了福音。

这一次一踏上故土，心里真有说不出的滋味，各种感受，很难一一尽言。

听亲朋好友说，在这里做手术、看病、住院，都要向大夫呈送红包。起初，我们是不大相信的，因为这在台湾是极少见的。虽然台湾的医疗费昂贵，但医生们都很敬业、修德、行善。当然，我们也了解大陆知识分子的生活是非常清苦的，与台湾的生活水准是无法相比的。

上次，您为我妻赵慧忠做手术，很是尽心尽力，我们敬赠了您一个金戒指，聊表感激之情。因为医生的心就是金子，可以想象，在您的手术刀下，曾给无数名患者带来了恩泽。今天，我敬赠您我青年时代的一张照片，背景是我日夜思念的故乡广东梅县。希望您能把我的照片，收入您的相册中。我相信，您的相册里已有了满满的患者的照片，每一张照片就是一颗感激祝福的心。

但遗憾的是，当您接受那颗金戒指时，流露出的习惯的、淡淡的谢意，我们终于相信了，送红包已成为一种社会风气。

我们是天主教徒，主教导我们要仁爱、行善、天主慈悲、庶免殁后地狱之苦。

我自幼读古书时，深得其教，记得医圣孙思邈先生云："凡大医治病，必当安神定态、无欲无求、先发大慈恻隐之心，誓愿普救含灵之苦。若有疾厄来求救者，不得问其贵贱贫富，长幼妍蚩，怨亲善友，华夷愚智，普同一等，皆如至亲之想,亦不得瞻前顾后,自虑吉凶,护惜生命,见彼苦恼,若已有之。深心凄怆,勿避险恶、昼夜、寒暑、饥渴、疲劳,一心赴救,无作功夫形迹之心。如此可为苍天大医,反此则是含灵巨贼,自古名贤治病,多用生命以济危急……"

医生乃是大慈大悲的天主派来的圣人,但发惭愧凄怆爱恤之亲,不得起一念齐蒂之心,乃医之志也。拯救医德,乃是拯救人的灵魂。

我们两个教徒,借天主之光芒,普照人间,祈祷白衣圣人们能从医德的沦丧之中解救出来,主会宽恕一切罪人。

阿门

邱明烟<br>赵慧忠<br>敬上

朱迟愈看眼睛就愈模糊,身子发麻,手脚冰凉。这是梦?还是现实?我这辈子没干什么缺德事呀,老天爷为什么这样捉弄我!

他完全懵懂了,这一时刻,他没有哭,更没有笑,也没有一句话。他麻木地呆呆地愣着,比死还要平静,还要沉闷。

"老朱,我了解你,你也别太放在心上,现在的事,我全明白了。你们当大夫的不易,我当官的也不易。认真吧,不行,不认真吧,也不行,我只得睁一只眼闭一只眼,还是不行,干脆两眼全闭上。可如果你死乞白赖地往我眼巴前送,那我也没法子。我是吃行政饭的人,就不能不管了,我不能砸自己的饭碗呀!

"这事,你就得认倒霉,撞枪眼儿上了。这两个人的身份比较特殊,我就不得不重视了。我给你来一个全局通报批评,你好歹做个检查,然后,在各个医院掀起一个医德教育的热潮,热闹一阵,这档子事就算了结了。"

胡局长的话音刚落,朱迟突然干号一声,就挺直了身子,倒在地上了。

朱迟患了脑溢血，从医院里抢救出来是一个痴傻、蔫呆、瘫痪的废人了。

　　开始，领导、同志们都去看望他，安慰他，再往后，赶上逢年过节医院工会还拎着一盒点心去他家转一遭。可再往后，去的人渐渐少了。也难怪，在这人情如纸的现实生活里，谁还有那么好的记忆呢！

　　同学会，照样开，可朱迟自然不再是被邀请之列了。

　　大杂院的街坊们，还是照样搓麻将、侃大山、谈买卖……该发财的发财，该走运的走运，该行骗的行骗。只是他们很少有闲工夫去朱迟家串门扯淡了。可大杂院的日子依然过得那么红火，那么自在。

　　只见朱迟的妻子，一个不到五十岁的女人，在不到半年的时间里，头发唰地全白了，刻满皱纹的脸像是干干巴巴的核桃皮。她总是低着头，叹着气。在有阳光的日子，她把丈夫搬到轮椅上。朱迟像一个哑巴，像一个怪物一样，望着遥不可及的太阳发愣。

　　无论是刮风还是下雨，她总是拎着马桶，在稀泥没脚的胡同里，深一脚浅一脚地向胡同口的公共厕所走去。

　　人们总是神话般地谈起一个好端端的外科大夫，竟然就在一个下午变成了废人，这似乎永远是人们茶余饭后说不完的话题，扯不完的笑料。

　　可谁又能知道，就在那个春光明媚的下午，朱迟曾憧憬过一个多么美丽、平凡而又辛酸的梦呀！

原载于《特区文学》（1989.4）

# 北京马扁

马扁两个字结构在一起便组成"骗"字。中华民族最讲德、雅、礼,若直呼称其骗,便不德、不雅、不礼了。恐怕九泉之下的孔夫子大人也是不答应的,故婉言曰"马扁也"。

"马扁",这是当代北京流行的一句口头语,犹如"盖了帽"。洋人为了卖弄自己的汉语水平,也将马扁带入高级宾馆、五星饭店、高等学府,可见马扁的群众性、娱乐性和国际性了。不懂马扁,不用马扁被视为落后潮流的标记。

作者题记

## 上篇

马大科要出国了!这件事在新德医院引起了异乎寻常的反响。一贯以"阶级斗争为纲"的赖院长当上了马大科的特别侍从,身着淡粉色的春装,第一次登上了飞往外国的飞机,心里乐得像喝了蜜。

各科大夫犹如会诊甲肝流行一般，云集在一起，讨论马大科出国的病因、病机、传染率、治愈率及死亡率。

相比之下，年轻医师杨川的出国留学，却鲜为人知，只在女友夏凌的心里泛起了涟漪。中医学院毕业生朱莫可面对如此这般，陷入了沉重的反思。

马大科要出国了！

提起出国，这是当今中国人最时髦最热门的话题，无论在哪个部门都会引起反响，呈现出五彩缤纷的心理状态。

唯独马大科的出国，凡响不同于一般。他使小小的新德医院开锅了，摇晃了！

这是由于它特殊的地理位置决定的：这座白色豆腐块似的五层小楼，坐落在北京最繁华的一角，地处黄金地带，最得天独厚的是它两侧坐落着两个二十四层的巨人——国际饭店和国际大厦。这两个求之不得的洋邻居，的确使新德医院受益匪浅。

出入饭店的自然以洋人居多，有纯种的，也有混血的；有白色的，也有黑色的；亦有黑黄相间、白里泛黑或黑里泛白。总之，不管他们什么人种、何种颜色，却都有着一样的神情，那就是自得与自信，随意与不屑。

新德医院别别扭扭夹在这其中，颇觉得紧巴，胳膊腿伸不直了，头也扬不起来了。不过屎尿自然是憋不住的，毕竟他们都是医务人员，知道洋人的屎尿和国人的是一样的臊臭，不然为什么没有人把洋人的尿当成香水在市场上拍卖！这至少使他们倾斜的心理平衡了一些。

但这种平衡终究是脆弱的，当他们一元钱买一根黄瓜，两元钱买两个鸭梨，卫生纸脱销，用废报纸把屁股擦得生痛时，这倾斜的心就险些倒塌了。

这两个洋邻居，无论吃、住、穿当然都是上乘的。先不说别的，那单从站在门口为洋人开关汽车门的门童那华丽的衣着，溢于面部的神情，俨然个个都是高等华人。那里有日租金几百元的房间，有两百元一盘的鲍鱼，有高价的蒸汽浴,还有瀑布、亭台、外币商店和银行……

在北京的百姓吃大白菜、萝卜的季节,那里每天空运来各种绿色儿的蔬菜和神气活现的海鲜。

饭店晚上豪华辉煌的吊灯,闪着诱人的光,惹得新德医院的人常常驻步不前。当水晶一般的旋转门颇为潇洒自得地一转,便扭出一位与这旋转的身份相称的小姐、太太、绅士。随即各色的轿车便缓缓开来,他们那漫不经心的神情,似乎又增加了几分显贵。红天鹅绒的窗帘垂挂着,水晶灯透着神秘的夜的光……

新德医院的人,每天早上晚上从这里走过,受的刺激可不小。他们常常互相发问:"看!人家活一世啥样!咱活一世啥样!"他们的心能不着急,不冒火,不骚动,那才见鬼呢!

听说不久前,医院职工体检的结果颇不乐观,许多人都患了肝气郁结、肝阳上亢的疾病,不能不怀疑这两个邻居是职工病的诱因。不过新德医院的人,心眼活,心路多。尽管洋人的屎尿是臊臭的,可洋人的钞票却是实惠的。医院里已有不少大夫七套八捣地和这些洋人搭讪上了,有的给洋人按摩,有的给洋人针灸……赚点外币固然是其一,更要紧的是想攀上个洋朋友,兴许能成为经济担保人,这样出国就有盼头了。这年头谁一听到"出国"二字,就像饿狼扑食似的!

年轻的护士小姐,打扮得"透明度"很高,梦想躺在蓝眼睛黄头发男人怀里,弄好了,就嫁了,后半辈子吃穿住就如同到了天堂。弄得不算好,一夜之间也能赚上不少美钞,尽管有可能把她折腾得死去活来。自尊与耻辱统统都让给更实际的东西。这年头,谁还讲什么抽象的价值、空泛的道德!

他们一个个颇像站在地上的一群肉食动物,跳起来,伸出舌头拼命去够挂在高处的一块肥肉。他们已经跑得筋疲力尽,可那块肥肉依然鲜活自在地挂在他们嘴巴前。

可人家马大科,第一个一口就咬上了这块肥肉,第一个打通了通向外国的渠道。

　　日本一家私人诊所的老板，在朦胧的微笑中，特邀请马大科前去东京扎针。

　　这是新德医院开放改革以来，迈出的第一步！也是第一个爆炸性的新闻——看！新德医院在走向世界！

　　快到中午下班时间了，一贯患者云集的按摩科，渐渐清静下来，诊床上横七竖八地躺着几位穿白大衣的"患者"。

　　A君是位三十岁出头的按摩大夫，大块头，满脸的络腮胡子，绰号"魔鬼胡安"。他为此很自豪，觉得这是现代男性美的标准。

　　他在诊室里环顾一圈，"咔"一声，美式打火机便迸发出快乐的火苗。他洒脱地往诸位大夫身上，一人扔一根云烟，故意压低了声音神秘地说："听见什么消息没有？"哥儿几个疑惑地对视着，半天没有声音。"马大科要出国了！"这几个字几乎是一个一个地从牙缝里咬出来的。空气一下子凝聚了，半天传来了一个声音："什么？再说一遍！""马大科要出国！""出国？真的？""咱哥儿们什么时候谎报过军情？""他去的是小日本。"

　　凝聚的空气摇动了，躺着的坐了起来，坐着的站了起来，站着的跳了起来。其中C大夫竟把一盒烟捏碎了，木讷的B大夫愣了半天，结结巴巴地说："嘿！真……真……真有他娘的！"

　　"去多少日子？"

　　"听说七天。"

　　"七天能干什么的？"

　　"扎针呀！"

　　"去扎茄子、冬瓜吧！"

　　"这老马扁怎么和日本套上磁的？"

　　"听说是赖院长给搭的桥，这样她也沾光呀！"

"看来,这年头就得讲马扁,不过能马扁到这份儿上也是功夫不浅!"

"小日本贼奸溜滑,能让马大科占了便宜?"

"便宜大了!这外国人一请,咱们就哆嗦,马上在国内就喝香的吃辣的!"

"好像中国人的眼睛都瞎了,外国人说这货好,那货就一定成。"

诊室的烟雾弥漫得呛人,每个人的脸都罩了一层淡淡的灰色。那声音也干干的、涩涩的,好像蒙上了层烟气。

"咱们哥们儿,好好学吧!马扁的功夫到了家,别说小日本,就是超级大国,也让他犯迷糊。"

这几位中青年大夫,长吁短叹到嗓子眼儿冒了烟,肚子开了锅,一个个都揣着一颗不安的心,摇摇晃晃地走了。A君用京腔唱着:"咱从今也把那绝活学呀……"那"呀"字拉得很长很长,就像这个闷人的中午。

医院里还有另一伙儿人,大部分是中年妇女。

别说马大科出国,就是世界上发生了十二级地震、大兴安岭森林大火、火车相撞、飞机空难、优秀飞行员被匪徒扎死……只要不关系到他们切身的利益,那就表现出超然的冷漠。当然,不负责任的同情心和热情,也偶尔会有一点,可那三顿一倒却始终一丝不苟:中午电炉一开,就是一碗黄瓜鸡蛋汤,如果还有兴致只需往路北一拐,到自由市场抓一把韭菜,路过粮店顺便买一沓馄饨皮,锅一开,一锅美美的小虾米馄饨紫菜汤就下了肚。酒足饭饱,一个个便拖着门板似的大髋,拉着沉重下垂的屁股,在铺满阳光的针灸科,挨着排地挺尸去了。铺板吱吱地叫了几声。

"听说马大科要逛小日本了!"

"嗯。"

"这回还不弄回几大件来。"

"出一次国,就发一笔财呀!"

"人家可发大财呀!"

"听说日本人要送他一辆丰田。"

"送他纸糊的吧！"

"唉，我说姑奶奶们，少说几句，他爱去哪就去哪。日本人就是给他一座金山，也与咱无关，快麻利儿闭上眼睛，别冒傻气。这一中午都交给马大科了，留点精神回家给孩子大人干点事比什么都强！"

这话真受听，一会儿工夫，二十几张诊床上便响起了高低起伏的鼾声，自然不乏吹气、咬牙、放屁、咂嘴的。

杨川和夏凌在诊室里，时间停止了，饥饿也忘记了。今天诊室的空气有些异常，杨川在小心翼翼地等待着一个话题的情绪。他终于说："夏凌，我的签证批下来了。""你……你……真的要走！""不得不走了，K大学经济系就要开学了。"夏凌默默地低下了头，脸色苍白。杨川无言地望着她，把一大块巧克力放在夏凌的面前，她瞟了一眼，又低下了头。"吃吧，我想你一定饿了。"夏凌的面前又是一杯咖啡。

"夏凌。"一个温柔的充满情感的声音。她终于抬起了一双忧郁美丽的眼睛，望着他。夏凌把长长的秀发从肩后拿到胸前，用嘴角轻轻地咬着辫梢。"你还像个孩子。"杨川轻轻地理着她的头发。她想，这个与自己朝夕相处，永远有着说不完话的朋友，就要离开自己，到太平洋的彼岸。太遥远了！她感到的不仅是孤单而且还有恐惧，把来找杨川的主要任务——求教关于马大科的针灸论文，完完全全抛在脑后。

夏凌是个单纯、敏感、热情的女子，幻想在一片洁净的绿岛里生活。当然，这种幻想给她带来的只是苦恼和失望。只有她和杨川在一起的时候，才好像置身在一片飘着雪花的白桦林里，清新、宁静、淡远，忘记了一切烦恼和痛苦。她离不开他。

夏凌的马尾头散成一片乌云披在肩上，一缕头发遮住了她的眼睛。杨川无言地把它理到肩后，"夏凌，我走后，有关心理学的问题，你随时可以请教我父亲,他会高兴的。"

夏凌把头低下了,用纤纤的手指捏着那块巧克力,在玻璃杯里轻轻地搅动着,一会儿,水变得混浊了,在静默的幻想中,她突然觉得这是一条混浊河流的旋涡。

她不安地抬起了头:"杨川,你还回来吗?"很久很久才听到一个声音:"但愿能回来!"这声音正像从那黄色的旋涡中发出的,沉郁、混浊。

他不能忘记父辈的遭遇。他的父亲杨学诗教授,是中国著名心理学家,英国皇家医学会的会员,新中国成立前便在国内外享有盛誉,很受当时医学界的重视。国民党离开大陆时,特地动员杨教授前往台湾,但同时他接触了地下党,对共产党充满了希望。

当国民党的轮船起航时,他站在码头上,向他们摆了摆手。他决定了自己的命运,决心为共产党工作,为贫穷落后的祖国工作。

新中国成立后,他一直任中央领导的保健医生。谁知"文化大革命"让他的事业严重受挫。科学在飞速地前进着,十年的时间,他散落在世界各地的同学,在学术上都取得了巨大的成绩,物质上的优裕就更不用提了,已非杨教授能够企及。

面对父亲的遭遇,杨川进行了痛苦的思索和选择。

"哪儿能发展我的事业,我就在哪儿生活。现在开放了,我一定要飞出去!"他说得有些激动。夏凌被这种情绪深深地感染了,刚才的温情、依恋、孤独顿时变成一种高亢激愤的情绪。"看,我都忘了!"说着,夏凌从书包里抽出一沓稿纸:"这是为马大科赶写的论文,你看能交差吗?"

杨川随便翻着:"为什么让你写?"

"院长书记的命令,说我学过针灸,医学理论也可以,所以让我……"

杨川看了她一眼:"你根据什么写的?"

"根据想象。"

"想象的依据呢?"

"中医理论。"

"实践呢?"

"实践的东西只能靠编写了。我观察了他的病历,复诊率是极低的,大部分是从外地人扎个一两次就不来了,写信去追问也没有什么效果。"

杨川的目光停留在"马大夫治愈脱发的成功率在百分之八十以上","开玩笑!一种病成功率百分之四十以上就相当不错了,一开口就吐这么大的牙,完全是马扁。"

杨川向夏凌走近了一步,严肃地说:"夏凌,今后类似给他们擦屁股、戴高帽的事,你不要管了!"

"这百分之八十是领导让我这样写的!"夏凌委屈得要哭了。

"我知道是他们让你这样写的,可你……"杨川见夏凌的眼泪流出来了,就沉默了。

"有时,我一想是领导派我的活儿,不干,他们就鸡蛋里挑骨头。我真烦!"

"夏凌,你一不想入党二不想当官,业务上又不错,用不着怕他们。就给他们来个我行我素,他们干没辙!"

"杨川,我求你别说了!我也得想辙了,我也想出去!"

夏凌推开了诊室的门,踏着上班的铃声远去了。

杨川望着窗下那一棵嫩绿的小柳树,它是去年植树日夏凌栽种的,正在风中不安地摇动着。

赖院长坐在办公室里,翻阅着党员思想小结,可是心却早已飞到东京。东京虽说她没见过面,可也面熟,日本电影她看过几场,便认定那就是东京。那繁华那热闹那天堂一般的东京,高兴得她好几夜干瞪着眼,可第二天,还照样有精神。

这也难怪,她是保定乡下人,只有高小文化,可她人机灵,会看风向,又肯学，不久就补上了初中文化。她嘴灵巧，见了领导，神经就像上了弦，干活专干那眼前花，说话专说在人心缝里。手也不闲着，一个月能写上七八份思想汇报，今天汇报周围人的动向，明天抄写报纸上的几句话，变着花样谈感想，再不然就向党组织表忠心……再有工夫就给领导的孩子织毛衣，做裤子。功夫不负有心人，不久她就入了团，又没多久又光荣地入了党，并当了街道绣花厂的书记，从此便开始了她的政治生涯。后来她又调到吉祥胡同托儿所当所长，又后来当上了新德医院的院长。

自从她到了新德医院，就强调要"衣帽整齐"。自打她上任的第一天起就始终是衣帽整齐的风范，白大褂、白裤子，还有一双小白鞋。赖院长对白色有特殊的酷爱，最重要的是，她喜欢那一身医院的打扮，浑身再散发出一点消毒水味就更地道了！

她烦透了在绣花厂和托儿所时一群没有多少文化的老娘们儿围着自己转，真他娘的跌份儿！现在可好了，指挥着满医院的医生、护士体面多了。白大褂自然是不离身，兴致一来，还在脖子上挂个小零碎——听诊器，满医院地溜达着。她对系列白色及听诊器的特殊喜好，真不亚于一个三岁的孩子对于玩具的好奇，好奇心使这五十岁的女人年轻了许多。

一个小时过去了，赖院长翻开了第二页"党员思想小结"，可她的心一直围着马大科转。虽听有人说马大科是个走江湖的出身，可人家能让日本人请去，这就是本事。早就听说这儿的风水好，所以托人往这挪了窝。当了二十几年的领导，这还是头一回借这么大的光！可她又一想，马大科，你没我代表组织上用劲，也甭想这么风光！她想起昨天在大门口，马大科那副和她平起平坐的模样，心里就有些不痛快。不过，出国的欢乐压住了这点不愉快，现在，就是在大医院，轮上出趟国都不易，就别提这区级小医院了。运气是不错呀！阳光透过玻璃，照在她的脸上，红扑扑的，她笑着闭上眼睛。

"您找我？"夏凌站在她面前，赖院长睁开了眼睛，把晾在椅子上的脚伸进了鞋里。笑着说："请坐，请坐。"赖院长这异乎寻常的笑，使夏凌感到有些诧异。赖院长的脸平时总是阴沉沉的，讲起话来特别冲，教训起人来好像谁都是她的三孙子。她皮肤黑，再加上一脸的黑蝴蝶斑，背后"魔鬼胡安"常叫她"黑驴"。小小的三角眼，一闪一闪地牵拉在这黑锅底似的脸上，不停地眨动着，总好像在计算着什么。

夏凌望着她。这真是一张破坏人情绪的脸，她想。夏凌正想说："什么事？快说，诊室里有病人等着。"赖院长抢先开了口："夏大夫，这件大事你知道了吧！"她把堆在腰间的灰色衬衫往下拽了拽，盖住了腹部那一堆隆起的肥肉。赖院长见夏凌并不坐，连忙起来给她拉了一张软椅，拍着她的肩膀说："快坐，快坐，有些事咱们要好好谈谈。马大科要去日本进行技术交流。改革的时代嘛，什么是改革呢，这是个新鲜事物，领导依靠大家摸索着干。马大科去日本是咱们医院的一件大事，咱们这个小医院开始走向世界，卫生局领导很重视。马大科是位老中医，但不是党员，当然领导要跟着去把关呀！这个任务就落在我的肩上了。"她把这最后一句话说得很沉重，"其实我也是有困难的，孩子今年升学，爱人身体又不好，医院事又多，里里外外离不开我，可是没有办法呀！我是个党员，只有服从组织安排呀！"

"这事与我有什么关系？"夏凌淡然不解地说。

"有关系，太有关系了！"赖院长的三角眼突然亮了。她凑近夏凌，带着与她惯有的腔调不同的声音说："夏大夫，现在你父亲在东京教书对吧？"夏凌用有些轻蔑的目光望着她，然后微微点点头。

夏凌的这一眼却把赖院长看毛了。她连忙站了起来，背冲着夏凌。当她转过身来，把一杯热茶递给夏凌时，即刻又恢复了往日赖院长的模样。

"夏大夫，这次调资，本来按规定没有你的，因为你的病假超了。但我体谅职工的困难，调一次工资不容易，制度也是由人来掌握的，我做了许多工作，强调你的病是因出诊得的，这样事情也就妥了。"

赖院长如此开恩，可把夏凌弄得懵懂了。她望着窗外弥天的风沙，昏暗的阳光洒在不远处的天主教堂上，十字架泛着一层凉凉的铅灰色的光。

赖院长上帝般的仁慈，把夏凌的回忆拉回到二十世纪七十年代，也正是这位赖院长，把正在患病的她，发配到农村医疗队。

有一天，赖院长来看夏凌，眼睛却是冷冷的，"有个事和你商量。"那口气却分明是命令，"现在医院有紧急任务，农村医疗队需要一位大夫，考虑你比较合适，626的道路是咱们医务人员的方向！"

"可……我……"

"当然，有病不能勉强，不过思想健康了，病也就好了。"赖院长说得那样轻巧，轻巧得近于残忍。

在那个年代，夏凌作为一个"黑五类"的子女，对屈辱残忍已经习惯了。如果她真的拿出一个二十岁青年的执着，认真对待这个世界，恐怕她早就不存在了。

"小夏，你爸爸在日本留过学，对吧？组织上调查了，他有特务嫌疑，你是可以教育好的子女。党是会挽救每一个人的，让你去医疗队就是一次挽救的机会呀！"

赖院长的话像铁锤一样，一锤一锤地敲打着夏凌年轻的、流血的心。她带着异常的肝功能指标去了医疗队。那是一个牧区，为了学会骑马她不知摔了多少跤。

……

她的肝病恶化了！

当医疗队的同志们把她送到北京火车站时，她已经昏迷不省人事了。赖院长总算派了一辆破旧的平板车，由一位年迈的清洁工把她吱吱啦啦地拉到了传染病医院。

当她苏醒过来时，看见自己躺在白色的病床上，孤单地望着白色的天花板，脸上淌着泪，耳畔却响着赖院长的声音："你父亲有特务嫌疑，你就是可以教育好的子女，这是党挽救你的机会……"

"夏大夫！"赖院长热乎乎的叫声打断了她寒冷的回忆，"夏大夫，

"是……是这样……"这位五十多岁,闭经已经八年的女人突然显出少女般的羞涩,她把抽屉拉开了,又关上了,关上了,又拉开了。

"夏大夫,是这么一回事,我想麻烦您父亲一下,在日本请他给我换一些日元……日本头一次去,人生地不熟,希望他给我提供点方便,中国人出一次国不容易呀!"这是夏凌第一次听到赖院长的一句真心话。夏凌对她的轻蔑顿时变成了怜悯。

夏凌慢慢地推开了房门,赖院长麻利地把门掩上了,亲切地用手拨平了夏凌白大褂的衣领,又一次拍着她的肩膀说:"夏大夫,工资的事,我全包了。你放心吧!"夏凌淡淡地说:"这话怕说早了吧!因为我不能保证我爸爸能为您效劳。"

"这是两码事,两码事。"

"我看是一码事。"

夏凌刚走下楼梯,赖院长又追上一步耳语道:"这事可不能在底下犯自由主义。"语气变得严厉了。

夏凌甩了甩马尾头,就跑下楼梯。

年近六十岁的马大科,因为双脚患了骨刺,走起路来一瘸一拐的,可今天,这两脚特别轻快,走上楼梯一蹦一跳的,活活像个兔爷。"砰"一声,家的门撞开了,"桂花,桂花,我要去日本了!"老婆田桂花擦了擦沾满肥皂水的手从厨房里跑出来,"什么事,一迈门槛就蝎子蜇了似的叫唤?"

"我要去日本了!"

"去日本!真的!"桂花的声音兴奋得发颤。

马大科摘下了金丝边的眼镜,一屁股陷在沙发里,"别愣着,快,快去给我烫点酒,再来几个下酒菜。"桂花欲言又止地跑向了厨房。马大科靠在沙发上,高兴地哼起了"杨乃武与小白菜"的唱腔。

田桂花一边炒着菜,那心也热得像炉子上的火苗向上窜着。啊!丈夫要出国了！这真是想不到的大喜事。

她今年四十岁，到马大科的手里整整二十年了。二十年前，她在一家托儿所里做勤杂工，虽说一眼便可看出她出身于胡同串子里的市井之家，可到底是年轻呀，长得水水灵灵，像大杂院里的一朵喇叭花。不巧，一夜之间，乌黑的头发竟一块一块地脱落了。这可把她急得直哭，隔壁卖羊肉的李大爷，路子多，心肠热，告诉她，狗儿胡同在一个大杂院里有一个私人行医的大夫叫马大科，会扎针专治掉头发，她便救命似的跑了去。这马大科还真露脸，给桂花扎了半年，那乌黑的头发就齐刷刷地长了出来。从此，马大科在她心里很不一般，她常去马大科家串门，知道马大科自幼父母双亡，跟着婶娘长大。婶娘有两子一女，马大科自幼就活在人眼皮底下。懂事以后，便常常恨恨地想：长大要活出个人样！

那时，马大科的前妻刚刚去世不满一年，门下清冷，床上寂寞，见到水葱一样白胖鲜活的桂花，打心里往外冒着喜欢。桂花没有父亲，自幼跟养母长大。养母新中国成立前在烟云堂以卖身为生。桂花长到十七八岁，就想将来找个能干的丈夫，有个靠头，不能再让人看不起。

两人常来常往，很投脾气。虽然马大科比她大二十岁，可桂花觉得，男人岁数愈大愈懂得心疼人，再说岁数大就见识多，能给自己撑腰长生意。她看出马大科脑子灵，有办法，又何况"大夫"是个人人求的好行当，将来有说不尽的好前景。没过半年，你来我往的，桂花就搬到大杂院来住了。虽说桂花的养母也到院子里闹过几次，可仗着马大科人缘好，又有手艺，街坊们都帮助劝，到底也没起什么风波。

这老夫少妻过得还真甜蜜，街坊们看见马大科给桂花梳辫子。晚饭以后，马大科还学着新派搂着桂花在街上溜达。虽说马大科的脸上有几个凸凹的麻子，可愈发显得年轻了。他常背地里说："我这四十岁的阳气，和二十岁女人的阴气一交接，那真是干柴烈火没有不生烟之理。"

马大科素来能言善辩，再乱的事，经他一解，必能抖落开。没有路的马，经他点拨，眼前就能得出一条红高粱地。那桂花早就看在眼里乐在心上。

马大科对桂花那真是没有挑的，会疼她，能哄她，每晚早早就熄了灯，二十年来都是一枕一被。马大科在枕畔给桂花讲着不重样的故事，但大半都是他家世代从医，曾祖父给皇帝看病，祖父给司令看病，他爸爸给具太爷看病。马大科要是当个说书的，那北京的说书的不饿死就算便宜。

近几年来，马大科的风头愈出愈足，上过电视，登过报纸，好一派风光。

家里的日子也愈过愈红火，二十英寸的进口大彩电、双缸喷淋洗衣机、双开门的进口大冰箱、组合音响……样样都齐全，更开心的是，这些东西或少花钱或没花钱。

桂花心里说："我找的这个男人没错！有本事，是个靠头！"她走在人群里自觉很是不一般。桂花的心里痛快、舒坦，刚刚四十岁竟发了福，可脸依然是细细的、白白的，连一条鱼尾纹都不见，那白白胖胖的脸好像是刚出锅的富强粉馒头。

马大科的光荣桂花当然应享受，她最了解丈夫的甘苦。试想一个只读过小学三年级的马大科，走南闯北，在街面上混过，在市场上闯荡过，卖过馄饨，粘过糖葫芦，炸过油条，还在玉家堂搓了半年澡，混到今天，能招揽一世界病人，如今又被日本人当神仙请去，这不是本事是什么！再看看隔壁的李老师，大学毕业教了一辈子书，至今还是一间房子半间地的，连个彩电也没混上。人倒是老实，不多言不多语的，可老实又管什么用呢！这年头要的是本事！

桂花满面春风地端上了瘦肉炒芹菜、油焖虾仁、黄瓜鸡丁、油炸花生米，还有一盘顿顿必不可少的猪头肉，又把烫好的酒放在饭桌上："快，快趁热喝！"她麻利地解下了围裙。马大科脱了笔挺的料子裤，便晃晃悠悠地走到墙旮旯，操起一个大鸡毛掸子，短粗的身子向前一俯，随手把掸子伸进了衬衣，便在后背上下地蹭了起来："唉！这牛皮癣，痒得钻心。老天爷行行好，我去日本那几天，可千万别犯。"桂花走向前，把鸡毛掸子一扔，便把手伸进了马大科的衬衣，上下左右地抓着痒，"你到人家日本，可别这么德行。"直到马大科开心了,她才把抓累的手拿出来。

马大科端起酒杯,一仰脖,酒便下了肚。桂花笑嘻嘻地往马大科的嘴里送一块鸡肉。马大科的腮帮子鼓鼓的,举着筷子说:"桂花,这回咱爷们儿可要出国了!给你提气吧!"

"你别烧包,说正经的,日本人为啥请你去?"

"为啥!为我的本事,日本人请我去扎针,治秃子。"

"那要治不好咋办?"

"嘿!一共才去七天,就是神仙也扎不出毛来。百事开头难,从今往后,就把那日本当集赶。人家日本人大方、体面、有钱,我吃不了亏。"

"你回来可得给我带回点新鲜东西,别人都没有的!"

桂花一杯一杯地给丈夫倒酒,今天她对丈夫不仅特别体贴,而且还增添了二十分的敬意。

桂花想起了当年,马大科为了出名,可真没少费功夫。看看家里诊室里的各种锦旗、镜框,都是张罗亲戚朋友们送的,有"救我一命""华佗再世""扁鹊回生""妙手回春""医术精湛""济世于民"……签名的开始都是中国人,后来外国人的名字也上来了。不过,不光都是外国电影里人物的名字,前不久索性拿破仑的情妇玛丽安娜的名字也上来了。

有一年大年三十,马大科去给城南学武术的三爷拜个早年,一进门就磕在那儿了。这可把三爷弄糊涂了,急得想扶起来问个明白,可马大科却捣蒜似的磕头。还是站在一旁的桂花接过话茬来:"起来!三爷是个痛快人,喜欢听个明白。"

马大科拽着三爷的衣角,泪流满面地说:"三爷!我的亲三爷!我求你来了!我的买卖快不行了,路北挂牌的赵阎王快把我挤死了。您认识的人多,快救救我吧,我有发财一日,定不忘恩!"

三爷是个直肠人,说到做到,为人仗义,从此,便和他那一帮子弟兄伙计到茶馆、戏圈子、车站、公园给马大科游说。后来天桥一个唱大鼓的艺人,还帮助马大科到处演唱，很有一些影响。

这一张罗可真灵验，不到半年的工夫，马大科的诊室已是患者盈门了！从这时起，马大科开始走红。

开始桂花不明白地问："敢情大夫都是这样有名的？"马大科意味深长地说："你想想，有敲锣的，吹喇叭的，抬轿的，还没有人看热闹吗？没人看热闹，戏唱给谁听？咱们两人唱的是一台戏，你要瞪着眼，不能再像过去街面上冷冷清清。看病的和唱戏的道理是一个。"

马大科的启蒙教育，田桂花领悟得就很上路。

马大科与桂花的生活也曾有过波澜。婚后，桂花就盼着有个"眼前花"，给生活解解闷。一年过去了，她没有怀上孩子。马大科说："刚结婚，新鲜劲还没过，要孩子碍事。"两年过去了，她也没有怀上孩子，马大科给她诊了脉，沉吟半天："子宫寒冷，气虚血亏，不易受孕。"桂花狠命地吃着药，三年过去了，第四年也过去了，桂花还是没有怀上孩子。她哭着闹着跳着脚，要马大科和她一起去医院检查。这可急死了马大科，他一把鼻涕一把泪地说："桂花呀！我对不住你，我实在是舍不得你，怕你不跟我，一开头没敢和你说实话，我做绝育了。"

桂花一听"绝育"便一口气上不来了。等到苏醒过来，只见马大科泪人似的跪在她眼前："桂花，我这辈子对不起你，下一辈子当牛做马也要对得住你。你要是不依，我就一头撞死在这儿。"说着把一个四千元的存折放在她手里，"连人带钱交给你了！"

马大科的两个儿子特别乖巧，看了看他爹的眼色，便长一声短一声地叫"妈""妈"，那声音听起来怪滑稽，可也怪逗人爱的。

桂花是个有心路的人，遇事从不犯小心眼，心想：既已走到了这一步，也是我的命，没有孩子也罢，不过，往后的日子要尽量往痛快过。马大科既已有了短处抓在我手里，往后就得服服帖帖跟我过日子。"

马大科扶起桂花靠在枕头上，用热毛巾轻轻地给桂花擦脸。桂花一把夺过了毛巾扔在地上,"马大科,我告诉你,往后你骗别人行,可再骗我,就是不行。"

"不敢!不敢!"

自打那日起,田桂花再也没有提起要孩子的事,日子过得倒是真痛快。去年夏天,两口子就逛了一趟西湖,吃、穿、用比从前可强了许多。

马大科酒足饭饱,松了松裤腰带,一头栽在床上,两手交叉着敲着松弛皱褶的肚皮:"桂花,这趟我去日本可是被当教授、专家请去的,来往盘缠日本人全包了,真够意思呀!我还有一个想法,眼下社会上兴出国留洋,我想有了路子,瞧准了机会,把我那两个兔崽子送出去,等他们混好了,你也出国探探亲,开开眼,我可是啥事总惦记你。"

"什么惦记我,是惦记你那两个宝贝儿子,真会说好听的哄人!"她虽然是这么说,可心里乐滋滋的。

桂花见马大科乐得忘了形,便想敲他几下。她给自己倒了一小杯酒:"马大科,你有今天,没有我行吗!日本人不了解你,可我知道你。"

马大科轰一下坐了起来:"桂花,你这又是怎么了?吃、穿、用,我哪亏待你了?就说这两个孩子,一直都在姑奶奶家,怕给你添麻烦,可你也……"

"你是没亏待我,疼我,不过往后,在我跟前说话别云山雾水似的。咱们是一家人,我看你明镜似的,用不着甩那浮词。"


午饭时间,医师朱莫可拿着一个空饭盒,低着头若有所思地上了楼梯,差点和正在下楼的夏凌撞个满怀。

"唉!是你呀!夏大夫,我正想找你有事呢!"朱莫可举起饭盒,勺在里面烦躁地磕撞着。

"什么重要的事,这么着急,好像世界大战爆发了。"

夏凌随朱莫可走进了诊室,朱莫可急忙从抽屉里拿出一份写得整整齐齐的稿子:"拿去,请提意见。"

夏凌接过稿子，用询问的目光望着朱莫可，微笑的嘴角翘了起来："朱大夫，我觉得你很有意思。"

"有什么意思？"

"三十大几的人，却充满了一种不安的探索热。"

"对！不干点事，我就不开心。自打中医学院毕业后，就想真正做点正事，在学术上立住脚，真没少忙乎，可今天我才明白一个道理。"

"为什么是今天？"

"马大科出国的消息，让我明白的。"

夏凌的嘴角不再微笑了，眼睛变得严肃起来。

"这篇稿子就是写马大科成功后引起的反思。"

"朱大夫，难道他一出国就说明他成功吗？成功需要科学和时间的考验。"

"不管怎么着，社会上承认他了。你没看，昨天的电视新闻还报道他呢！他要真有本事，咱们也没脾气，问题他是一个马扁。"

"可，为什么他马扁就有市场呢？"

"这篇文章就写了这么几个问题：第一，所处的时代正进行改革开放，容易沉渣泛起，所以需要一个历史的沉淀，才能真伪分开；第二，中医本身玄妙，一玄妙就容易巫医杂陈；第三，斑秃本身毛囊组织未破坏，即使不治，过一段时间也能自愈，正如公鸡打鸣天亮，公鸡不打鸣天也亮；第四，针灸对神经有一定的调节作用；第五，利用国民中愚昧盲目的心理，马大科既不懂气功，更不会做气功，可人家就敢空口白牙地说瞎话，再加上新闻界的宣传，就抓住了患者的心理；第六，领导对他的技术并不信任（他在针灸学术界毫无地位），只是利用他为医院增加盈利。"

夏凌低着头，陷入了困惑的沉思。

## 下篇

马大科变成丹顶鹤,各科大夫、护士犹如逛动物园一般,率先观看。

马大科言词辉煌,为革命脱发不慌张。

夏凌一身正气,惨遭迫害。

朱莫可恍然悔悟,弃旧图新。

杨川与夏凌两情依依,恨别离。

马大科拍头叫苦,一筹莫展。

患难夫妻田桂花,挺身而出,献绝技。

哗然的新德医院,一片寂然。

十天以后。

"嘿!听说马大科头皮上顶着一撮毛,从日本回来了!"

"嘘——真的?"

"可不,真的,马大科变成了丹顶鹤。"

"这回可有好戏看!"

"这回买卖要炸锅了!"

"不至于,人家有办法,不想想人家是谁!"

第二天,马大科没有在新德医院露面,大家有些扫兴;第三天,马大科也没有露面,大家有些失望;第四天,马大科还没有露面,大家有些着急。

第五天,马大科端坐在医院礼堂的主席台上。只见他光光的头上泛着一层青光,身穿黑色的绸布式小褂,手拿一个白色的小茶壶,一仰头对着壶嘴喝了几口水,脸上露出一丝牵强的笑容,胸脯倒是挺得老高,不时地用眼角溜一下台下窃窃私语的观众。"一会儿,马大科作出国报告?""没错,好好听吧!"

会场挤得透不过气来，除了本医院的职工，还挤进了附近商店、菜场、肉店、鱼店喜欢热闹的观众。

不知是哪位圣人给马大科拟了一份令人肉麻的发言稿，马大科讲话的神气还真有一点像首长，一会儿拉长声，一会儿说短句，一会儿一个"你们明白吗"，一会儿一个"你们理解吗"，当说到"我的针灸在走向世界"时，脸涨得像猪肝。观众们没有谁去理会那讲话的内容，只是观赏着交流着马大科头顶上那一片不毛之地。

马大科对着壶嘴又喝了几口水，清了清嗓子，好像要演唱下一首歌："诸位一定看我的头发没了，我不在乎，旧的不去，新的不来。再说，凡事都要付出牺牲，你们想象不出我在日本忙得团团转，治病、技术交流、讨论科技项目、探讨新技术、会见各方记者、参加各种宴会，真把我累得散了架了。但想到这次去日本不是我个人的事，而是关系到医院、国家的大事，再难、再累我也得挺下来。那阵子我的血压直往上升，我耐着性子往下压，为了改革开放，为了政府国家。由于高度的紧张，我的头发一块一块地脱落了。掉头发算个啥！再说我也会给自己治嘛。长不出来，就不是我马大科！"

语毕，台下寂然，继而又哗然了。

"嘿！掉头发，也会找地方！"

"在外国掉头发，就和国际主义沾了边。"

"这回看马大科的本事了！"

"出趟国是不一样！"

"这年头，还唱什么高腔呀！"

"真的，谁不知道谁呀！"

"别的先甭提，就看马大科的头发什么时候破土出芽！"

夏凌是最后一个离开会场的，她望着马大科的背影，看到了他的心，那是一片荒草和野艾。

夏凌回到诊室，拆开了父亲从日本寄来的信。

凌子女儿：

　　世界是何大，又是何小。前几天，你们医院的一位领导在一位翻译的陪同下，来到了我东京的寓所，有事求见。在异地见到祖国的亲人，感到特别亲切，可又没有带来你的好消息，我极惦念。

　　我正忙于《离骚》，还有《万叶集》的翻译和教学工作，很少闲暇，又加上年事已高，闲事已没精力多管了。凌子，你的诗集和小说集，我都仔细地读了，很美，只是觉得空灵、朦胧一些。

　　信中谈到你想到日本留学一事，我有不同的想法。你是学中医的，又搞文学创作，这些东西如果离开了自己祖国的话，是无法生长的，你的根就在你脚下的那片热土。

　　如果你愿意来看一看，这当然也有益处。你会换一种角度，来重新看待这个世界，看待自己。

　　另外，据了解，你们医院的马大科，在给日本一家私人诊所做广告，招揽生意，日本人是很会做生意的。

　　凌子，我看把自己当作商品出卖给外国人，而且是那样心甘情愿，不是太悲哀的事了吗！

父手书

　　夏凌把信捧到怀里，心里很不平静。她又读了两遍，便把信小心地放在抽屉里了，想安静下来再好好读。这时，瞥见桌子上的马大科技术档案材料，突然像强烈的条件反射一样，一时间，悲悯、无奈、气愤和痛苦充塞了夏凌的整个空间。

　　这洋洋洒洒万字的技术自传里，马大科竟然写不出一句完整的话。马大科，你不是自视为儒医吗？你不是精通经典医籍吗？报纸上不也是这样宣传吗？你真的觉得心里那样坦然吗？那样无动于衷？在通篇的技术自传里，竟找不到你对学术有任何建树,任何成绩,你的学历是一片沙漠,跋涉了半天,总算找到了一九五八年,你参加了三个月的中医速成班。充塞你技术自传里的唯一内容,就是给××司令看过病,给××部长看过病,给××局长看过病,给××厂长看过病……

马大科,就凭这些,凭着你给日本人做过广告,你就可以晋升为主任医师?主任医师是教授级的大夫,可你的文化连小学都没有!

夏凌的心这样呐喊着,抄起了马大科的材料一口气跑到五楼办公室。

办公室的门虚掩着,传来了赖院长的说话声:"这事可千万别往外传,你尽管给他开药,多少钱都没关系。他自己不愿意休息,领导当然也不能强迫。马大科是咱们医院的摇钱树,明年日本人还要请他去呢……"

"赖院长,马大科患的是开放性肺结核,传染性太强了,继续给患者扎针,太不道德了。医院是救死扶伤的地方,不能坑人呀!"这是放射科崔大夫的声音。

夏凌听到这样的对话,刚刚的激动、愤怒都变得麻木了。她周身冰凉,她的心里只有两个字——绝望!

夏凌破门而入:"赖院长,马大科的技术自传还是请他本人写吧,我没有这个能力。"

"夏大夫,你是会写小说的人,哪能连个技术自传都不会写!"

"这你就太外行了,小说是创作,自传要真实!"

"你先别给我谈什么创作,什么真实,下午卫生局就要马大科的材料,等着批他的主任医师。你就根据他写的材料,给加工拔高,这是领导对你的信任。"

"这种信任简直是对我人格的侮辱!"说着,就把材料朝桌子的方向扔了过去,不巧它滑到痰盂里了。

赖院长的脸变得铁青,大声叫着:"你有意破坏老中医的科学成果,是要负法律责任的!"

下午，赖院长召开了办公会议，提议给夏凌行政记过处分，罪名是："有意毁坏老中医科技成果"，以勉强的半数通过。

自然，夏凌的调资、晋升也就都统统告吹了！

黄昏，杨川坐在夏凌的书房里，紫红色的窗帘衬着乳白色的灯罩，显得静谧、温柔。

夏凌坐在台灯前，轻轻地拨弄着吉他，沉默了好久才说："你知道了吧，我的事。"杨川点了点头。

"你是来安慰的，还是来批评我的？"

"都不是。"

"我是不要安慰的，虽然给我一个处分，可那是我的光荣，因为我维护了自身的尊严和清白。"

"夏凌，你的心里有泪，难道你真的这么快活吗？"杨川走近了她，迎视着她的目光。

"谁去戳穿他，因为大家都在欺骗中生活，你以为只有你一个人聪明，那你就是一个最不聪明的人。尊严！今天这个世界还会有谁去讲尊严！"

"难道我不能维护属于自己的东西吗？"

"你不觉得属于自己的东西并不多吗？"

"是的，我觉得少得可怜，可怜得我都想哭，可还是想抓住它。"

夏凌像孩子一样地哭了。

杨川抓住她的手。此时，夏凌觉得自己那样无力，好像一只孤独的帆，在暴风雨中寻求着海岸。她不能离开他，一分钟也不能，好像一离开他，马上就会崩溃。刚才那个执着的、任性的夏凌，此时，变得这样脆弱。

杨川在这一瞬间，突然感到一种爱的责任，内心的欢乐、愉快突然被这个责任，压得沉沉的。这一时刻，他第一次觉得自己是个真正的男子汉。

当她清醒的时候，星星隐退了，月亮泛着淡淡的光，一丝轻柔的夜风从窗外飘了进来。

"夏凌，我……我……我是来和你告别的，明天我就要走了。"夏凌投射出颤抖的目光，这目光有依恋、有期待、有询问也有责怪。

杨川望着眼前的夏凌，这样憔悴、忧郁，往日那个快活的、洒脱的、飘逸的夏凌哪去了？杨川的心里一阵不好受："我读经济系四年就可以拿到学位了，四年的时间并不算太长。"

"我真不敢去想将来！"

"无论将来如何，今天是真实的。"杨川紧握着她的手。

"为你祝福，也为我，我们会重逢的。"

"无论在哪！"

"对！无论在哪。"

别光说新德医院有讲马扁的，有混饭的，求知识爱学习的人，也大有人在。中医大夫朱莫可、内科大夫牛大帅就是一对难兄难弟，每天下班后便去中医学会听针灸课，每堂课不落。主讲人是中医学院的教授，年龄少说也六十挂零了。

教授累了一天，晚上还在外面授业、传道、解惑固然是其一，不搞活经济，不赚点外快，真是难以应付物价暴涨的生活，这才是真正的原因。

虽说教授讲一晚上课，也能赚上几十元，可眼看着豆大的汗珠掉地下碎八瓣，稀疏的头发，焦黄的脸瘦瘦的，时而虾一样弯下腰看看教案，伴着嘶哑的无力的声音，无不让人感到教授强努着劲！

好容易讲够了学时，可偏偏这些学生，还不肯放过他，聚众围拢起来，问远近配穴呀，脏腑辩证呀，子午流注呀……不知是学生真心好学，还是怕交了学费不合算，总之是非把教授问得昏天黑地，胡说八道才罢休。

教授拖着摇摇晃晃的身子："唉！只要凑够了儿子结婚的钱，说什么也不受他娘的这罪了！"

朱莫可、牛大帅可不在聚众围拢之列。下课后，天已黑，他们俩推着自行车,一边聊着天,走到了东华门大街。夜市上熙熙攘攘,路灯下市民们品尝着各种小吃。

"嘿!别看甲肝流行,人们还是照吃不误!"

"中国不怕死的有的是。"

"活着就够难受的了,再那么在意,活活憋死!"

两个人说着,一人端一盘油煎灌肠吃了起来。牛大帅还嫌味不够冲,又加了两勺蒜水,"吃!莫可兄,我有一句话不知当问不当问?""什么当问不当问的,别跟我来酸文假醋的,有话说,有屁放。""莫可兄,你是堂堂的中医学院的本科生,在咱这小医院技术又不赖,闭着眼睛也够你胡抅一气的,干什么还这么苦哈哈的,学这学那,拜师求佛的?"

朱莫可长叹了一声,把盘子往摊桌上一扔,用手抹了抹嘴,"走,走。"拉着牛大帅就进了一家小酒馆。

一杯酒下了肚,话可就多了:"哥们儿,你不明白我,连我自己都糊涂了。我干中医十几年,真没少下功夫,可马大科这一出国,我才开了窍,原来走正道不通啊,咱从今往后走邪道!马大科明明没有气功,他愣敢吹有气功,领导跟着吹,报纸也跟着捧,电视台跟着演。你说这世道,什么是真什么是假!"

牛大帅举起酒杯,涨红着脸说:"整个他娘的都是马扁,你想想,牛奶里都能掺石灰、芒硝,用泡死人的福尔马林泡猪肉,几万人吃了都中毒,别的还算什么!"

朱莫可摆了摆手,通红的眼睛快冒出火星来,"咱哥们儿好歹大学混下来了,又会点气功,懂点真家伙,再学会了马扁,拉几个报社电台的记者,这一张罗,我姓朱的不出三年要不走红,我就磕死在这儿。小日本算老几,请我我还不去,我要去美国唐人街闯天下,有他马大科的道,就有我朱莫可的道!"

"莫可兄,说句玩笑话,你别当真:马大科要是你爸爸,你可就借大光了!"

"砰"一声,朱莫可把酒杯摔在地上了,"什么,他是我爸爸?那是糟蹋我,作践我!他是我孙子,我都嫌寒碜!"朱莫可大叫了起来。

伙计、顾客都围拢过来,"快扶他歇歇,沏杯绿茶,他八成醉了。"

桂花耷拉着眼皮,有心无心地嗑着瓜子,那脸上的表情像是要吵架,可一时又没想好合适的词儿。她把瓜子皮吐得老远,吐的声音是赌气。

"桂花,你看,正好!"马大科在厕所里叫着。桂花挪动了一下身子,看见马大科正蹲在厕所里,蹲池上换了一个乳白色的坐圈,"桂花,我对咱这个家里是特别上心,上日本之前,发现厕所的坐圈断了,我跑了好几个杂货店,都统统说过年没货了。后来我灵机一动,到日本厕所里顺一个来。临走时我还画了尺寸,看,真合适!"说着他一屁股坐在圈上了。桂花瞟了他一眼,"有啥乐的,看着你那秃脑袋瓜吧!这买卖都让你砸了!"

俗话说,人各走一筋。马大科是独走肾经,别看他六十岁的人了,可那一头乌黑浓密的头发,真让二十岁的后生嫉妒,这确确实实给马大科的生意增添了不少色彩。为脱头发的事,马大科心里本来就别扭,经桂花这么一刺激,心里更不是滋味了。马大科知道自己是个汉子,无论在外头在家里都得撑着点。可桂花这么无情无义地戳着他的心窝。他受不了了,胡捋一下脑袋,从厕所里跳了出来,冲着桂花叫:"你……你这个扫帚星,都是你克的!"

桂花一听"扫帚星"三个字,脸一下就拉长了,把手里的瓜子扔了马大科一脸,怪声怪气地说:"马大夫,您不是专会治脱发吗?您不是有气功吗!赶紧给自己治呀,头发可是你买卖的招牌,可千万别把牌子砸了!"这话,把正在困境中的马大科激怒了:"你这个没良心的娘们儿,嫁到我手之前,你连一身整衣服都没有,差点光屁股了。这么多年来,我供你吃,供你花,把你当娘一样供着,现在我遭了难,不说帮我想想辙,还活活往死里逼我……"说着就爬到床上,脸冲着墙,蒙上了被子,像是在哭。

桂花一见马大科这架势,便有些后悔。她愣了一会儿,点了一根烟。唉!

两人既已搭上伙了,就往一处使劲吧!谁让我嫁给他呢!都这么大年岁了,不好再挪动人家了。过了一会儿,她声音温和地说:"大科,一家人别怄气,除了我谁还疼你呀,说你几句就受不了了,说实话,是不是日本的风水不好?"

马大科慢慢地坐了起来,长叹了一口气:"他妈的,这趟日本我去得不开心,表面上倒是热热闹闹的,老板请了电视台、报社的记者,做宣传、做广告,风头出得是够份儿的。可这一张罗,我每天就得胡捋百十来个脑袋。这外国人的脑袋不比中国人的脑袋,得做出发功的样子,真费劲!这一站就是一天,累得我两条腿直哆嗦,腰板也僵了,还得满脸赔笑。

"最让我心慌的是记者呀、大夫呀,还有我也说不清的人,变着法儿问我这,问我那。还有一个大夫拿出一本《针灸大成》让我讲解。这本书,我压根儿就没瞟过,急得我心又憋又疼。唉!我还从没着过这么大的急!

"再说吃的,顿顿饭都是生鱼片,还有饭团子,哎呀!那味是又臭又馊又酸,罪受大了。要不就拿刀、叉子吃饭,弄得我手直抽筋,有时脚都跟着较劲了,可那一块牛排还没吃到嘴里。那阵子我打心眼里想吃你做的饼,卷上猪头肉还夹一根大葱。

"后来,一个中国翻译,一个二十几岁的小伙子,告诉我,我扎一次针能赚几十日元呢!你想想,算算看,这十天我都够替老板赚多少钱呀!有一次,我暗示老板应该三七开,老板笑眯眯地说:'你和你的领导,来往的机票,还有吃、住、玩统统都由我们提供。临走时,还送给你们一人一台录像机,这在中国来说,就不简单呀!'"

桂花给马大科沏了杯绿茶:"消消火,一会儿咱们想想法子,看这头发咋好。"

马大科的脸渐渐舒展开了,起身便打开录像机,随手又把房门关紧,窗帘也拉上了,腾一下把桂花抱在怀里。桂花嗔怪地说:"死鬼,你还有闲心!"

马大科回过神,松开桂花,闷闷地吸了几口烟,又把烟掐灭了,"我说桂花,咱们谈点正事吧。"

"啥是正事？"

"我的头发。"

"我听说，101生发精、大宝特效生发灵，使起来挺有效的，你不如试试。"

"上哪弄去？"

"市面上到处都是，你犯什么糊涂呀！"

马大科长叹了一口气，捶了两个胸脯，半天没说出话来。

"你是咋了？"

"我没咋的，也没犯糊涂，我看你迷糊了！"

"你以为市面上卖的是真药吗？现在假药、冒牌药市场上到处都是，价钱还挺高。这次在日本商店里，我看到的就是伪制的101生发精，许多人都在买。"

"看来，骗人的东西挺多呀！"

"这年头真假难分呀！"

"我托托关系，买点真货。"

"难呀！难呀！"

一个月过去了，两个月过去了，马大科的头依然是光秃秃的一片。半年过去了，一年也过去了，马大科的头上，仍是光秃秃的一片。

他瘦了许多，不爱讲话，有时，在路上碰到熟人，便远远地把头低下，骨刺似乎愈来愈厉害了，走起路来也愈发吃力了。

后来，只见他倚着拐杖，在雪地上一瘸一拐地，走进一家药店。他的脸色晦暗，再没有往日的光彩了。他一个人出出进进，没有见到桂花的影子，有人说她去深圳扎针去了，有人说她换了人家。

新德医院的人，知道马大科吃了许多药，涂了许多药，可始终没有见效。没有人故意询问他什么。大家在悄悄地关心他，后来连悄悄也忘记了。

日本人没有再请他去东京。赖院长也似乎忘记了他。

新德医院还像过去那样,既喧哗又寂静,既热闹又冷漠。

它好像在思索着什么。

原载于《漓江》(1989)

# 希望热线

## 一 十五的月亮

这是北京一个中秋节的黄昏。

这正是一年中最好的日子,夏终于耗尽了最后的热力,秋迈着飘逸的脚步,为人们拉开了金色的帷幕。中午瓦蓝瓦蓝的天空,在微笑中落了一层细细的雨丝,空气一下子变得湿润清新了。树林花丛中泛着淡淡的、诱人的、带着水汽的清香,人们的情绪也变得轻松明快了。

街面上人流涌动交叉着,自行车流缓缓地移动着,一辆辆自行车的车把上挂着一兜兜各色水果,后座上小心翼翼地夹着装饰考究的点心盒子。

虽说太阳已落在高层大楼的后面,可点心铺子门前的队伍还是排得长长的。现在的北京人争着买的是广东、广西的月饼。他们说,北京的月饼掉在地上能砸个坑,两广的月饼又酥又香,除了甜没有别的毛病。

这几年,北京人的口味也难保地道的京味了,这都要归功于改革开放的好处。北京人不仅吃穿玩长了不少见识,心眼儿也更活络了。全国各地的人,还有各种肤色的洋人，云集在北京，南来北往忙忙碌碌干他们的乐事。不信你瞧，挂着各种招牌的企业、公司、宾馆大厦、餐馆、发廊、舞厅、咖啡厅样样少不了他们，一下子把古老肃静的文化古城——北京，搞得个热热闹闹、五颜六色。

街道两旁的林荫道上，走着一对对互相偎偎的男男女女。他们把偎贴的俪影和青春的笑浪扔抛给这中秋节的黄昏，间或有呼啸而过的摩托车在马路上跃蹦着疾驰的音符。女士们款摆着各色花裙，好像在争芳斗妍。

这两年，北京的女士们一年四季离不开裙子。即使在大雪纷飞的隆冬腊月，她们也展露着各色毛料花裙，踏着一双高筒皮靴，披着一件毛朝外的皮大衣，用咔咔咔的高跟鞋敲击着没有一片绿叶的灰蒙蒙的大地，不能不说给人带来了一些新意。

中秋节的黄昏，在淡橙色秋天的夕阳里，衬着满树的辉煌。几片金色的落叶无声地停落在街心的花园石阶上。一对对的情侣偎依在石阶或树丛中，他们等待太阳渐渐西沉，在长长的亲吻中憧憬着月下定情的甜蜜。当然，他们共同期待的是今晚那轮亮丽的、圆圆的月亮——十五的月亮，会给人们怎样的梦想和幸福？

无论是正值二九年华的少男少女，还是已染上红叶秋霜的中年人，抑或是踏过冰雪荒漠的老年人，他们都一样期待着十五的月亮。

人们相信，无论怎样的开始、怎样的过程，必然要有一个圆满的结果。

路边跑过几个孩子，一手拿着线香，一手握住一挂鞭炮。警察连忙跑过去向他们摆摆手，孩子们风似的跑开了。一会儿，便从不远的胡同里传来了噼噼啪啪的鞭炮声。

秋天的天空是多彩的。风筝，像蝴蝶、像飞鸟一样的风筝，悠悠地飘荡在秋日的高高的天空上。只见一位白发老人，把线团散开，迎着风，那么一抖，小跑几步，风筝就飞了起来，愈飞愈高，最后飞得只剩了个小黑点，这才把线团交给了身边的那孩子。他远远地看着天空，晚霞在老人的脸上染上一抹淡淡的紫色。

"十五的月亮,照在家乡,照在边关。宁静的夜晚,你也思念,我也思念……"从各商店的录音机里不时传来《十五的月亮》的歌声,那声音愈来愈大,反复播唱着,敲击着人们的耳膜。

这一切无不在提示人们,今天是八月十五,今天是一年中最具有亲和力的重点节日,今天是亲情团聚的日子,今天的月亮是最美、最圆的。

没有谁忽略它,更没有人会忘记它。

在这洋溢着节日欢笑的人流中,只有她,孤寂地向前走着。她穿着一条发白的牛仔裤,一双麻布鞋,上身是一件淡蓝色的运动套衫,披着松软的齐肩的秀发,衬着修长的身材,浑身上下透发着一种自然洒脱的生命美。只是她那轻盈的步伐和神情中流露出的惆怅、无奈和专注,形成一种不和谐的反差。一时间,你会对她的年龄产生困惑,

你会感到她就是她,她只能是她。

她叫沈菁,是一所市级医院里最年轻的心理医生。

她走过翠微胡同那家名叫"竹风花庄"的花店,那是家规模不小的鲜花店。据说花店的主人是个残疾青年,开设花店的目的似乎不完全为了牟利,而在于对花的欣赏。沈菁不久前曾在这里学过插花。他装饰出的花篮优美、清雅,还有几分飘逸。

今天这个黄昏,她隔着玻璃伫立了许久。她的目光温柔地落在那束白色的菊花上。她推开了门,明亮的眼睛变得有些凄婉。一位伙计走过来,"还买它吧!"说着,便递给她两束白色的菊花,并系上一根白色的缎带。她捧着洁白的菊花,眼角蓦然飘过一抹愁绪。她低下了头,眼睛潮湿了,推开了花店的门。

一会儿,天空渐渐变得模糊,不觉中又萧萧瑟瑟地飘起风来。

路上的行人和车辆似乎渐渐少了些,人们在匆忙与欢笑中奔向自己的家。

这个日子,家人的团聚,意味着吉祥如意,也预兆着未来的福气祥和。这

个传统的节日从未被中国人冷落过。

一阵风吹来,沈菁觉得有些冷,她后悔匆匆恍惚中忘记带上外衣。

路灯闪着微弱的光,这点点的光亮使街上显得更冷寂了。她突然这样强烈地渴望火,有热量、有光明的火。在这个最容易让人思念家人的日子里,她最怕想到家,家在她的心里是一个空落的角落。为此,她特意和一位儿孙绕膝的女大夫换了今天"希望热线"的夜班。那位女大夫感激得什么似的,沈菁却说,不要谢我,我是为了我自己。

风把树叶吹落了,树叶在风中飘来飘去,随着风不知落在什么地方了。秋雨也不知什么时候萧萧落了起来。沈菁跑了起来,愈跑愈快,她仿佛听到"希望热线"的电话铃声在呼唤她。不!不!是她在呼唤"希望热线",她渴望和每一颗在中秋节的夜晚孤独困惑的心灵交流。她跑去迎接的好像不是"希望热线"的电话铃声,而是冬天在落满积雪的森林里,燃烧的一把火。

她跑上楼梯,已听到了诊室内电话铃声尖锐的呼叫,但等她推开门却又恢复了一室的清寂。她闭上眼睛靠在门上。过了一会儿,她终于恢复了一个医生的感觉,她在讪笑自己刚才那瞬间角色的迷失和错位。

"希望热线"是由"中国心理学会"在北京创办的一个心理治疗机构。

难道你不觉得你和你周围的人过分注意躯体健康而忽视甚至不懂得心理健康吗?

世界卫生组织把健康定义为"不但没有身体的缺陷和疾病,还要有完整的生理、心理状态和社会适应能力"。

随着社会的向前推进,物质文明的迅速提高和科学技术的高速发展,社会人际关系更加复杂,生活节奏更加紧张,威胁人们的心理健康的因素也越来越多。因此,心理卫生的健康就显得更加重要和复杂,并引起医学界的广泛关注。一些精神科医生、临床心理学家,他们几经努力终于创建了"希望热线"。他们不要报酬,不计较时间,为社会卫生健康做出积极的贡献。也可以说,这是一项慈善事业,帮助人们避免或消除不利于健康的心理—社会因素

（例如紧张刺激）的影响，及时为人们排除或疏解心理障碍，从而提高人们的适应能力，缓解心理紧张冲突，同时对心理异常起到预防和治疗的作用。

每一位自觉心理困惑或痛苦的人，如果渴望得到解脱，便可以拨打一下电话号码4222266，马上就会听到从电话里传来亲切、平静的声音。他（她）耐心倾听着你的倾诉，为你解答种种难题。

你无须说明自己的姓名和所在单位，"希望热线"完全理解你，为了完全排除你的心理障碍，他不必知道具体的你。为患者保守秘密和尊重个人的隐私权，是每一位心理医生的责任和纪律。

当你敞开心扉，放下电话时，你将发现原来芜杂荒凉的心田，会突然生出一片绿意，荒漠上将流淌出一泓清澈的泉水。渐渐地，患者对"希望热线"便产生一种如宗教般的狂热。"希望热线"真正是热的线，火热的线，滚动着理解和爱的电波。

沈菁每当拿起"希望热线"的听筒，就感受到一颗颗抑郁、孤独、恐惧的心在向她呼救。有几次，她接到有自杀倾向的病人的电话，她强捺住内心的焦急，首先稳住病人的情绪，然后深夜火速赶赴现场，进行心理抢救……开始，她充盈着神圣庄严的感觉，可渐渐地她感到的是沉重，无言的沉重。

这时，沈菁好像又听到了从电话机里传来了断断续续的哭声：我……我……我不知该怎么办！我十七岁，在读大学，学材料专业。不知为什么，我整天都感到害怕，恐惧极了，整夜不能睡，上课根本什么都听不进去。我只想哭，考试已经有三门不及格了。我怕，我怕黑，我怕人。什么？你在问我在哪打电话？我在教学楼的楼道里。我等了半天，直等到周围没有人，才拨了这个电话号码。我不知道该怎么办！我只想有人保护我，我总感到在我的周围到处都是网，都是网，可没有人保护我，一个人也没有。我家在内蒙古，这里我没有一个亲人。不行，不行，我不能和同学说，他们会蔑视我，看不起我。是的，是因为失恋，还因为……是的，我还爱他，可……可……我不能休学，我爸妈省吃俭用每月给我寄一百元，家里还有一个明年要考大学的弟弟，我实在不忍心让爸爸带着心脏病晚上去教课了。可我害怕留级，如果留级，我就没有勇气活下去了，我……我对考试完全没有把握。对了，还有，今天晚饭时，我打开饭盒，发现里面有一个条子，看完后，心里更烦了。好，好，我给您念一下：春花秋月何时了，考试知多少，教室昨夜又报分，成绩不堪回首月明中，问君怎能混毕业，恰似一潭死水不再流。解决方案：分不在高，及格就行；学不在深，作弊则灵。爱你呀，小美人……大夫，不好了，有人来了。好，好，我等会再打。

……咯噔一声，话筒挂上了。

后来这位十七岁的女学生一直没有再来电话，可沈菁经常想到她，常常因为没有约她面谈而感到不安。她现在的情况怎么样了？沈菁总是惦记着这位学生。

沈菁一低头，这才发现手里一直捧着那束洁白的、沁着淡淡幽香的菊花。她爱怜地闻了闻，接着把它插进窗前那白色的花瓶里。她刚刚把水瓶里的水灌满，突然觉得今天的水泛着一层白光。她这才意识到原来自己笼罩在一个白色的世界里，白色的墙壁、白色的台布、白色的吊灯、白色的地板砖，白色的菊花衬着白色的花瓶。往日有些拥塞的诊室，今天显得这样空荡，沈菁的心一阵寂寞。她坐在诊桌旁托腮凝思，等待着电话的铃声，就像等待约好的老朋友。屋子里一片沉寂。今天的电话就像切断了电线，停止了呼吸，甚至连呻吟都听不到了。她显得有些不安，害怕这样的静寂把她融化。

她站了起来，在屋子里走了几步，突然像是想起了什么。她打开了录音机，里面马上传来了沙哑的说话声：

唉——我是太痛苦了，简直不知该怎么办。我的爱人对我太冷淡了。好几年，我一直忍着。他是个外事翻译，今年五十五岁。我今年五十三岁，是化学工程师。我总是千方百计地待他好，可还是不行。很少和我说话，太折磨人了。我想实在不行，干脆离婚算了，这也是一种解脱呀，可他又表示他爱面子，对我有责任。我们就这样不死不活地在一起。他每天一回家，我就把拖鞋递给他，把洗澡水烧好，饭菜送到嘴边上，可他还是摆着一副冷脸。什么？夫妻生活早就没有了，不！不是我不行，而是他不要我。唉——我早就听说，他经常和一个女人在一起，大概三十多岁吧。不，是他单位的同事，我……我现在有这样一个想法，想把这件事告诉他的领导，可我又没有充分的证据。大夫，你说我该怎么办？

我很理解您。听得出来您是一位对感情很认真的女人。要知道，人的爱情生活也像潮水一样，有时涨潮，有时落潮。女性到了五十多岁在感情上基本上进入了稳定期，但这个年龄的男人，在这个时期却是波动的。这有生理、心理和社会的各种因素，你对这一特点应有一定的认识和理解。

还有一点，我感到在感情上，您对丈夫的依赖性比较强。其实每一个人都是一个独立的个体，每一个独立的世界都有自己的内容，也都在不断地变化。

如果一个女人觉得与一个男性的结合可以取代她生活一切快乐、成功、娱乐和回报的源泉的话，那你将永远处于绝望之中。因为一切事情都是相对的，一个人对另外一个人，即使是最亲密的人，总是有一个限度的。如果你能建设起更坚强、更丰富的自我，就不会为另外一个人的变化感到太痛苦，因为你还有最重要的你。

还有，就目前你所谈到的情况，还不足以说明你们的家庭已经破裂了。我感到您的丈夫是位极爱面子的人，就现阶段的情况，你不要扩大范围，更不要到他单位去声张。这样做，他会认为你伤害了他的面子，他会怨恨你的，也就等于你用力把你的丈夫推向别人的怀抱，这是很不明智的。

如果你能持一种较宽容、超脱、冷静的态度，每天微笑地对待生活和工作，更积极地投入到社会生活中去，对他既不热也不冷，经过一段时间，他也许会被你从未有过的风韵吸引回来。我相信，以您的年龄知识和修养会有这个耐心的。再等待一个时期吧，我等您的电话，这样好吗？

沈菁专心地听着她和患者的一段电话录音。这一瞬间，她跳出了自己，她几乎不相信自己能这样冷静地对感情做出判断。

她靠在椅子上，陷入了沉思。一会儿，从抽屉里拿出了《弗朗西斯·法默》这本书。不久前，她看了这部电影，一直很不平静。她跑了好几个书店才买到这本书。美国精神病医院，用野蛮残酷的刑法，摧残这位曾红极一时的好莱坞影星。人性和尊严被无情地践踏了。沈菁用战栗的心读着，眼睛里盈着泪花，"我曾被关在州立精神病院里，和疯子在一起住了八年。在那些年月里，我经历了难以忍受的恐怖，蜕变成一个像野生动物似的胆战心惊，只图苟延残喘的小生命。但是，我活下来了。我曾被精神病院的男看护轮奸过，被老鼠咬过，还曾因为吃腐烂食物而中毒。但是，我活下来了。我曾被锁在墙上装有软垫的疯人禁闭室里，上了镣铐，身穿约束衣，半浸在冰水里。但是，我活下来了。精神病院本身就是一个铁笼子。我并不是活着出来的胜利者，而是战战兢兢地爬出来的失败者，伤痕累累，孤独悲伤。但是，我毕竟活下来了。同疯子生活在一起三千零四十天，给我留下了永难愈合的精神创伤，伤口至今仍在发炎、化脓。我深深地感到，幸存的人没有胜利可言，所有的只是悲伤……在监禁中，温情是短命的，因为没有一样东西值得人去爱；只有恨才是目标，恨才能使人免于灭顶之灾……我找过六个医生，没有一个医生愿意给我治疗。我的眼睛化了脓，疼痛难忍……病房像寒风中的玉米秆似的晃动着。它呻吟着，低语着，祈祷着，它诅咒、哭泣思念家乡……病房是置身于死亡中的颤动的生命，在地狱的烈焰中渴望着天堂，它为了生存而挣扎着。在温暖的初夏，我的灵魂中仿佛有一条冰河流入，冻结了我的万千思绪。在精神病房里，我孑然一身，孤立无助，我把头埋在毯子下面，昏昏入睡了。"书中最后一页这样写道："……我懂得痛苦的可怕，现在正是如此。但是，在精神病医院里，被人忘却的那些年月里，我受到的折磨更加痛苦。这里有上帝与我同在，但是在那儿他从未存在……

"一九七〇年八月一日下午三点，弗朗西斯·法默去世，死时独自一人。"

沈菁掩卷沉思。日光灯把她的脸映得惨白，此时，她像一尊宁静、哀怨的塑像。

电话安详地在桌子上沉思着，屋子里没有一点声音，只是邻近的院子里，不时地传来阵阵的欢笑声。窗外的风停了，雨也住了，好一个晴朗的夜空呀！一轮圆圆的新月悬挂在天上，像很远又像很近。

沈菁突然觉得嘴里泛出一阵苦味。她冲一杯浓浓的白糖水，喝了一口，嘴还是觉得苦，又加了满满的一勺糖。她的手触着杯子，却又没有喝。此时，院子里的欢笑声愈来愈清晰，愈尖锐，她好像听到了无数酒杯的碰击声。手里的糖水杯倾斜了，可什么也没喝到，那里分明已经干了。

她在问自己，我不是为了寻找一份无人的宁静而来的吗？为什么又这样害怕了。她这样想着，突然，灯灭了，一会儿又亮了，又灭了……颤动着不安的光。沈菁抬头一看，原来半个灯管已经烧黑了。一会儿，整个屋子呈现一片漆黑，只有窗外一轮圆圆的月亮，寂寞地泻着冷冷的光。

沈菁突然害怕起来，黑夜正在无声地吞没她。她要一个人慢慢地挨过这长夜，她感到一阵窒息。这屋子好像是一叶小舟，黑夜像一片无边的海洋。潮水不停地上涨着，上涨着，小船就要被淹没了。她战栗地站了起来，熟悉地从抽屉里拿出一支蜡烛，白色的。蜡烛摇着微弱昏黄的火苗，一点一滴地流淌着燃烧过的躯体，默默地。这夜晚的清寂蓦然又笼上了一层凄迷。

沈菁把一瓶鲜红的樱桃罐头打开，一颗颗樱桃落到杯子里，屋子里遽然显出了一点红色。这一屋单调的调色板，为这偶然的一点色彩，显示了隐隐的生命的流动。

电话机沉默着，依然沉默着。

沈菁趴在桌上，用小手指轻轻地拨弄着电话机上的阿拉伯数字。她在等待，在思索，有些不耐烦了。

中秋节使喧闹纷纭的生活显得柔和了，孤独困惑的心得到了暂时的抚慰。其实，人与人之间，只能在笑语喧腾的时候才显得亲热。人总是过分依赖一种关系、一种感情，这正是一种不成熟的认识。他的精神与灵魂还沉重地被系着。这样，他永远不能真正地飞翔，也不会真正地幸福。人的本质是孤独的，人只有在成熟的时候才能悟到这一点，也才真正有能力去承受它。

她想。

中秋节像一辆载满旅客的喧闹的列车，人们坐在奔驰的列车里，透过窗子看月亮，你会觉得月亮离你很近。人们在互相拥挤和磕碰中也显得亲热了。

沈菁一个人站在车外，人和她离得远，她离月亮也远。

她胸前挂着的电子表倏地叫了起来。在烛光下，表盘上模糊地显示了十二这个数字。

啊！午夜十二点了。她倚在窗前，只见渐渐升起的明月越来越显得辉煌，四处俱是一片异样沉郁的亮白。

中秋夜特有的那种耀华和清淡的光芒，却因过度亮丽而显得凄寂——笼罩着四处，沉郁得让人透不过气来。一会儿，月亮便无声地流连在一片云的后面，瞬间，天空似乎也变得模糊了。沈菁不由地默念着两句词："雾湿楼台，月迷津渡。"她随手把窗帘拉上，隔开了窗外的世界。她为了澄清自己，为了知道这是怎样的一个夜晚。

人们大概都睡去了吧，她想。

电话机也睡去了，夜渐渐深了，一切都沉静下来。

沈菁斜靠在椅子上，望着那根闪着点点微光的蜡烛也渐渐暗了下去。

铃——铃——铃！突然，电话机从沉睡中叫了起来。那声音叫得急切，叫得尖锐，仿佛突然间把人推向了一条狭窄的跑道。沈菁激灵一下站了起来，心里一阵闷热，下意识地向电话机伸出手，却又没有马上去接。迟疑了瞬间，她找回了自己。终于，她以一个医生的自信和熟练稳健拿起了话筒："你好，我就是希望热线，能帮你什么忙啊？"话筒里震动着一种如焚的焦急和痛苦。

心灵的急救车立即驰上了跑道。

沈菁紧握着话筒。

月亮已渐渐挣扎出云层，向高处攀缘，一直攀升到不远地方教堂的十字架上。月光洒落如雨，无声地飘洒着。

夜深了，如梦如水的月光，漾出一条闪光的河流。

## 二　但愿人长久

他……他……他走了，连这个中秋节，家也拴不住他了。他不顾我的手受了伤，流着血，就走了！走了！是不是他不想要这个家也不想要我了？我气得把酒杯都摔碎了，又害怕心里又苦，我不知道到底发生了什么！我该怎么办？他真的是去公司了吗，还是……

好，好，我把刚才发生的事情从头讲给您听。是这样，唉！为了今天的中秋节能过得像个样，我忙乎了好几天，把家里铺的、盖的，还有窗帘和沙发罩洗得透亮，用吸尘器把地毯清理得一尘不染。一大早，我就去自由市场买了一大篮子好吃的。我已经很久没有和丈夫孩子一家人吃顿团圆饭。他总是忙，忙得厉害。今天为图个吉利，我还从雍和宫买了两炷香，本想吃过月饼一边赏月，一边烧香，可没想到，正当我右手拿起菜刀时，电话铃声突然催命似的响了起来。我的心一阵慌，不留神刀就切到了手指上，血不住地流了出来，一直流到一盘香菇鸡丝上。哎呀！好一大一摊血，可他就像没瞧见一样，一步就扑向了电话，连声说："好……好……好，我就去，我去。"放下话筒，他有些埋怨地说："你又不是刚刚学做饭的小姑娘，怎么……"我听了这话，从心里往外直冒凉气，浑身直打哆嗦。想起我年轻的时候，有一次削水果，不小心水果刀擦破了手指，他心疼得什么似的，又是消毒又是包扎，又是哄我亲我，可现在我年龄大了，不值钱了，我在他的心里就只是一个烧饭婆了？做饭成了我的职业，是我应该应分的，是我求着他在家吃饭的！他那态度分明是在埋怨我的手指流血耽误了他的时间。这节骨眼上,我才明白原来我的地位这样卑下。我不知是委屈,还是绝望地哭了起来,"你走……你走,我没求你在家,你也用不着为我耽误了你的美事……"他可真沉得住气,一边给我包着纱布,一边漫不经心地说:"你也别瞎忙乎了,好好歇会儿比什么不强。说白了,咱们的日子哪天不像过节,何必凑这个热闹呢!公司来电话,有一批货到了,我得去照应照应。"

说着,他便推开房门走了。就在大门撞上的那一瞬间,我感到我的世界倒塌了。我像一个被抛弃的人,愣怔地望着那扇还有些颤抖的门。他走了!他真的走了!我原以为我的眼泪会使他感动的,可是没有,只有那决不回头的脚步声。我的心黑漆漆的,只想用五个手指去抓心。看着厨房里我切制的各种蔬菜和肉,想到了这几天的辛苦,不就是为了今天吗!我的心里憋得像是着了火,不是想哭,而是想喊叫。就在这时,我无意中看见报纸上登载的"希望热线"的电话号码,我就像是一个要淹死的人,抓住了一个救生圈,赶紧拨出了这个号码,不然,我真会被憋死的。说实话,我并没有抱什么希望,只是觉得眼前无路了。

大夫,您在听吗?这就是刚刚发生的事情。什么?不要把这件事看得太重?您真的这样认为吗?难道这事情还不严重?我的家庭,我的爱情,面临的可能是解体!唉!俗话说得好,家丑不可外扬,可是病人是不忌医生的,特别是您又是一位心理医生。

哦,是这样,自从我看见我丈夫的女秘书陈小姐,心里就七上八下的不是滋味。陈小姐年轻,长得并不算漂亮,但给人的感觉很有味道。我一眼就看出她很有心计。听我丈夫说,她一直想各种办法去美国留学,又常常听我丈夫夸道:"陈小姐是很有内涵的姑娘,又很懂得怎样打扮自己,会突出自己的优势,她不施脂粉,而是突出她青春的朝气和活力。"她曾经说:"青春的花只开一季,为什么我要用浓浓的脂粉掩盖青春的魅力。"这样的女人,对于像我丈夫这样年龄的男人实在是一种诱惑。真是这样,自从我丈夫有了这位女秘书,他就很少在家,经常找各种理由出去,什么接风、洗尘、宴会、洽谈,总之有一大堆叫不出来的花名堂。去年他们整整一个夏天去了瑞典、芬兰、丹麦。说是考察谈生意,而我一个人孤单单地待在家里。唉!一想到他们在一起亲亲热热地,外国的生活又那么随便,我的心像放在油锅里炸。陈小姐已成了我心上的一块病。

什么?另一个电话响了,我先把电话放下一下?唉!我今天怎么这么倒霉。好,那好吧,我马上用热毛巾擦擦脸。大夫,您可别不管我了,我可等着您,您可快一点。

喂,您是沈医生吗?我是前几个月给您打电话的那个大学生。那次电话没打完就中途挂上了,可我凭自己的第六感觉想,您一定还惦记着我。因为从您的声音里,我感受到了一种关怀与温暖,您很体谅人。

今天我给您打电话有两个目的:第一,想告诉您我的恐惧焦虑和失望的情绪都消失了。经过了军训和麦收,我体验了一种更新鲜、更有活力的生活,说心里话,太沉重的书斋生活,我有点受不了。这段生活使我们的班集体不再松散了,一向都以自己为中心的同学,在新的环境里,都变得友好了,大家的心靠得近了。麦收的生活特别有特色。清晨,我们唱着歌走向麦地。傍晚太阳落下的时候,哨声一响,我们回头一看,原来一片半人高的麦田已变成了一大片平地了。割完的麦子像一座座的小山堆在地上。我们高兴地举起镰刀欢呼。我们一起劳动,一起跑步。我肩膀肿了,同学们用热毛巾给我敷。一位解放军战士还给我们讲了他家乡的许多趣事。我们在一起开怀大笑,什么烦恼都抛在脑后了。在这段生活里我体会了许多真挚美好的感情。当我穿上军装时,第一次有了当女兵的自豪感,并想起了苏联影片《这里的黎明静悄悄》。我的军训成绩是优秀,我对生活充满了热情和信心。还有,现在我一躺下,就睡得好香好甜，再也不整夜失眠了。您听到这些一定为我高兴吧！我打电话的第二个原因，我很想再听听您的声音，让它永远印在我的记忆里。真的，是这种心情。谢谢您，好，好，我一定听您的话，再见。

我一直没有放下听筒，等得我好心焦。我知道，是的，也许有比我更需要大夫的病人，所以我只能等着。什么？时间不长？够长的喽！大夫，从您现在的声音里我感觉好像和刚才不一样，不，不，是有点不一样，我也说不清。好了，不说这个了，您总算回来了。您别嫌我啰唆。我说到哪了？对，对，对，您的记性真好，就说到这了。好，我往下接着说。

现在？您在问我现在？现在我一个人坐在空荡荡的屋子里，对着满桌好吃的，空空的酒杯还有盛在盘子里的各种月饼。孩子？我有一个儿子，他到同学家玩去了，大概又要玩一个通宵。唉！反正他是个男孩子，管不了也罢，虽说，有时我也唠叨他不争气，可心里又一想，年轻时不快乐，等老年时再快乐，恐怕也来不及了。只要儿子高兴，随他去吧，让他一个年轻人守着我这个愁苦的妈妈，恐怕他也会嫌弃我的。

大夫，今天晚上如果不把我的心里话都向您抖搂出来，也许我会疯的。真的，现在我感觉好多了。

好，好，我还是从头说起，您不会嫌我啰唆吧。我今年四十岁，他四十五岁，我毕业于华大图书馆系，他是复员大兵，转业之后又读了大专班，专修了经济管理，现任明康公司的经理。怎么？难道我说错了什么？好的，我先从我自己谈起：

我是在一个很优越的环境下生长起来的，生活把什么好东西都给了我，唯一缺乏的就是漂亮。等我渐渐长大了，我才懂得这是一个女人的本钱呀！记得好像是莫泊桑在一篇小说里说过，女人无所谓地位、身世、金钱，她的资源就是容貌。每当我面对着镜子，就感觉到自己自然资源的贫乏，也就造成了我心理上的失重。为了平衡我的内心，为了得到一种补偿，我就下决心一定要找一个漂亮能干的丈夫。

命运果然待我不薄，我真的找到了一个很帅很英俊的男人，他可不是奶油小生那种，而是现代青年喜欢的那种硬线条的男人，像日本电影明星高仓健。我有了他，心里痛快多了，虽然改变不了我的容貌，可满足了我的虚荣心。在部队时，有许多漂亮的文工团的女孩子排着队追求他，至少也有一个连队，可他偏偏看上了我。当时，我的内心是骄傲和满足的，这种心情一直支撑了我很长时间。

记得我和他结婚那天，我问他："你看我长得怎么样？"他说："美是主观的，你在我心里永远是最美的。"他说得那样温柔甜蜜，即使这是一句谎话，我也感到幸福。大夫，您不会笑我吧，我从来就是一个不会撒谎的人，可有时候却喜欢听谎言。为什么，也许这是女人一种共同的习惯。

我的爸爸是个高级干部，我家有一栋小洋楼，还有一座小花园呢。在爸爸的庇护下，我生活得一帆风顺。当我们这一代人上山下乡的时候，我轻易地避开了，幸运地参了军。大夫，我可不可以问问您的年龄？让我猜呢，从声音上听起来您还很年轻，可从您对人的理解上，又显得蛮老成。怎么？您为什么笑了？难道我猜得不对吗？好了，不猜了，接着讲我的事情吧。刚才说到我当了兵，对吗？好事还在下面呢！大学刚刚恢复招生，我又一脚跃上了高等学府的大门。虽说是工农兵大学生，牌子有点软，可我毕竟也是个大学生呀！每次涨工资也都没落下我。当那些受尽苦难的同龄人正在为回城找门路的时候，或者回到城里又因没有一技之长而找不到一块立足之地的时候，我轻而易举地当上了国家图书馆的专业人员。这是多少女性羡慕又嫉妒的轻松又体面的职工呀！

是的，是的，我就准备谈一谈我的丈夫。他也是干部子弟。不过，他老爹的级别和我爸爸比起来就差一层了。我爹是高干，他爹是中干。在我们相识恋爱的那一时期，我处于优势，所以他追我追得好紧呀！我是个大学生，他不过是个只有初中文化的大兵。可现在，我们俩的情势发生了逆转。他是个很精明的人。当社会兴起公司热的时候，他很快转入一家大公司，凭着他的活动能力，很快就做成了几笔大买卖，使一个濒于倒闭的企业又复活了。他受到了上司的赏识，生意上很有起色。他不仅周游列国，还买了汽车，在北山的半山腰上，又买了一栋白色的小楼。夏天，我们全家都到那儿去消夏。他手里也有了大把大把的美钞。我的丈夫真正成了社会主义初级阶段的新贵族了。

怎么？又要我先放下电话，怕有更急的患者？好吧，没关系，我去喝一杯矿泉水，我可以稍等一会儿。

喂，您在听我说话吗？您是希望热线吗？好，谢谢您。我……我……我不知道该不该向您问一个问题？好的，我马上就说。是这样，我是一个高中生，我和我的男朋友吵架了。为什么？他有满脑子的鬼点子，和他在一起我常常觉得脑子不够用。有一次，我们一起去亭子间打公共电话，电话接通了，他冒充他爸爸向老师打听他在学校的表现。一会儿，我也不知道他怎么三弄两弄地，钱又掉下来了。我批评他，他说，省下的钱留给我买冰棒。我不理他了，他说，就不喜欢身边有个爱管他的女孩子。我说，那行，我马上就走。说完，我就跑了。可我一跑过马路就后悔了。什么？对，他和我同在一个班上。可明天是他的生日，我很想送他一个生日礼物，可又怕他觉得我追他，他更得意了。不送他生日礼物吧，我心里又不好受，我真不知道该怎么办？当然，我很喜欢他。不，不，不，我们只是一般的又很好的朋友。我想送给他我自己做的一只帆船，意思是乘风破浪，因为我们明年就要考大学了。他要考船舶系，我愿他成功。好，好，那我就这样做了，谢谢您，大夫。再见。

大夫，您这个电话打得挺快，看来我的运气还不错。什么？我一定会是不错的，对，对，本来应该是不错的，可生活好像在故意捉弄人。就在这个时候，我感觉到他在一天天变化，对我愈来愈冷淡。当然，我也知道他是一个很要强的人，每天都坚持学外语，还要应酬处理繁杂的商务活动。可……可……那也不至于太冷落我吧！我是他的妻子，我是一个需要被人爱的女人，我需要他每天回来和我聊聊天，关心我，体谅我。也许我从小就是一个被娇惯坏了的孩子，忍受不了这种冷落。其实一个女人要的东西并不多，只有家庭和爱。怎么？难道您不这样认为？也许您说得对，每个女人要的东西都不一样。可我，我要的东西是不过分的，我不是一个贪婪的女人，真的，我不是。

后来，他买了新居。我本来是不同意的，因为我们的住房条件是不错的，可是他坚持要买，说是今后的房子都要变成商品房。可没想到我们买了新房以后，感情就更恶化了。

是这样，大夫您听我慢慢讲。房子多了，他便坚持和我分开卧室，并说西方人都是这样，这是文明绅士的标志。我并不情愿地依了他。可后来，我发现自从我们分开居室，他就……他就不再要我了。我也有我的自尊心，当然不会强求他。他总是推说太忙，精力不够，可，这……这话我怎么相信呢？他几乎每天都换一套极挺括的西装，有灰色、黑色、蓝色、黄色……上衣不系扣子，露出里面新潮的白色背带和粉红色的衬衣。他足有一米八，可还穿着带跟的三包尖皮鞋。瞧他打扮得这么上心，谁会相信他没有精力？

他的房间是他自己布置设计的，墙上挂了一张他本人经暗房加工的低调艺术照片，说是增加忧患意识。还挂了一幅用几条线交叉起来的画。我根本就看不懂，我敢保证他其实也看不出名堂来，可还吓唬我说这是什么现代派大师的杰作。

大夫，我这样说出来心里痛快多了。您别嫌我啰唆……那太谢谢您了。唉！我苦于没有说心里话的朋友和亲人，要是早几年有这条"希望热线"，也许我不会把自己搞得这么糟。

大夫，有一件事情最伤我的心，差不多快两年了他不再要求我那样了，也没有任何亲热的表示,过去上下班他都要和我亲热一番呢!现在我感到了作为一个女人难以忍受的被遗弃感,心里像刮着秋风,凄凄凉凉的。

  有一天晚上,他还没有回家,我洗完了热水澡,便跑到他的房间里,一头栽在他的床上,吻着他的被子,眼泪把枕巾都打湿了。就在这时,他回来了,用一种陌生的眼光望着我,什么也没说,喝了一口酒,走到床前抱起了我。我哭叫着他的名字,就像要抓回什么东西一样,紧紧地抱着他。我用热泪洗着他的脸,可……可……他却是那么冷漠敷衍,好像不情愿地施舍什么!不!我要的是有生命、有热情、有活力的、过去的他。在这样的时刻,他居然不为所动,这样冷酷,我绝望了!然后,他起来了,拿上浴巾便去洗澡,一边说:"我太累了,你回自己的房里睡去吧。"这时,我周身冰凉,一下子从床上翻下来便冲出了他的卧室。这一时刻,几年来点滴堆存起的有关这种关系的一切,突地完全改变了颜色,并异常清晰起来,大颗的泪水从我的眼中滴落。我第一次感到自己像一个乞丐。唉!我都说了些什么?只觉得心里很乱,没有头绪。您也是个女人,又是一个医生,总不会笑我吧。好,好,我不哭,您真是太懂得一个女人的心了。很久很久我没有这样痛快地畅谈了。

  小时候,我最爱想未来,现在我最怕想将来。将来是什么?是灰蒙蒙的一片。最怕想到的就是自己的年龄。年轻时青春就够了,可现在我已经四十岁了,既不再年轻又不可以撒娇了,我又有什么可以抵挡衰老、孤独?唉!什么也没有了。

  有一次,他要我陪他参加一个宴会,他一再叮嘱我,要仔细化妆。我坐在梳妆台前,望着各种名牌化妆品排列成行,望着镜中的自己,心微微有些慌,眼角唇角都微微下垂了,唇角带几道浅浅的纹络。唉,我四十岁!四十岁!四十岁就让人这样无可奈何!这样让人尴尬吗?我手上拿着一盒法国腮红,按化妆师的指示在两颊处拍上浅桃红色。拉开了窗帘,太阳照在脸上,我的心慌乱得更厉害。唉!脂粉也遮掩不了我血色残褪的脸。一想到自己老了,好像有千万条毒蛇在吞噬我的躯体。我想起我们图书馆里的一位女同事，她刚三十九岁就闭经了。一位男士说，闭经的女人就算是个中性人了。一位中医说，妇人断了月经，就好像一棵树绿叶全都黄了，树枝也干了，说什么，天癸竭，地道不通……在麻木的生活中，我常常忘记了自己的年龄，面对着镜子里的自己，猛然间想起我是一个四十岁的女人，心像被烙了一样抽搐了。

记得去年，我过三十九岁的生日时，我对他说，今年的生日可得好好过，以后就没三这个数了，得往四上数了。我满以为他会安慰我几句：没关系，老了我也一样爱你。可他就像没听见一样，跷起二郎腿，靠在沙发上看晚报。我这句话，不过是讨了个没趣！我气得直往他怀里撞，捶他。他生硬地推开我："犯什么神经病，谁不得老！何必一惊一乍地，能把人给活活吓个半死。我那个三字往哪找去呀！"

我靠在窗户上，像个傻子一样，想哭，可没有眼泪。

好，好，我接着说那次宴会。大夫，我现在说话是不是颠三倒四呀，您可别嫌我啰唆，我憋了一肚子的话，都不知道该怎么说了。那个宴会上，我真是使了劲，穿上了淡绿色的太阳裙，戴上了钻石耳环，头发盘得高高的，别人都夸我蛮有贵妇的风度。我靠着丈夫坐下。这时，一个年轻的女子坐在我的对面，很夺目的，用现在的话来说就是漂亮，对，没错，这就是我刚才说的那位陈小姐。她流水般的长发，自然地披在肩上，油亮油亮的。她对我浅浅地一笑，就算完事了。后来有人告诉我，她就是我丈夫的女秘书，我便更加注意她。在她举手投足之间有一种说不出的轻灵。看得出来，她很任性。我看见我丈夫走近她，他们悄声说了些什么。在他们交谈的瞬间，凭一个妻子和女人的直觉，我突然感到了他们的关系有一种实质性的默契。在整个宴会上，我都在悄悄注意她，根本不知道吃了什么东西，可她却像根本感觉不到我的存在，轻松自如地谈笑风生。那时候，我第一次这么强烈地恨自己不漂亮，不年轻，我最恨的还是自己不能真正放松自己。我是总经理的太太呀，可怎么也甩不出这个劲来！我紧张极了，我知道我输了，输了，从里到外都输光了。

后来，我也不知道是怎么一回事，鬼使神差地给那女秘书写了封信。写的具体是什么，我现在已经记不清了，反正不会是什么好话，我怕失掉我的丈夫。唉，怕极了，完全对，你说得一点也不差。我一把信扔进了信筒，心里可就嘀咕开了，怕是自己闯下了什么大祸。

有一天，祸可就来了。我正在门厅里熨衣服，我丈夫推开门，"啪"一声把我写的那封信扔在桌子上，气势汹汹地吼着："看看你干的好事，人家陈小姐抽你哪根筋了，陈小姐年轻、漂亮，外语又好，能说能写，哪家公司不抢着要呀！你这不是存心拆我的台吗！你给人家写这种不三不四的信，不是丢我的脸吗！让大家都知道总经理的太太是个十足的醋罐子！我面子上好看吗！人家陈小姐已经写了辞职报告了，这不等于背后捅我一刀子吗！这几年我亏待你了吗？你拍拍自己的良心。你怕紧张不愿意上班，我同意让你办了病退，吃的穿的玩的用的都紧着你，哪一样比你老爹给你的差？别一嘴一个你爹是长征干部，长征干部不也就是那么点死工资！比得了我们企业家手头宽吗！这几年你活得够滋润了，上天坐飞机，下地坐小轿车，海上乘豪华轮，旅游住高级宾馆，好吃的让你吃个够，好玩的让你玩个遍，哪一点亏待你了！我看你是活腻味了，背后给我玩一刀子，败坏我的名声，人家陈小姐可是堂堂正正的黄花大姑娘，凭什么让你骂得不三不四的！人家陈小姐要是上法院告你一个诬陷罪，你就得吃官司……

"我是总经理总得顾点体面呀，你要是把陈小姐骂走了，冲你这个泼妇，以后还有谁敢给我当秘书！实话告诉你，当总经理就得有一个年轻漂亮能干的女秘书，如果我身边总跟着一个四十来岁的黄脸婆，买卖非谈砸不可！如果你一天到晚总跟着我屁股后面转，这家公司不破产才怪呢！我破产了，你喝西北风去，你狗屁都不懂，还不老老实实在家待着……"

这是我们结婚十几年来，我第一次看到他对我那么冷峻、倨傲，那样不把我当一个有尊严、有文化的人来看。我是个大学生，我是个高干子女，难道今天他全忘光了！

这一时刻，我突然明白了，多年来，我对他的依附到头来使我不再拥有自己了。我第一次后悔自己不应贪图安逸轻易地离开了工作岗位，丢抛了自己的专业，到头来只沦为一个系属于丈夫的函数，说到根上，我懂了，谁的就是谁的，人没有了自己也就没有了一切。他的这一番话，等于给我后脊梁骨上猛敲一棒。我看清了，他是那样看不起我，从骨子里轻蔑我，他对我这么多年原来不过是施舍，可……可这怪谁呢？当然，当然怪我自己。我一向以为女人的社会就是家庭，家庭是女人安全的城堡，但现在已经崩溃了。怎么，难道您不这样认为吗？

大夫，男人是不是比女人更容易变？好，好，我来说一说自己的体会。我年轻的时候，他不也曾像条哈巴狗一样围着我转吗？我现在还是搞不清，他究竟是追我，还是追求我家那栋标志着特权和地位的洋楼？唉，现在我爸爸已经过世了，我再也不能在他的庇护下享受阴凉了。唉——外在的条件我没有了，难道我现在真是一无所有了吗？我害怕，真的害怕极了。

是的，是的，这样发展下去，我们的生活就愈来愈不正常了——当然也是逐渐变成这样的。

我想向您请教一个问题，大夫，请您能理解我，我真是难以启齿，我……我当然是相信您的。不过，这……这总是两个人的隐私。什么？如果说出来反而成了我的心理负担还是不说为好？不，不，我要说，不然藏在心里总是一块心病，说出来就痛快了。您是心理大夫，又是女人，能帮助我分析分析，我信任您，真的信任您。

好，好，我先放下电话，正好我先清静一下脑子，现在我的脑子乱得像一锅精米粥。

唉——我……我现在觉得活下去很困难了！原因？我做过三次人工流产，现在一想起来就害怕，整夜睡不着，充满了恐惧，总像是有人拿刀要宰我。我今年三十岁，结婚五年了，有一个儿子，我是售货员。他三十一岁，是司机，开旅游车的。每到晚上，我一看见他，看见床，就好像看见了死尸、鲜血……是的，是的，每次做流产手术都特别痛苦。我特别恨妇科大夫，她们对我就像对畜生。我喊疼，她们阴阳怪气地说，"怕疼就好，只怕你不长记性。"我疼得叫出声时，她们大声说，"你结过婚没有！生过孩子没有！又不是大姑娘有什么新鲜！"

大夫，是不是因为妇科大夫和女患者打了一辈子交道心理都变态了，不然，她们的心为什么这么狠？现在，我恨，我恨我丈夫，恨大夫，也恨我自己，可我最难忍受的是一到夜晚，就会看到种种拿刀追赶我的影子……什么？让我明天上午九点去医院面诊，找您吗？您姓什么？我没听清是申还是沈，哦，是沈阳的沈。好，那我明天一定去，您可等着我，求求大夫帮助我解脱吧！

歇了一会儿，我现在脑子清楚多了，您慢慢听我说。有一次，他对我说，夫妻间的性生活有三大要素，时间、地点、情节，要能经常有些变化才不至于感到乏味，才能有新鲜感。他说，外国人的卧室都有变阻器控制分散照明，总之，他简直是无可救药的浪漫。年轻时，他并不懂这些，我们也过得不错。现在他走南闯北，又常去外国，见识多了，还常看录像……总之是他的心太野了，对我愈来愈不满意，说我太缺乏刺激了，我简直不知如何是好。他对我的要求，我实在难以做到……

在一个夏天的夜晚，我穿着透明的淡粉色的睡衣，端了一杯加冰块的香槟酒，到了他的卧室。他把酒杯接过去，搭着我的手说："我真是有点害怕，在你面前，我怕不是男人了。和你在一起，感觉就像这酒杯里的冰。"他说得很认真，也好像很痛苦的样子。当时，我好像掉进了冰窖——他彻底不爱我，不要我了！那以后的日子该怎么办？记得有一个人说过，女人是男人的色彩，难道我完全褪色儿了吗？

多年来，这一直以为家庭是我唯一的世界、唯一的城堡，这个城堡是坚固而堂皇的。小时候，有爸爸妈妈照顾我，直到我上大学，每星期都把衣服拿回家让保姆洗，无论遇到什么事，都有爸妈为我想办法出主意。唉，人要是永远长不大多好。大夫，您是在笑我吗？笑我太天真了？什么？您说的是生理年龄和精神年龄的区别。好，这个问题我一会儿再请教您。

我接着把这段话讲完。长大成人后，嫁了个精明能干的丈夫，我本以为这是我后半生的靠山。现在，我才大梦初醒：这个靠山快塌了！唉，我可怎么办？爸爸妈妈都过世了，我是个独生女儿，没有兄弟姐妹可以依靠，我孤零零地一个人。我现在最怕的一件事，对，没错，您算真是说到我心坎上了，我最怕离婚，一想到离婚，我的心好像被蝎子蜇了。不曾想，这几年来我引以为骄傲的家，原来不过是纸糊的房子。

后来，在一个朋友的建议下，我拼命地攒钱，把存折的户头的名字都偷偷改成我的了，这多少给我一点安全感。唉！人靠不住了就只好靠钱吧，钱是不会变心的。可有时一想起来，我这个自幼从不知钱为何物的大小姐，现在却在想方设法盘算着钞票，这难道不是讽刺吗？这是不是生活在捉弄人，我心里可乱了。

什么，我没听清楚。是的，是的，他没有提出离婚。可他的态度让人好难受呀！当然，我是决不会主动提出离婚的，我才没有那么傻呢！即使这个家已名存实亡了，我也要守着。我姑妈说："他也许想用这种冷淡的办法逼你主动提出离婚，你可千万不能上当。"这我心里有数，他正春风得意，金钱地位都有了，主动上门的有的是，可我已徐娘半老，又失去了工作和专业，体质又差，想起来心里真是黑洞洞的，没有一点光亮。

有一次，趁他不在家，我悄悄地打开了他的抽屉，翻开了他的日记本。这时，我才明白，我已经不了解他了，对自己也不清楚了。也许他心里真是很苦的，可我也苦呀，我说不清他具体写了什么。对了，请您稍稍等一下，我去他房里看看，您可千万别把电话挂上……

太好了，我找到了。好了，我念一段给您听："我非常喜欢和成熟聪明的女人在一起，和她们在一起工作，办什么事都很顺手，而且感到自己有一种引以为自豪的东西。女人身上最吸引我的是活力、朝气，那真有一种说不出的魅力。可我一回到家，面对的却是日渐愚钝麻木的她。她不仅躯体松弛了，精神思想也退化了。我是一个敏感的人，在这样的一个磁场里，我感到的只是泄气。

"我想像过去一样地去爱她，可我已经爱不起来了，真是无奈！可我又不能认认真真地去爱别人。我已过了四十五岁，后半生怎么过？难道家庭、爱情、女人就不应该更新吗？我赚了这么多钱，究竟为了什么？为什么我心里总觉得空落落的。多年来，总觉得自己正在一点一点地被芸芸众生所淹没。物质的东西我已不看得那么重了，也许，我还需要另外一种东西……"好了，我就念到这儿吧。

我现在明白了，婚姻原来是一场赌博，赌局到现在已经亮出来了——我输了！

唉！一个女人的心里话，我除了对"希望热线"诉说，还能够对谁说呢？我是女人，我爱面子，也爱虚荣，可我痛苦，不能不说呀……

也许是。对，对，对，我要看重自己，自己不垮生活就不会垮，好，让我来试试吧！

## 三 莫使金樽空对月

我在哪？我现在守候在"希望热线"的前沿阵地上。当然，我清楚地听到了你的声音，可是你——李丽却不能完全听到我的声音，因为有些话，我只能说给自己听。我知道，你，李丽，是个很爱面子、爱风光的女人，怎样能忍受在泛泛的朋友面前，暴露你其实并不幸福不美满的生活呢！我能理解，虚荣心是女人的通病。可如果我告诉你，我就是沈菁，那马上就会阻断你启开的内心的闸门。宣泄是一种减轻内心痛苦的手段，它可以释放内心的毒素，疏通心里的郁积，心灵的渠道畅通了，你就会舒服些。我认真地倾听着，体味着，感受着，我理解你，也懂得你，所以我有意对我的声音进行了化装。其实你并没有听出是我的声音，因为你完全沉浸在你的情绪流里，你的心灵也好像第一次走入了无人之境，你像是对医生说，又像是对自己说。

其实，当我一拿起话筒就感觉到是你的声音，这可能是我从小就喜欢音乐，所以对声音特别敏感吧！尤其是当我听到，"真的，对吗？你听清楚了吗？我是个爱啰唆的女人……"这不就是你的口头禅吗？后来，你又说到，你毕业于华大图书馆系，丈夫是经理，这时我就完全确认了，李丽，没错，我差不多要叫你的名字了。当然，我始终装作对你一无所知，没有发出多余的声音，就像医生对待一位陌生的患者，我想我这样是对的。

不过，说实在的，对你在中秋节晚上的内心倾诉，我还是多多少少感到有些意外。

虽然，我们相识的时间不算很长，但我对你还是知道一些的。你喜欢在一种精神的装饰中生活，你愿意把自己打扮成幸福的天使，更愿意别人羡慕你的幸福。

记得我第一次看见你是在市图书馆。那是一个下午，你正在和我的女友冬冬一起吃午饭。你热情地让我品尝你刚刚买来的水晶虾仁和鸡丝春笋。我看得出你的这些热情中也包含着一些自得。当我谢绝后，你竟像孩子似的有些不高兴了。

你初次给我的印象是单纯热情，似乎还有一种世俗的东西。的确，你长得不能算是漂亮，过于塌陷的、宽宽的鼻梁破坏了整个脸部还算是柔和的线条。那天，你穿了一条白色又比较瘦的连衣裙，遗憾地突出了你微微发胖的体型和长得很粗的小腿，可你的皮肤不错，虽然不白但细腻而且有光泽，你的气质很平淡，是让人看上一眼就会忘记的女人。当然，你还很善良。

从那个中午以后我们就认识了。你总是热情地帮助我借到我要看的书。记得第一次我们分手时，你一直把我送到楼下，拉着我的手说："我们就算是朋友了，以后需要什么书就来吧。"你笑了，笑起来很甜，很舒服。

两年前，你曾给我来了个电话，告诉我，你家买了一栋房子，请我为你的新居前厅的布局提出几种设想，并说你家里已安装了两种电话机，一种是有线电话，一种是无线电话；还告诉我，你丈夫给你买了价值昂贵的晚礼服，一套是巴黎式的，一套是意大利式的。我问，这衣服派得上用场吗？你扬了扬眉毛说："晚上坐小汽车参加宴会、舞会是蛮需要的。"你故意说得很随便，似乎要让人知道，那非平民化的高档生活对你已经很平常了。

有一次在王府井大街上，我碰到了你。你让我看你的脸色怎么样，我随便说了声"不错"。你告诉我，你刚刚做完面膜，还说为了不至于衰老，每星期洗两次桑拿浴，做两次美容按摩，还做几次美容化妆……你建议我也试一试。我问一个月下来要多少钱，你漫不经心地说："五百元，差不多吧！"我吓了一跳，我每月的工资还不够洗两次脸呢！你耸耸肩膀就走了。

后来，我在图书馆见到你时，你已经珠光宝气了，耳环、项链、戒指全都金光闪闪的，我开玩笑地称你为"金人"。你笑了，笑得很得意。后来，我要借一本英文版的鲁罗·梅的《爱与意志》。你问我作者是什么人，我说鲁罗·梅是美国著名的存在主义和人本主义心理学家，曾在维也纳学习过精神分析和心理治疗，一九四九年在纽约获心理学博士学位。你不耐烦地摆了摆手，示意让我自己去书架上找。后来，我在你的书桌上，看见摆着厚厚的一摞书：《女性美容手册》《减轻十岁的妙法》《如何抓住男人的心》《青春永驻的秘诀》《光线与美容》《最新美容与美姿》……你拉我坐下很郑重地问我："你看我打扮得怎么样？"你的神情显得有些紧张和焦虑。我说："如果你能顺着自己的气质自然地打扮，会显得好些！""那……我的气质是怎样的？""你自己说呢？"你想了一会儿，微微低下了头。后来你告诉我，你这样打扮完全是为了丈夫、为了环境。"怎么，难道首先不是为自己快乐，而是为了别人、为了环境才打扮自己？你不觉得这样太累了吗？"我说。你沉默着，双眼流露出一种近乎茫然的神情。我的心为之一震。蓦然间，觉得你是那样可怜无助，你身上闪光的珠宝，突然黯淡了，也许它们从来就没有明亮过。

李丽，说真的，接到你这样的电话，在我的潜意识里并不完全感到意外，因为在你不断变换的兴趣、追求和快乐中，我都感到了你内在的盲目、空虚和不安。

记得有一次你对我说，在外国，谁家的太太在外面赚钱工作，就说明谁家的丈夫没本事。你说你的身体不好，难以坚持八小时工作，你说坐班制如同给人上了弦，太紧张的生活容易损害一个人的容颜。你说你想办法病退，不在乎这百把块钱的工资。女人的世界本来就应该是在家里，好好照顾丈夫孩子，把家收拾得干干净净，让丈夫每天下班回来都感到舒舒服服，有时间再看看小说杂志。你说，这样设计生活好吗？我说，这主要看你向生活要的是什么。你茫然地重复了一句，我要什么？眼睛突然变得那样空泛而没有内容。似乎你从来不曾想过你要什么。是的，人有时是盲目的，如果盲目变成一种习惯就可怕了。

每当你提起你的丈夫都显出异常的快乐和不安。他好像在无形中操纵你的每一根神经，他就是你生活的全部。你经常喜欢炫耀，你的丈夫是多么爱你，他又荣升了，获得了去香港的特别通行证，他每星期都带你去健身房，你们常常一起打高尔夫球……

每一次在你不断重复的快乐和对你丈夫的肯定中,我都感到了你对自己的贬低,但悲哀的是你始终不自知。我多么希望你能找到你自己,不要把男人当成安全轴来围着转,应学会围着你自身建立起来的安全轴转。如果你丈夫不在你身边,或离开了你,你也同样感到自己的充实、美丽、自信、有价值、快乐和一切。

每个人手里端着的都是自己的酒杯。酒杯充盈,月亮就满;酒杯空虚,月亮就缺。

在几次下班的时候,我看见你从楼上窗子里向下张望,我知道你是在等他归来。可以想象,你的"窗前坐候"的等待是多么漫长焦急。你一看到他的身影,马上跑到房间去准备欢迎他回家的演出脚本:你斜卧在沙发上,一本琼瑶小说垂落在胸前;或马上浸泡在芳香的浴池中,那角度好让他看见你被热水浸泡的粉红色胸脯;或者披着头发,正修剪你好看的指甲……

李丽,想一想你把多少精力浪费在男人身上了?想想你浪费掉的时间,可以用来学习创造完成多少事情?当你完完全全把你紧紧地束缚在一个男人身上时,你自己就变得萎缩了,丧失了自我塑造的能力。

另一个方面,当女人在爱一个男人的过程中,变得过于执着而失去自己时,那男人就会厌倦你的。男人的天性是喜欢自由、新鲜、活泼、明亮、放纵,男人是一种最容易变化的精灵,因为男人在宇宙中属阳性,他需要更大的空间。男人永远是一个大孩子,如果女人过分地依赖他,他就会变得烦躁,有时,他需要一个舒适柔软的摇篮。所以,女人把自己的一生放在男人身上下赌注,当成自己生命的底牌,那是危险的。

李丽,你说,当他时不时评论一些年轻漂亮的女郎时,你的心里就种下了病根。你要想保持他对你的兴趣,就必须尽量使自己显得年轻,于是你在发型、指甲、眉毛……苦苦花了那么多的时间。最可悲的是,你不是为了自己快乐,而是为了取悦于他。唉!这样的打扮是多么苦,多么累呀!你把生活的焦点都集中在男人身上,一旦失去了这个男人,你就觉得自己是个不会游泳的人，漂在大海上。

李丽，我不能救你，能救你的只有你自己，你就是你自己的上帝。波伏娃在《第二性》中说过："人不是生为女人的，而是变成女人的。"

李丽，你是一个有专业的大学毕业生，一个高级干部的子弟，应该说你还算年轻，也应该有属于自己的天地，在生活中应该能找到自己的位置。你在心理上怕失去他的恐惧是自己对自己的束缚，这样使你不能对自己有深度的了解，不能发掘作为一个独立的人所具有的潜质。

当然，只要你真正认识了自己，就会真正找到生活的。

每个人成长的轨迹都不相同。也许，你觉得优越的生活环境是上帝对你的恩赐。我不知道这是幸还是不幸。

正像你自己所说的，你们这个阶层的人要优越得多，想参军就参军，想入党就入党，想上大学就上大学，想出国就出国，想赚大钱就赚大钱。也许生活太娇惯了你，宠坏了你，使你失去了飞翔的翅膀和思辨能力，使你变得无力、苍白和虚荣。

上帝是公平的，生活从来就是送给每个人同样的支票，你欠了多少就要偿还多少。

李丽，当别人不爱你的时候，你尤其应该自爱。

李丽，对不起，我仍然不能告诉你我是谁，因为我知道你是一个脆弱、病态、虚荣的女人，我理解你，爱护你，也祝福你。

"希望热线"的电流火热地滚动着，及时向一颗颗呼救的心输送着新鲜的血液。我不必知道你，你也不一定知道我。其实人也不过是个符号，只要心与心真诚地交流了，然后放下话筒。这是一种多么轻松而又经济的治疗啊！

在现代喧闹、繁杂的生活中，人们往往都戴着面具说话，笑或哭。我知道面具也许是一种武器、一种仪式、一种宗教、一种哲学。不幸的是，我也戴着它，可我从内心里多么想把它砸得粉碎。

时钟已走过两个时辰，李丽，我真希望你能进入梦乡。因为我怕黑暗和孤独会咬噬你受伤的心灵。如果你仍耿耿难眠，干吗不索性打开录音机？你闭上眼睛，心无杂念地靠在沙发上，尽量放松自己，因为你太累了。李丽，我不知你是否会像我想象的那样去做。让我再设想一下……哦，要是有爵士乐的磁带就更好了。爵士乐是一群生活在以美国白人为中心的产业社会里的黑人，借以抒发内心压抑之情的音乐，也就是说，这种音乐是在黑暗和孤独中产生的，所以，在晚上爵士乐才能发挥它的魅力。也许，它会唤起你什么，或者你可以重新思索些什么。总之，你不会感到寂寞的，你打开的心就是你的上帝，也是你的朋友。如果你仍然无法平静自己，请你打开窗户，看看天上的星星，你会感到一种具有超越时空的、稳定的情绪。我想，你会体验到一种新鲜的东西。

李丽，我在心中默默地向你流淌的话，其实更是讲给我自己的。有些话我将永远无法也不想告诉你，请你原谅我这个医生兼朋友吧！李丽，振作起来，爱你自己吧，请你不要把自己的痛苦当成钉子，深深地往墙里钻。

哦，我又想起了一件事。有一次，在欧罗娜酒廊，那是一个傍晚，我很偶然地遇到了你的丈夫。他正斜靠在软椅上，一个人对着酒杯正一口一口地饮酒。看见我，他有些意外，但马上又恢复了自然，"一个人来的？"他问。我点了点头，他马上请我坐下，女招待很快给我端来了一杯苏打水。他的神情，我觉得有点不对劲，混浊的眼睛显得异常黯淡，虽然依然是笔挺的西装，淡淡的香水味隐隐飘来，可人却失去了往日的神采。我拿起杯子轻轻地问："您不舒服？""不，不。"他拿起了香烟，"可以吗？"我笑了笑，接着香烟一支又一支慢慢地燃烧着又熄灭了，空气变得愈来愈混沌了。

"沈大夫，您是丽丽的朋友，又是心理医生，今天咱们巧遇在这里，也算是一种缘分吧！我想和您说点什么，不会见外吧！""当然。"我故意把这两个字说得很不在意。

"也许在别人或者在您的眼里，我已经混得很不错了，家里应有尽有，丽丽又是一个听话的太太，公司大小职员个个对我毕恭毕敬，出门再也不用挤公共汽车出一身臭汗了，山珍海味也都吃腻了，可我一阵阵觉得活得烦，活得累，活得没劲，活得空。我处处都得撑着总经理的尊严，简直没有放松的时候。也许当一个人想要的东西都得到以后，便也觉得不过如此吧。有时，我真想像小时候那样在操场上你追我赶，在草地上打滚摔跤，和伙伴们一起滚在泥水塘里，弄得满头满脸都是泥。这是真实的年龄，也是无拘无束的日子，唉——都过去了。"

酒廊的灯很暗，朦胧中只能看见他的脸，一切突然变得柔和神秘起来。夜晚的氛围拉近了人与人之间的距离，黑暗使人觉得心灵的视野，正处于一个狭小的空间。"我每天每日的酒喝得太多了，因为这是一个离开酒杯就谈不成生意的时代。只有当我一个人独自饮酒时，才觉得自己是自己。我常常忘记了我是谁。唉——"那声音透出几分凄婉和寂寞，我似乎也受到了感染。

"您常常一个人来这里吗？"

"常常，我有时有意去逛街，这样就会觉得从白天的紧张中解放出来，变成一个没有头衔、没有任何困扰的自由人。"

"你当时有没有异乡人的感觉？"

"有，有，不过我觉得这种孤独是我所需要的。如果这里的酒廊小姐也能像香港的一样，陪我说，陪我笑，我也乐意在这里消磨一个夜晚，那是一种真正的没有任何责任的放松。"

一眼望去，就知道他是一个城府很深的男人，现在能这样的坦率，我实在感到环境和氛围有巨大的恶魔般的力量，它会把人赶到一角，人性的另一面逐渐在黑暗的一角抬起头。

"沈医生，我想问您几个问题，会不会耽误您太多的时间？"当我表示没关系后，他脸上露出了真诚的感激。"我最近一年多来，常常觉得紧张惶恐。当我站在十五层楼的阳台上，向下一望，便有一种坠落的感觉，然后就是恐惧、心慌、失眠。"

"生活中最使你焦虑的是什么？"

"是年龄,今年我四十六岁了,离五十岁没有几年了。一想到这,心里就不自在。所以我也莫名其妙地总想伪装自己的年龄,硬要撑着像个年轻人。可年龄是个实在的东西呀,您真的没有看出我的头发是染过的,面部也做过割皮手术?四十六岁实在是一座中年的墓碑,再往后真是不敢往下想了。在商界,到处是较量,实力、智慧、谋略、手腕,优胜劣汰。就算我现在成功了,可背后也潜伏着危机。要往下干,就要竞争下去,竞争就必须要担风险,可我的精力、年龄已经输不起了!在商界时时需要人像狐狸一样机警,像老虎一样战斗。这一切无不需要精力,可我起早贪黑,还哪来那么大精力呢!只是硬撑着,如果我显得力不从心、疲倦不堪的样子,那就是一个危险的信号,就有可能从我现在优越的位置上跌到一个无足轻重的角落。

　　"可一想到我爸爸干了一辈子革命,到离休才混了一个正处级待遇,经济上一直紧紧巴巴,我不能像他活得那样窝囊。自打我一结婚,住进了丽丽家的洋楼,丽丽一副骄傲的公主的样子,就像我沾了她家多大的光似的,我心里就憋了一口气:我五尺男子汉,就不信闯不出自己的天下来。苍天不负我心,机会终于来了,我抓住了,现在我打开了局面,扭转了形势,丽丽再也不敢一嘴一个'我爸爸的,我爸爸的'。丽丽是个肤浅的女人。自从我进入商场,便有机会接触各种品味的女人。唉,不多说了。"

　　他的两瓶酒都已喝光了。酒廊小姐轻盈地呈上两杯柠檬茶,脸上挂着职业的微笑。

　　我在他的脸上读到了他的年龄:微微隆起的眼袋,松弛的两颊和缺乏水分的皮肤。

　　"一个中年人,应该达到一种精神上的圆熟。"

　　他望着我,有些疑惑。

　　"圆熟,就是懂得根据自己的年龄、体力、性格及社会文化背景,判断自己的力量,分析自己的特点,根据力所能及的原则采取行动。人到了中年,应该有一种成熟的魅力。您是一位懂得酒的人,您不觉得陈年的威士忌显得特别香醇吗？无论什么季节，都有好的时候，重要的是自己能够掌握。"

"这是一个商品经济冲击下高速发展的商业社会，也是一个易于使人迷失的世界，当然，也是一个重奢华、讲收益的现代人生。人们逐渐有了更广泛的交友，学了更多的生存社交手段，所以也就离天然越来越远。人在哪里迷失，就在哪里重新找回自己。我们民族的人生哲学——儒家、道家有许多值得借鉴的东西，儒家给我们热情，让我们去争取，道家给我们境界，教我们超然、淡泊与超逸。人要更多地去接触自然，在大自然中陶冶自己，就会变得清纯。"

一支香烟在他手里冒着烟，快要燃尽了，可他一口也没吸。过了好一会儿，他说："沈大夫……"却又把话吞咽下去，额上沁出了潮汗。

"男人是什么？"他终于说了，"这几年，我总是觉得自己好像在腾云驾雾，无论在事业上还是在感情上。"

"你和丽丽的生活不是很不错吗？"

"唉，那是做给别人看的，我一到家就变得爱发脾气、暴躁、心烦，而且愈来愈迟钝。我真害怕这种不好的情绪一直发展下去，我害怕……"他的眼神毫无躲闪地注视着我，这目光蕴含着一份无助和祈求的真诚。

"这几年，不知是怎么一回事，我变得非常渴望女人，年轻的女人，这样说您不会介意吧？"我点了点头。

"有一次，公司的陈小姐，也是我的秘书，邀请我去跳舞。老实说，我跳舞也是刚学的，完全是为了应酬，平时本没什么兴趣。可那次，我却感到了一种从未有过的快乐。在与她身体的微妙接触中，我嗅到了一种特别的气味，不是香水味，也不是任何一种化妆品味，我说不出它是什么。总之，我突然觉得自己年轻了，有了活力。她那垂直的、乌黑的秀发，让我生出了多少青春的梦幻！我觉得自己还能干许多事情，对于未来有了信心。

"夜深了，舞会的灯暗了下来，她向我的身体靠拢了，她的脸轻柔地贴在我的胸脯上。我们跳了大半夜，却没有一丝倦意。从那个夜晚以后，我们的关系有了变化，我已经萎缩的男性活力又重新复苏了。是她的活力、生气和青春救活了我。长时间来,丽丽已经让我觉得乏味和麻木了。渐渐地,我对她甚至厌烦了。记得一个作家说过:'爱就是一种感觉的交换。'据我的体验,这话说得真是对极了。女人真是一种奇怪的药品,简直可以改变人微妙的内分泌,可更使我奇怪的是,这种感情却又不像年轻时候那样不顾一切地去爱去给予,而是一种自我陶醉,证明自己力量的陶醉。可后来,我又觉得自己是在追赶一列奔驰的快车,又好像是沙漠里的骆驼,我太疲倦了。有时很想和朋友们坐下来,把心里话抖落抖落,可一旦真正面对着他们,却又觉得无话可说……

"对于我,仅仅一个女人,一个年轻的女人是不够的,我又说不清我还要什么,总之是比女人、金钱更有价值、更永恒的东西。我常常想,总有一天,当双腿一蹬的时候,这个世界便没人记得自己,我便永远地消失了。我必须办一件事,必须抓紧时间……

"我和陈小姐的关系很新潮。她常常说,我们彼此需要时就在一起,不需要就分开。这一方面让我觉得轻松,可又时时觉得自己失去了什么,或我从来就不曾真正拥有过。"

李丽,在那个夜晚,他和我谈了许多许多,我实在无法完全记清。但我真切地感受到他内心的焦虑和痛苦。"你和丽丽不可以多交流些吗?不要在家里,换另外一个环境,另一种情调,我想会好些的。"他一言不发地拿起了酒瓶,对着酒瓶口一饮而尽,便告辞了,眼睛里好像潮湿了。

记得那天的月亮弯弯的,淡淡的,朦朦胧胧地在雾里飘浮,像是在寻找归依,又像没有归依。

我望着蜷曲的电话线,在线的另一边有无数的你、无数的他在呼唤着"希望热线"。"希望热线"向一颗颗呼喊的心,以最大的热能输送着爱和理解的电波。我紧紧地守护着热线的心脏。

四周一片静寂,突然,我感到巨大的压抑,把我压得满满的,我的心底在振动着一个声音:

我是谁?

我是谁？？

我是谁？？？

繁华热闹的街市疲倦地停止了鼓噪和喧嚣，夜也许睡去了，也许在梦中。

一轮圆圆的月亮，高高地悬挂在如洗的夜空中，亮丽得让人合不上眼。

## 四 热线，热的线

我无法入睡，今天对于我，也许是一个注定无法入睡的夜晚。一种缥缈或是其他什么感觉，突然迟疑而固执地走进我的心里，我的胸间感到湿漉漉的。

我打开抽屉，终于取出了它——我的日记。我郑重地拿起了笔，却一时写不出一个字。纸上印下了一颗大大的湿透的墨迹。

窗外有声音在响，是秋雨？还是夜风？一无顾忌地打着窗棂。我的心一阵颤动，我已经不愿再回到过去的一切，可我的心还是轻轻地展开了过去的日子，像是一片片飘零的树叶……

……

×月×日

我最怕看到中秋夜的满月，这一天，我的妈妈溘然病逝了。她去得这样快，这样无声，就像悄悄滑过长空的一颗星星。

我感到我的生活不完整了，这不仅仅是因为我失去了妈妈。

使我更痛苦的是，妈妈病逝时，我没有在她的身边。我回来时，一切都过去了。

家里人不曾对我多讲些什么，只是说妈妈走得很安静。

那一天的月亮也是圆圆的吧，我想。

×月×日

家里人在哀伤和疲倦中，又恢复了往日的旋律，当然，疲倦中的任何东西都不会是强烈的。

弟弟又开始日日夜夜地准备托福考试；做生意的哥哥接到电话，便火速向香港飞去了；姐姐又在重复每日不变的程序。

可是我觉得好像有什么在变。我不爱说话了，打开了很久没有打开的日记，写下了我厚厚的思绪，只因为它能为我分担什么，使我能轻松一些。

我房间的灰尘越积越多。

每到晚上，爸爸总要把家里所有的灯都点亮。浓浓的咖啡在壶里翻滚着。

隔夜的烟灰缸里，堆积着厚厚的思虑。一支一支地把烟点燃，伴着怎样的心情，烧着寂寞的心，可到清晨，一切都已冷却。

妈妈喜爱的那颗白菊花干枯了。是在一个冬天，我站在结满冰花的窗前，用手画着什么，我感觉画的是菊花，我看不清，因为我在流泪。

×月×日

她把短上衣往衣架上一挂。这一天，我们家来了一个女人，从此，走廊上，庭院里，印满了这陌生人黑色的脚印。

从此，我回到家，就深藏在我的小屋里。不时地，从厨房传来碗碟的碰击声，哗哗的水声和渐哑的说话声，那声音是寒冷的。周围的世界在太阳的阴影里渐渐混沌睡去，可我却总是失眠。

深夜，我辗转不寐，便想用凉水淋浴我发热的躯体。在走廊上，从爸爸的房间里传来了断断续续的说话声："菁菁也不小了，该正正经经地结婚，自己立个门户了……"那女人把声音压得很低，像鬼影一样在空气里飘着。

那天夜里，我的小屋沉到水底了，憋闷得我透不过气来。我拼命挣脱着、哭喊着。醒来时，只见窗外一轮弯弯的月亮正凝视着我，那月光很凄婉，我想起了我的母亲。

从此我小屋的房间，常常是紧锁着。

有时，我迟疑地打开房门，无力去摸索一室的黑暗，开了灯，看啊，四壁徒立，只见昏黄的灯光下一个黑色的影子，如静寂的墓地。我怕，真的，我好怕，我不愿再流浪。

三月的风飘来又飘去，带着寒意。

×月×日

我走到街上，从繁忙的诊务中醒来，听到人们匆忙的脚步声纷至沓来，又匆匆地远去了。

街上响着整整一昝富有刺激的摇滚乐，用各种美女制作的广告在霓虹灯下闪着性感的媚态，不时地从喇叭里传出声嘶力竭的叫卖声："大甩卖，大减价，兔毛的，摸一摸、看一看，不是真货不要钱！"

我跑到一栋高层楼的阳台上，向下望去，这是一片人头攒动的黑乎乎的海洋，无轨电车的天弓打着闪亮的电火花，这里有红色的灯柱、橙黄色的灯眼、旋转的花浪，啊，骚动的城市！我在晚风中伫立，我凝视着远去的车窗，不觉站了许久。

我突然感到一片空旷。

×月×日

我走进透明的玻璃电话亭，看见周围的亭子里，都有人在拿着电话机，却听不到一点声音。我随便地拨动着电话号码，突然觉得我生命的座钟在不安地摆动。在这无法看见道路的空间里，我感到的只是距离，令人窒息的距离。

我的心突然一阵战栗，从未有过的。

×月×日

我沿着天桥的阶梯跑了上去，迷望着喧闹的人流。后来，又寂寞地数着一阶一阶的阶梯。终于，我坐在最后一层台阶，一直到夜晚完全吞没了我。

×月×日

"你可以为我做一次模特吗？"记得几年前，我就是这样坐在学校图书馆的台阶上。他背着画架走近了我。我已经记不清我说了什么，只觉得倾心在一种静美而真诚的对视中。

夜来香在悄悄地开放，来自深层的脚步，敲击着飘着新雨的、渐绿的土地。

不知从哪一天起，我已纷乱地镶满他的墙壁。我和他一起踩着倾斜的日子，滑落了心灵最后的隐秘。从此，我不再看重那直接而简单的快乐。我总要一种我得不到的东西。为此，我常常感到困惑。

×月×日

我们毕业了。

离开了学校，过了一段潦草的日子。有一天，他对我说：

"我们在一起吧。"

"什么？怎样在一起？"

"同居。"

我们选择了轻松新潮的方式，同居了。

是的，我们和当代的许多青年一样，不喜欢责任和沉重。

×月×日

我们暂时的新居坐落在第二十二层高楼上。晚上，我打开窗户，觉得离月亮很近，所以，我高兴地称我们的小世界为"望月轩"。

我们用白色的空心砖和木板叠起来的书架，一直延伸到角落；一个精巧的画架立在墙的一角；没有床，我们睡在地毯或沙发上。壁柜里乱七八糟地塞满了东西……凌乱的居室，散发着自由的空气，这就是我们暂时流动的家。

他拉着我的手说：

"你小时候在树上搭过小屋吗？"

"搭过，是一个用树叶搭成的绿色的小屋，可不久就被风刮跑了。"

我们都沉默了，彼此长久地凝望着。

×月×日

有一天傍晚，我靠在沙发上出神想什么。

"你在想什么？"他拉起我的手。

"想我们。"

"不要去想，生活甚至整个生命都是一种尝试、一种愿望、一种体验、一个过程，你说对吗？"

"也……也许是吧。"

×月×日

这一时期，我读了叔本华的一些著作，其中《作为意志和表象的世界》是他的主要著作之一，集中体现了叔本华的哲学思想。

今天我读了叔本华的《人生的智慧》，其中有一些论述是很令人深思的：

……输入愈少的国土愈是富足；所以拥有足够内在财富的人，他向外界的寻求也就很少……输入的代价是昂贵的，它显示了该国尚不能独立自主……任何人都不应向他人，或外界索求太多，我们要知道每人能为他人所做的事情本来有限，到头来，任何人都是孤立的。要紧的是，知道那孤立的不是别人，却是自己。这个道理便是歌德在《诗与真理》一书第三章中所表明的，那便是说，在任何事情当中，人最后必须，也是仅能求助的还是自己。

……所有其他的幸福来源，本质上都是不确定和不稳定的，它们都如过眼烟云，随机缘而定；也可能轻易消失，这原是人生不可避免的事情。

当年近老大，这些幸福之源也就必然耗竭：到这个时期，所谓爱情、才智、旅行欲、爱马狂，甚至社交能力都舍弃我们了；那可怕的死亡便夺走我们的朋友和亲戚。当这样的时刻，自己是唯一纯正和持久幸福的源泉！……

×月×日

我就要回到他的世界里去了，在他的世界里一切都是既复杂又捉摸不定。

前一时期，我们因为不愉快的争吵分开了，后来，在无言的拥抱中我们又和好了，可我还是走了。

不过，我始终觉得他是一个有趣味、有出息的人，不会让我感到枯燥无味。

我们乘坐的这条小船，时而开航，时而搁浅，我们似乎都已经习惯了。

他用勺敲着锅，可又不站起来煮饭，"我替你感到遗憾，因为我看着你爸爸妈妈在指挥你，有时在信里写上几句伤感的话，哄你结束和我的关系，有时又无病呻吟，逼你回家。菁菁，你已经不是在树上搭窝的小姑娘了，为什么不能自己把握自己的人生呢？我不能逼你恨你的父亲，可他老是逼你离开我。"他说。

我哭了，靠在墙上，他把我紧紧地搂在怀里。

×月×日

秋天，又是秋天了，我们曾经迷失在秋天的黄昏里，所以我总是这样渴望秋天的来临。

灯光下，我们并肩坐着。我发现他根本没有听我说话，我把灯熄灭了。他燃起了一支香烟，窗外的月亮在他的夹克衫上闪着，他靠在沙发上像一尊画家的铜像。

"我辞掉了单位的工作，想自己干。"

"干什么？"

"我想干的。"

"我觉得你很怪。"

"是很怪。"

"我强吗?我相信我会成功的。"

"如果失败呢?"

"也决不后悔,因为这是我自己选择的——路。"

夜,很静的夜,一阵风飘来,虽然残秋的风还没有到来,但我已经觉出了它的寒冷。我的头靠在他裸着的膝上。

在他的心头飘来飘去的是什么?像片白云一样无定,像海浪一样任性,也许这就是青春。幽暗的屋子里闪耀着的是一个瓷娃娃像。

多少次争吵,我们又重归于好;多少次分离,我们又重新团聚。冷漠的无言换来的是更浓烈的亲吻。我想,这就是我们的生活吗?

时间在变,人也在变,可我却要一种可靠的东西,渴望一种更真切的生活。

×月×日

隔着紫色的窗帘,他的灯亮了,灯光在召唤我。他,他在等我吗?在这冬日的黑暗里,我突然感到这样孤独。我有点害怕,跑了起来,渴望马上融入那温馨的角落。在黑暗的楼梯上,我闻到一股浓浓的烟味,原来是他在用一根铁棍拨弄着奄奄一息的火苗。

我走到他身后,"这些画都烧了?"我不无可惜地说。

"是一些过时的习作。"

当火苗燃成灰烬时,微微闪亮的楼道,马上变得黑暗了。他轻快地吹起了口哨,那是一支我陌生的曲子。

我回到屋里,把沙发靠垫放在地毯上,舒展地靠着,倒了一小杯红葡萄酒,拿在手里,似乎拿着就很温暖了。他从盥洗间出来,意想不到地突然发问,"菁菁告诉我,你活得痛快吗?"

我愣了愣,却不知道该怎样回答,只是把酒杯递给他。他一仰脖全喝干了。

我们把靠垫当成枕头,躺在地毯上,仰望着台灯投射出的光,照在天花板上。那圆圆的一片,像是残缺的月亮。窗户被风吹得咯咯作响。寒冷的冬夜,他把我抱得很紧。这个夜晚我们谈了许多。

"我觉得,你很陌生,有时候。"我说。

"是很陌生。"他淡淡地说,没有一丝辩白的冲动。

窗外的风声正平添着寂静和空旷,在这样的时刻,我多么想完全地拥有他。

"我们结婚吧!"

"什么?结婚?!"他很惊异。

在他长时间的缄默里,我感到了冬日的寒冷。在黑暗中,我看不清他的脸,只感到有一种需要,用他坚实的手理一理我的头发,用他宽宽的肩膀,让我靠一靠疲倦的头。

可是,他的声音,好像是从遥远的天上飘下来的,那样捉摸不定。

"我们现在不是在一起了吗?没有一个人可以肯定自己永远不变。"

"可这很不够,很不够!"我站了起来,流着泪。他轻轻地擦去我流出的泪水,握紧我的手说:

"我不能保证永远爱你,但我能保证永远不欺骗你。"

我倒退了几步,终于明白了,我有的只能是自己。我默默地合上眼睛,心里没有任何祈望,这一瞬间,我好像突然年长了十岁。如海的柔情化作一股冷凝的力量。

他在满积着梦幻的灰尘里抽着烟。过了很久,他有些激动地说:"菁菁,不然我们先分开一段。让我们再试一试,最后一次,我们再想一想,然后再决定。"

沉默，几乎是叫人困惑的沉默，可我知道，这对我，意味着什么。

电话铃声响了，他拿起了听筒。我记不清他说了些什么。他走了，走得有些沉重。

隔着窗子，我看见他独步在静寂的夜街上。在昏黄的灯光下，他缓慢地拉着长长的影子。

过去的一切，也悄悄地在我的视野里摇曳模糊了……

我深深地埋在这一屋的黑暗里。这是哪？这是曾经属于我的家吗？"家"这个字生冷苦涩地从我心里掠过，可我还是闻到了它散发过的青春和爱的气息。房里曾充满过清朗的笑声，如今都已沉寂。

是飘落深谷幽微的铃声吗？是迷失在海湾的小小的帆船吗？生命是什么？

我想。

我站在梳妆台前，看见一张疲倦苍白没有光彩的脸，这就是我吗？

对面的墙上，有一个映在镜子里的少女。她坐在台阶上充满了遐想，周身盈溢着扑鼻的青春的气息。这两个我，重叠在一起，一时，无论从生命的残酷或是感伤情绪的表现上都给予了强烈的注释。

我不知道我在做什么，为什么去做。我从门的后面拿起了那支气枪，对准那两个重叠的我——同一个生命，"哗啦"一声，镜子粉碎地落在地上。我消失了，消失在一片破碎的玻璃片里。

在屋子一角的电话，静静地沉思着，呈现着浓浓的紫红色，发出温暖的光。我下意识地拿起话筒，陡然间，仿佛坠入一个思想与精神的谷底。一种突生的错位使我对周遭感到陌生。一刹那，甚至诧异我是谁！耳朵贴着听筒，久久地，没有回声，簌簌的眼泪滴落着。

我的船悄悄离开了这片浅滩。

读完往日的日记，恍然间，我又回到了过去的一切。这时，墙上的时钟奏出了"致爱丽丝"的旋律，我抬起了头，时针已指向凌晨四点。又一天的黎明已悄悄走来了。

我拿起了笔，从笔尖下流出了今天的日记。

也许是因为黎明的来临，也许是因为"希望热线"热流的涌动，昨天的惆怅渐渐像雾气一样消散了。

我这才发现昨天买的白菊花没有开就枯了。它的头低低地垂着。我拿剪刀剪掉了大半的花枝和叶子，让剩下的花梗漫在新换的水里。过了一会儿，那花竟全然开放了，好像在一瞬间，我找回了过去的生命和美丽。

是的，我生命的小船离开了浅滩。它没有搁浅，它不是一只孤独的帆，它寻找更宽阔的海面。

在雨天，在闷人的午后，在平静的沙滩上，也许它会寂寞，但它不再迷失。

我从未放弃过对生命的思索，因为神既然创造了我，就一定会赋予我什么。

这个世界总爱把什么事情都归结为一种非此即彼的选择，要么成功，要么失败，要么是赢，要么是输，要么是美，要么是丑……可我只相信一种复杂的复合体。

一切都可以淡漠，金钱、物质、地位、牛奶、服饰，可我只是这样强烈地想占有生活，创造生活。

过去是什么？过去是一些流动的节目。

写到这里，我想起了前天面诊的两位患者。他（她）们都讲述了自己很独特的梦，我想最迟一定在今天晚上把梦的解析写出来。

一位年轻的女子讲，她每晚睡着以后，总是看见一个幽深的山谷里长着一朵百合花，她刚要采下时，突然一匹紫色的马向山谷跑来了，以后就什么都看不见了……她说，一个月来几乎每天都重复着这个梦，她总预感到有什么不安。

一位青年科技人员讲，每到晚上，总是梦见自己的博士学位没有到手，考试砸锅了。他在梦中也清楚地反驳自己：学位证书不是早就锁在抽屉里了吗？可他还是吓出了一身冷汗，久久不得成眠。

这时，电话铃声清脆地响了起来，好像是奏出的晨曲。我这才发现原来我一夜未眠，却没有一丝的倦意。

"喂，您是希望热线？我就是昨天晚上给您打了一个长长的电话的那个人。吁，你已经听出来了。是的，我翻腾了一夜没有睡着，心里有些话想告诉您，您真不愧是心理医生，使我封闭的心开了窍。

"现在，现在我好像变成另一个人，我的心变得轻松了！您的启发让我想了一夜，我这是第一次这样认认真真地想自己走过的路。我现在突然明白了，我之所以把事情看得像天塌下来了，就是因为我失去了自己的支撑点，在围着丈夫转的习惯里，把自己降低到零，甚至是负数，就这么一直糊糊涂涂地过来了，一晃四十岁了。

"现在，我不再觉得年岁可怕了，因为我明白了，真的，一旦自己明白了，什么事情都变得透亮了。从明天起，不，从现在起，我就重新去找回失去的自己。对，对，我还需要再好好规划规划自己。您还愿意再听我的唠叨吗？这……这太使我感动了。

"大夫，我昨天想了一个问题，可就是想不通。是这样：为什么现在的男人，一方面要妻子像旧时代的妇女那样贤淑服从，可另一方面又追求新潮女郎的万千仪态？"

"这就是社会的变迁。现在社会是女性角色多元化，这自然增加了相互比较的机会，也在不同程度上增加了夫妻感情的危机。当代妇女实际上扮演了一个十分艰难的角色。"

"那……那我们该怎么办？"

"接受挑战。"

"是的，大夫，我想我能面对生活，谢谢您。"

"不，我应该谢谢你，通过与你的交流，我心更热，更清澈了。"

"大夫，我……我很想成为您的朋友。"

"我们不是已经是朋友了吗？"

放下电话，我推开窗户，鲜洁的空气流溢一室。我把视野投向窗外，整个天空染满了淡淡的蓝色。天上有一片云彩在飘浮，没有风，没有雨，这是一片晴朗的天空。

渐渐地，朝霞散布着柔和的红晕。

太阳从遥远的地平线上升起，又好像从一片云底宁静地浮出来，发出清爽的光辉。

在太阳还没有出现的时候，世界一片阴暗。我几乎没有勇气举步。太阳对人们发出一种清明圣洁的光辉，我的心也就在刹那间变得饱满和快乐。

在金色的朝霞里，那模糊、苍莽、辽阔的大地也渐渐清晰，散发出芳香温润的热气。这时的宇宙向我展示了一种燃烧的、无法触及的美丽。

啊！这是一片火热而美丽的土地。

当黑暗消失时，人们又重新找回了这片土地。

*原载于《当代》（1990.6）*

# OK黄昏

七十岁的玉妹靠在椅子上,望着洋炉子上翻滚的雪白雪白的豆腐块足足有一个时辰没有动窝,脑子里也好像在翻滚着什么。黑亮的炉盘上放着的那碟暗绿色的韭菜花,突然变成了一片绿地。

"看,我种的扁豆都爬到你的屋檐下了。""还有丝瓜呢!"

是他,是他的声音。那声音好像是一束阳光,透过树叶落到玉妹眼前的这片绿地上了。他斜卧在草地上,正要说什么,一会儿便模糊又消失了。玉妹枯瘦的手胡乱摩挲着缠着绒布的椅子的扶手,"唉,谁能带我去见见他呢?多少年没见了,也许是最后一面了,他的病……"

玉妹又闭上了眼睛,于是眼前又呈现了一个冬日黄昏的景象:

一扇厚重的铁栅栏,横在眼前。玉妹轻声细语地说:"走吧,走吧,不然又让孩子们看见了……"隔着铁栅栏对面站着的是他,用手指吃力地抓着冰冷的铁条,一句话也说不出来,好像被这漆黑寒凉的冬夜吞没了。

玉妹走了,踽踽地走了。天上一轮惨白的月亮,洒着清凉寂寞的寒光,没有风,也没有星星,一切都像死去了一样。

突然，从夜的深处传来了撞击铁门的一拳一拳撕裂人心的声音，玉妹陡地收住了脚步。那声音突地沉寂下来，她擦了擦流出的泪水，迟疑了一会儿，终于，又费力地挪动了晃动的身影。那铁门轰地发出了破碎的吼声，他的手在一滴一滴地滴着血……

玉妹踩着飘忽忽的影子，渐渐地裹进了深深的冬夜。

啊！二十年了，从那个夜晚以后，玉妹觉得自己生命的河流已不再流动了，生命的列车缓缓地向漆黑的夜里挪动着。偶尔有粉粒般的小雨点从破碎的玻璃窗里飘进来，栖止在她的脸上。她一阵寒战，她的背后是无边无际的黑色的海洋。

二十年前，玉妹和他同住在一个院子里。那是北京最典型的四合院。他们彼此看着各自的孩子一天天地长大，戴红领巾、放风筝、吃糖葫芦、上中学、领回第一次的工资……他们也深情注视着彼此失去老伴的悲哀和孤单。

下雪了，院子里铺上了一层厚厚的白地毯，有多少个冬天来了又去了。是开始，是结束，还是重复？生活因为变化使人觉得美丽，可又什么都把握不住。

枯干的枣树在寒风中瑟瑟地倾洒着细碎的雪花。

玉妹早早就起来了。雪天使她快活了。她戴上了那顶自己一针一针织起来的淡藕色毛线帽，扫出了一条弯弯的小道，直通到他的门前。他站在台阶上，手里拿着一枝蘸满雪花的枯干的柳枝。"好大的雪呀！"他说。玉妹转过脸说，"是好大的雪。"

巷外，传来了沉重的车辆碾过雪地嚓嚓的声音。

玉妹房里的烟囱白烟袅袅溢出，时而还迸发着火星，一会儿又飘来了棒子面粥的香味。

他沿着弯弯曲曲的小道踱着步，走到枣树下，用力敲击着。雪花纷纷扬扬飘落下来，落满了他一身。他在院子的中心堆起了一个雪人，足有一人多高。

# OK黄昏

雪人有着一对黑黑的眼睛，还戴上了一个大大的草帽。有几只小鸟叽叽喳喳地叫着，毫不害怕地停在雪人的草帽上。雪人露出了平静的微笑。他也快乐地笑了，于是，雪人及他的笑声都嵌进了玉妹那宁静的小窗。

中午太阳出来了，雪人悄悄地融化了，屋檐下滴着残雪滴滴答答的声响。空气中荡着一种潮湿的香气，一下子，你会觉得好静、好美、好香呀！

他在炉火上煮着茶，茶的热气给玻璃罩上了一层薄薄的雾。隔着雾气，玉妹把一串红红的辣椒，斜挂在铺着白雪的屋檐下，阳光下显得分外娇红。

玉妹拉开了花格窗帘，水仙映在玻璃上，绿生生的。空气有点像一杯融化了的薄荷冰淇淋，凉凉的，透明的淡青色。

还有一只喜鹊落在屋顶的树枝上，喳喳地叫着。它们在说，"冬天快过去，春天就来了。"

春天是开花的季节。当春花戴在人们的头上，开满一树又一树枝头时，人们会勇敢地肯定生命，或者还有爱情。

玉妹在一家工厂当了快三十年的检验工。当光荣退休的镜框挂在墙上，突然，她一阵辛酸，使劲吸了一下鼻涕才没有流出来。她对铺在她跟前的曾经盼望的退休日子，突然感到不知所措了。对过去所经历的风风雨雨的岁月，和女工为质量争吵哭鼻子、怄气，为超赶产量她连夜加班，累得她犯了眩晕病……永远不会再来了。这时，她才真正地哭了。在退休的欢送会上，一杯告别的酒，一席告别的话，她踏着姐妹们的掌声走出了工厂，离开了她倾注三十多年心血的家——这也是玉妹心里的一个家呀！她走在大街上，心里空荡荡的。她拖着沉重的脚步回到了四合院，突然觉得这院子太小太小。当她停止每日早晚两点一线的生命的流动，才真正意识到过去的日子永远不会再来了。

玉妹终于清闲下来，可清闲的日子原来并不容易打发。床头桌上，一伸手就够得着的地方，她总是放着毛线针和毛线，一边织着，一边回想着那些零零碎碎的日子，那条坑坑洼洼的路……

丈夫过世以后，她一个女人家拉扯着一男一女，供养着他们吃喝穿戴，上学读书。孩子们从头到脚都是干干净净,整整齐齐的。两样面的发面馒头、包子,调着样地给孩子们做。虽说鱼肉只有年节才能上桌,可豆腐、虾皮、咸带鱼可没让孩子们亏过嘴。入冬,腌上一缸雪里蕻,这一冬的咸菜就算有了着落。玉妹怕孩子们吃腻了,总是隔三岔五地在炒雪里蕻时,放上两三毛钱的猪肉末,或扔上一勺黄豆。孩子们总算毕业了,也终于有了一份自己的事由。唉!那可真是一段难走的路呀!可自己也就这么咬着牙走过来了,眼睛看着自己两个一天天长大的孩子,浑身热乎乎的。

  累,真是累了一辈子。原打算退休以后享享清福,可不知怎么的,就是打不起精神来。玉妹寻思了好些日子,终于明白了一个道理——人原是不怕受累的,只要不停地往前奔,心里才亮堂。窗外传来了一声:卖!豆!腐!玉妹抬起头,那声音悄悄隐去了。只有阵阵秋风从窗外飘来。她疲倦地坐下来,疲于一个又一个的思绪。

  就在那一年,他也退休了。自从他的孩子给他袖口缝上了那块黑纱,他的步履就变得缓慢了。长长短短的烟蒂塞满了烟灰缸,也塞进了一腔苦涩和孤单。他经常一个人,走在长长的幽暗的胡同里,扑朔迷离的灯影中。

  玉妹的手微微有些颤动,脸上浮起了一抹在她这样的年龄不多见的微笑;嘴角稍稍翘起,睫毛垂下时,脸上微微泛起了红晕。

  窗前,一阵风带来了秋的尘沙,掠过窗口和窗外的老树和紫藤。巷外,传来了沉重的车轮驶过的笃笃声。

  屋里铺满了一地的阳光,闪着刺目的光耀,像是一地碎金属。玉妹也许睡了,也许没睡。时而,觉得周围是一片无云的天,一片微裂的土地。时而,又陷入深沉的回忆。她听到了震耳欲聋的寂静,眼前流满古老的月光,日复一日的盼望和兴奋把人胀死。古老的时钟敲击着沉闷的空间,在流失的岁月里徒然等待着一个未知。

玉妹看见自己穿着那件蓝底白花的小褂,坐在院子里的石阶上,无心地一根一根地摘着扁豆。他从玉妹的身后绕过,蹲在她脚边。玉妹悄不作声。过了好一会儿,他拿起一筐扁豆,"怎么,我摘的扁豆没有筋呀!"玉妹低下头笑了,手里慢慢理着那又细又长绿得如丝的筋条。

"玉妹,你觉得一天的日头落得快吗?"他望着玉妹的侧脸。玉妹愣了一会儿,扁豆在手里已攥出了水。她一起身,掀起竹席子便回屋了。手里茫然地抓着桌上的那团毛线,不知什么时候,那团毛线已乱得扯不开了。

她挨过了一个混沌而迷乱的午后。她无心地撕下了一页日历。时钟又沉重地敲击着,天上飘浮着一个虚幻的月亮,窗外依然响着翠翠的秋风。玉妹将飘过心里的一切又悄悄地锁回心中。渐渐地,夜已深了。

也许是过了一些日子,也许并不很久,他在闪着红绿灯的胡同口,架起了一台磅秤。他坐在一个木凳上,望着一个个女人、男人、老人、儿童,稳稳地站在体重秤上,"我多少斤?""我胖吗?""我的体重标准吗?""哎呀,我又长了几斤肉?"当然,到这里光顾最多的,是那些打扮得花蝴蝶似的姑娘们。

"大爷,请问,秤一次多少钱?"

"一分两分都可以,不给也行,只是别忘了逛街时,到我这秤上站一会儿。"那声音沉甸甸的,说完这句话他便沉默了。他瘦高的身子,在闪动着各色霓虹灯的光影中,显得有些虚幻和摇动。

有一天,一个长得很有些像林黛玉的姑娘,站在秤上哭了起来。"姑娘,这……这是为了啥?""我过些日子就要参加模特考试了,可我的体重就是掉不下来。我急死了,急死了,我只想当一个模特。大爷,您经常量体重,一定知道有什么好办法吧?"

他一时竟说不出话来,半天才说,"别急着,姑娘,我回去打听打听,兴许……"

那林黛玉擦着眼泪,从秤上跳了下来。一本精装的书掉在地上,封面是娜塔莎·金斯基的半裸玉照。林黛玉似乎看出了他的疑惑，"她是德国性感明星，主演过《苔丝》，您看，她多像一个艺术品！"姑娘把书在他眼前晃了一晃，他竟有些不好意思了，赶紧张罗下面的顾客。

又过了些日子，那位崇拜娜塔莎·金斯基的林黛玉跑来高兴地告诉他，她的体重下去了。她兴奋地跳到秤上，"大爷，您要是不信，就看看秤！"

"哎呀，姑娘，你瘦得太多了。"他弓着腰，望着磅秤上的指针说。

"大爷，一位明星朋友告诉了我一个秘诀，每天只吃水果蔬菜，服利尿剂、兴奋剂，不能吃粮食。"

"哎呀！这可不行呀！这些日子，我读了一些书，也求教了一些人，知道减体重靠服利尿剂是糟蹋身子。利尿使人身体排泄水分，所以人就'抽缩'了，这是亏水呀，不，是亏了钾，人体缺了钾就会没有力气、烦躁呀！这可不行，姑娘，我看当不当模特没有要紧的，干啥还不一样，要紧的是身体。人又不是一个物件，我看你们年轻人，个个都像水葱豆芽菜似的，挺受看。对了，你托我打听的事，我一直挂记着，有个地方叫利生健康城，那里有个健美培训中心，还可以喝矿泉水，洗蒸气浴……我也叫不出什么名堂。"说着，他从书包里抽出一页报纸，"拿去看吧，这是我剪下来的。"

他就这样和南来北往的顾客搭着讪，看着人来人往，心似乎不那么憋闷，也不那样寂寞了。

日子就这样一天一天地过去了，好像伴着遥远的水车声。

有一天，玉妹买了一篮子芋头，在十字路口呆呆地望着他。他们相对愣了好一会儿，他才结结巴巴地说："玉妹，上秤上来量量吧！"玉妹摆了摆手，"不，不，我回去煮芋头。"

天晚了，顾客也渐渐少了。不远处的一个摊子上，插着一个用玉米秆编制的小风车，在五月的夕阳下，断断续续地摇着一支歌，像是他小时候听过的，那支村野的山歌。

他无心地站在秤上，望着磅秤上颤颤巍巍的指针。陡然间，他脸色变得异常的苍白,他软软地踩在地上,风车依旧唱着刚才的那支歌。

太阳落下去了,他推着一个小车,车子放着磅秤,他一步深一步浅地走进了黄昏。他没有抬头。周围是一个拥杂纷乱,满是车辆与行人的马路,霓虹灯变换着红红绿绿的光影。

晚上,玉妹无言地把一大碗蒸熟的芋头放在他的桌上。他伸出手一个一个剥着芋头的皮,把它们零乱地堆在地上,可他一个也没有吃。

那天以后,在那个五光十色热闹的街头,他和他的磅秤便无声地消失了。

并没有谁,在匆忙和潦草中认真地寻找或等待过他,他真正地消失了。

只是,他时常去寻找那风车的声音。

那是哪一天,可说不清了,只记得那天,风昏天黑地地刮着。一片灰暗的天空,窒息衬着几辆装满家具的大卡车——四合院的邻屋们要陆陆续续搬迁了,这里要盖起一座五星级的大饭店。风刮得遍地是黄沙,偶尔有几只野鸟掠过这座城市灰暗的天空。

卡车笃笃地响了起来,玉妹站在车下,手里捧着一件驼色的双圆宝针的毛衣,一步一步地走近他,那脚步有些打晃。他接过毛衣,低下头,无言地从胸口的兜里,掏出了一大沓厚厚的信封,放在玉妹的怀里。玉妹惊呆了——那些信封上已贴上了邮票,写好了他的地址,也写好了他的名字——王永收。

雨,带着飘着雪花的雨,无声地落在他们的身上、脸上、头发上。凉凉的雨水雪水,浸透了他们的皮肤,模糊了他们的眼睛。

玉妹的耳畔又响起了铁栅门的撞击声,一声比一声更强地震动她的心。她一阵心慌便睁开了眼睛,这才恍然大悟,是梦,是梦!一切都这么静,这么寂寞,寂寞得让人心里发空。她又闭上了眼睛,在等待梦,可梦没有再来,徒有灰白的、冷冷的四壁。墙上的月份牌上的日历,厚厚的,很久很久没有撕了,岁月堆积着厚厚的灰尘。

玉妹想说点什么，可她对谁说呢？

中午，儿媳妇推开门，把一碗米饭一碗菜放在桌上，说了声"你的"，转身推开门出去了。楼道里传来任何一点声音，都会使玉妹有一些快活。她望着儿媳妇急急乎乎走去的背影，刚刚启开的嘴又木然地合上了。她下意识地拿起了筷子，看着米饭和炒绿豆芽发呆。

她不再想梦中的事，她开始盼孙女岚岚放学回来。岚岚是唯一常常来这里的人，那不只是因为岚岚是奶奶带大的，还因为这里无拘无束，爱说什么就说什么。最重要的是奶奶时常给她钱花。岚岚爱吃零食爱买小玩意，什么狗熊呀、小兔呀、花篮呀，她还爱买小说杂志，《大众电影》一期也不落，床头柜上摆满了琼瑶、三毛、岑凯伦的小说，最近她的书包里总是装着席慕蓉的《无怨的青春》。最使岚岚放心的是奶奶从来不向妈妈告密。

玉妹是个节俭的人，可给起岚岚的零用钱一点也不吝啬，而是渐渐觉得是一种享受，因为孙女使玉妹感到还有人需要她，也许还因为孙女是唯一能让她知道外面世界的人。

"岚岚，给奶奶讲讲外面的事吧？"

"讲一讲我们班的事，你爱听吗？想起来了，奶奶，我给你看一封信。"岚岚从书包里打开一张纸，只见空空的信纸上只画了六个点。

"这？这是什么？"

"这是信呀，奶奶你没见过吧！"

"信？这是信？"

"这六个点代表六六顺，还表示要我回答他的问题。看，我的信也写好了。"说着，岚岚又展开了一页散发着淡淡香气的信纸，只见乳白色的信纸上画出了六个小小的圆圈。

"这……"

"这是我给他的回信。圆圈代表句号，也就是说我答应他了。"

"答应什么了？"

"我们一起去逛苏州街。"

"你们一起去苏州？"

"不，不是，是颐和园里的苏州街。"

"他？他是男孩子吧？"

"嗯，是我们班的同学，他是学校的足球明星，他还给阿根廷球星写过信呢！我们都叫他马拉多纳。"

"岚岚，你还小，该收心念书，不可以交男朋友呀！这可是大大不行呀！"

"奶奶，我交个男朋友有什么不好？我们班女生差不多都交朋友了。我有好多话不愿和爸爸妈妈说，更不能和老师说。妈妈像个保姆，老师像个片儿警，可和他一说，他能理解我，我心里就痛快了。"

玉妹戴上了老花眼镜，疑疑惑惑地端详着这六个排列得整整齐齐的圆圈，像是看着一个怪物。

"奶奶，我想问您一个问题，您得老老实实告诉我，行吗？"

"你这丫头，说起话来就没大没小的。"

"您这辈子有没有想过要和一个人，一起出去玩，可又怕别人说？"

玉妹的心好像突然被飞虫咬了一下，一阵痉挛，她的脸上立刻漫起了一层浓浓的抑郁，接着，一阵红潮又泛在她那干枯的脸上。过了片刻，她才注意到岚岚一直在看自己，连忙说："不，不，没有，没有。"声音是涩涩的、干干的。

壶里的水蒸腾着热气，屋子里立刻显得有些发堵。玉妹推开窗子，一阵风像一位不速之客飘飘忽忽地撞进了屋子。落在街边的一株枯树，原以为枯死的老树，树枝上竟含苞着小青芽，包含在褐色的衣叶里，土地上也好像散发着潮湿的春的泥土的气息。玉妹有些恍惚，轻轻地叹了一口气，便斜靠在椅子上。她挪开了炉子上那沸的水壶，压上了炉盖，可那火旺得还是一个劲地向上窜。忽忽的火苗，真是要把火炉盖冲开。

岚岚把红毛衣一脱，说了声"太热了"，就倚在奶奶的怀里了，"好奶奶，乖奶奶，今天给我两张大团结吧，我要给同学买生日礼物。"

"买什么礼物要二十块钱？"

"奶奶，您老不上街，二十块钱只不过买一张半生日音乐卡。"

"过去，二十块钱是我们一家人半个多月的生活费。"

"不听！不听！"岚岚连忙用双手堵住耳朵，像是要哭的样子。

玉妹心疼了，赶紧从抽屉里拿出了二十块钱。岚岚麻利地把这两张崭新的大团结，妥妥帖帖地塞进了一个带链子的好看的钱包里。玉妹摸着岚岚的手，"看，让风吹的。"说着，又掏出了十块钱，"买双手套吧！"

岚岚得意地扬扬眉毛，又高兴地提着那个闪着亮光的金属链子，钱包立刻发出了清脆的响声。她跳着推开了门，唱着歌："我不是你们说的那种坏小孩，也不是你们说的那种乖小孩，我现在已经超出你们的时代，请你们替我想想，这是属于我们的时代……哦！哦！哦！我不是个坏小孩。"

玉妹挪动着身子，凑到玻璃窗前，直望着岚岚那跳动的蝴蝶结消失了。蓦然间，玉妹的心里又漫起一阵莫名的惆怅。

玉妹坐在屋的一角，默默地。手里的小勺慢悠悠地在杯子里搅着一团糨糊似的藕粉。

她觉得这屋子变得好空，天花板吊得老高。空旷的四周有种压迫人的感觉，空气也懒洋洋的，充满了睡意的朦胧。

过了好一会儿，玉妹好像被一阵风刮醒了，慢慢睁开了眼睛，原来自己一个人孤独地待在屋子里。当她一靠上吱吱作响的椅背时，宛如又陷入梦境，常常把朝辉看作黄昏，黄昏又变成了黑夜。

玉妹的手又一次触到了胸口的内衣兜，立即发出了簌簌的声响。她便觉得这声音正贴在自己的心上，不由得心口又猛然悸动起来，扑扑地跳着，使她的身上泛起了热潮。是他，是他，是他写来的信，不就紧贴在自己流动的血脉上吗？信上说，他得了重病，很想见玉妹一面。唉！人活一辈子不过是几十年，为啥不能顺着自己的心,去做自己想做的事,去要自己想要的?他说这几年心里闲得难受,读了一些书,最爱看蔡志忠的漫画,其中有关禅说的一段,他还抄了下来。玉妹反反复复看着:"生时应以生的立场去享受生的美妙,不必担心死后的世界。今天就以今天去过活,不必为明天忧愁,明天自有明天的忧愁……"

玉妹自从前几年在街上被自行车撞着以后,一晃好几年,没敢自己上街了。

有一年春天,她拄着拐杖站在马路边上,看见呼啸而过的摩托车,密集得化不开的自行车队如流水似的往前涌,就好像自己被龙卷风吹跑了。再看见不少屁股不着车座的后生,火蛇似的快速窜过任何一个可以利用的间隙,玉妹不由得心惊肉跳,冷汗直流。

从此,玉妹就躲在自己十二平方米的小屋里,以收音机、电视机为伴,既缺乏活生生的人,也听不到有声有色的流动的话语。这里没有院落就不必多说了,就是同住在一个楼门的邻居,也是一年碰不上两三面,就是碰了面至多不过是潦潦草草地点点头。

家家户户都装上了结结实实的大铁门——防盗门。整日整月整年地紧闭着冒着寒气的防盗门,形成了一个个封闭坚固的小堡垒。一踏上楼梯,你的腿肚子就直转筋,脚心也发凉,不由得产生了一种戒备冷漠的情绪。现代的楼房似乎阻隔了人与人之间的亲情、关怀和温暖。

玉妹永远怀念那个四合院,那是她心里的一个故乡。每当她一踏进四合院,就有一种安适如归的亲切感。家家炒菜的香气在院子里弥漫着,水龙头哗哗的流水声,让人心里那么透亮。病了,有邻居照顾你;家里有了事,有邻居为你出主意想办法;谁家做了新鲜吃的,家家都能尝尝鲜;米饭烧焦了,有人替你关上火,还在米饭里插上一根葱。家家户户的门是敞开的,窗户也是亮亮堂堂的。每当卖豆汁的老头一声吆喝,院子的老少都热热闹闹地往胡同口跑,你拿锅,我拿碗,不仅买回了热气腾腾的豆汁还有芝麻酱烧饼和焦圈。

到了夏天,就别提多开心了。晚饭一吃过,邻居们都坐着小板凳,抱着大蒲扇,沏上一壶浓浓的茉莉花茶,围着那棵大枣树,天南地北地拉扯,直到把心里的话都抖落得前心贴后心了，再看着满天的星星，心里真是舒服呀！

儿子走时的脚步声和说的话，犹如一根刺还留在玉妹的心里，使她好像发烧一样难受。

"妈，您可让我真没法子，您就不能踏踏实实在家待会儿，非给我添乱！一居室的大北屋让您住着，二十一寸的大彩电让您瞧着，双卡录音机让您听着，冬天怕您冷着，有暖气还给您生个炉子，夏天怕您热着，大落地扇来回摇头呼呼给您扇着，够现代化了吧！饭菜做好了对着您嘴上，您不就静等着享清福吗？……多造化呀！您，您是不是转不开磨盘了？再说了，您也是七十岁的人了，唉，我就不多说了，再说怕您脸上挂不住了……反正，我是没有时间带您去看他，这么大岁数了，敢情心还不死呀……"说着就大步流星地走了，那姿势好像在说，这事打今往后不许再提，再提你就不是我妈。

玉妹觉得嘴里泛起了一阵苦味，两滴泪珠蜗牛似的，缓缓地、沉重地从她的眼睛里淌下来，顺着眼角直流。

女儿把点心盒子放在桌上，"妈，您叫我来有什么事？"玉妹拍了拍椅子，女儿坐下后急忙问："什么事？您快点说，我还得为孩子升学的事找路子。孩子不争气分数不够线，要上个重点中学得交出一万块钱！我怎么也得想法子把孩子从泥坑拽出来。唉！将来上不了大学怎么办？找工作难呀，当个体户赚黑心钱，可咱们家祖坟上没长这根蒿子……"女儿絮絮不休地说，似乎忘记了玉妹的事。

玉妹的嘴角微微翕动了一下，低下了头，叹了一口气，隔了好大一会儿才慢吞吞地说："你王大伯得了重病。唉！人活一世，草木一春，你能抽个空带妈去看看他，也了了我一桩心事。"声音有几分悲哀，也有几分祈求。

女儿愣了一会儿，随手把点心盒子向桌子中间推了推，"妈，原来是这档子事呀，我还以为是什么呢！妈，不是我不带您去，是现在北京的交通不比十年前了,街上就像开了锅一样,人像煮饺子,车像煮片汤。每天这上下班,眼睛都不够使的,生怕一个闪失。妈,您在家里不是待得好好的吗?何必往心里添堵,再说,您也是七十来岁的人了,瞎掰的事甭想……"

女儿走了。

玉妹想着透过树叶照在屋里的那束阳光,不知什么时候暗淡下来了,屋子笼罩在一片昏暗之中。她只隐隐感觉出一些模糊的死气沉沉的轮廓。

玉妹的心空空洞洞的,茫然地抓住椅子的扶手,椅子时时发出咯吱咯吱的响声。玉妹突然觉得自己像是一个破旧的家具被搁置在屋的一角。她心里又一阵发愁,手抖抖地从口袋里掏出了一片药含在嘴里。

玉妹闭上眼睛又进入了漆黑的夜晚:耳畔阵阵传来了麦场上的风声,一会儿又变成了一片金黄的玉米地,水车在田野旁呼呼地响着,她唱起了一支歌……玉妹突然有一种微妙的感觉,一种温热拥在她的怀里,又逐渐沉浸下去,恍恍惚惚地。

门开了,一只手轻轻地左右摆着,"奶奶,我回来了。"这熟悉的声音竟使玉妹兴奋地站了起来。岚岚看见桌子上放着一杯橙黄的橘子水,一步上去捧起杯子一口气就喝干了。她大口喘了一口气,又舔了舔红红的嘴唇,就坐在桌子旁,把肘子支在桌上,手掌托着被头发遮住的两腮,望着奶奶。她把大拇指放在颚下,其余的四个纤细的手指,则伸到耳朵后面,像弹琴似的轻轻打着后颈。

玉妹经常这样望着岚岚,这已变成一种习惯,也是一种享受。

可今天这目光中突然升起一缕光明,这光明使玉妹的心变得亮堂了。

"岚岚……"

"奶奶,您今天怎么了?是不是您刚才哭了?"

"没……没……奶奶的眼病又犯了。"

"不，不是，奶奶您骗我，明明您的眼睛红红的，像是刚刚流过泪。"

玉妹笑着用手帕擦了擦眼睛，可笑得很勉强，也很苦，岚岚从来还没见过奶奶这样笑过。

"奶奶，我有什么事都告诉您，您有什么事也应该告诉我，我肯定不告诉爸爸妈妈。"

"唉，有什么事呢？不过是一个从前的老街坊，来了封信——这信是你爸接到的，过了半年才转给我。你说，他忘了这封信的事，前些天才想起来的，唉，这就不多说了。我们在一个院子里住了几十年，现在信上说他病了，我理应去看看。我们一块儿处得也不错，可有年头没看见他了，真是很想见见，叙叙旧。"

"奶奶，他是个男人吧？"

"这……这倒不分什么男的女的，街坊住在一个院子里好几十年，总是有些感情的。"

"嗯，我知道了，他肯定是个男人，他长得帅吗？"

"唉，有啥帅不帅的，老人就是老人的模样。"

"不，我想知道你们刚认识的时候，他长得什么样？"

玉妹摆了摆手。

"奶奶，你们一起看过电影吗？"

"哎呀，岚岚，你扯到哪儿去了，街坊就是在一个院子里说说笑笑，有事互相帮忙，怎么会到电影院去呢！"

岚岚把垂在肩上的一绺头发，放在草莓一样红红的嘴唇上，她轻轻地吹着气，那乌黑的发丝轻轻地飘起来又落下了，落下又飘起来了。她的眼睛忽闪忽闪地，像是早晨的星星。

岚岚不再说话了，玉妹也沉默了。

"岚岚，明天是星期天，你要是功课不忙，带我去看看他，行吗？"这声音带着一种飘忽的颤动，好像稍微一用力就会破裂。

玉妹叮嘱岚岚回自己的房间，把功课做完，明天一早相约而去。

玉妹沉甸甸的心突然变得轻松了。她在屋里来回慢慢踱着步，渐渐地，她觉得自己的两只脚及整个躯体都在泛着一种温热，她的脸也微微有些潮红了。

她从衣柜里翻出了那件蓝底白花的中式罩衫，披在身上，又把那顶淡藕荷色的帽子戴在头上。望着镜中的自己，她愣住了。过了好一会儿，脸上微微有了些笑意，继而心里又泛起一阵辛酸，脸上的红晕也渐渐消散了。

冬天，没有黄昏，夜便悄悄掠过了，窗外的树在风中响着，很好听。玉妹走到窗前，望着那满天的星星，好亮好美呀！玉妹想起了什么。

吱——旋转暗锁，咣当——门打开了，进来的是岚岚的妈妈。她把一束带麻点的香蕉放在桌上，便坐了下来，脸上浮着一些隐隐的不悦，"妈，听岚岚说，你明天要和她一起出去。这恐怕不行。一来您年纪大了，出门我们也不放心。二来岚岚要准备考试，她本来就贪玩，成绩也不好，明天我得看着她一天，让她老老实实在家复习功课。您有什么事可以让岚岚爸爸替您办，不就是去看那个姓王的大伯吗！这事好办，让她爸给送盒点心就是了。"说着，转身就把门咣当带上了。

玉妹的心陡地沉落了，沉落到深渊，它好像不会跳，不会哭，也不会笑了。她惨白的脸痴痴的，像个木刻的塑像，手里一直攥着那顶藕荷色的帽子。

窗外的星星还是亮亮的，美丽的。

夜愈来愈深地浸入玉妹的小屋。

夜里，西北风恣肆地吹着，好像要把房屋和树木都连根拔掉。玉妹不想去睡，也没有睡意。她靠在椅子上，身子紧裹着一件大衣，她不仅感到彻骨的寒冷，还有一种莫名的恐惧，她的脑子里在翻卷着一层层的黑浪。

玉妹扭亮了台灯，灯光便烘托出一片昏暗的颜色，那灰暗的墙像是一块空空洞洞没有颜色的调色板。

不知什么时候，玉妹的一只手又贴在自己的胸口上，时而发出一两声寨窣声，这声音衬着这漆黑的夜，显得单调而凄凉。

她看见灯下自己的影子,那是一个真正的老人的身影。当此刻她意识到自己已经是七十岁的老太婆时,却有了与以往不曾有过的意义,好像发生过的一切都不过是梦,是梦!七十岁,生命就像一个烂熟的苹果,没有滋味,没有明天,也没有过去,儿女们的态度不就是一面镜子吗?她叹息着,仿佛那些清明的岁月和那些忙忙碌碌的时日,往事都已是一片模糊的烟云,而现在、今天,所给她的只是愈来愈深的寂寞与孤茕。

她从兜里拿出了那封信,双手捧着放在膝盖上。也不知过了多久,好像生命经过了一次蜕变。她缓缓地打开抽屉,郑重地拿出了他写给玉妹的最后一个信封,在桌上又铺平了一张白白的纸……

他,他来了。两道冷冷的银色的细流,从玉妹的脸上淌下。她不想立即擦掉,她怕当眼泪擦掉以后,就看不见他的影子。

他背着鱼竿和玉妹一起走在长满绿草的河边。走啊,走啊,四周静悄悄的,空气清爽极了。他们不知疲劳地向前走。树林愈来愈苍莽了,树木幽邃,深不可测,像是一个有知觉的、郁闷沉思的老人,难以进入。天愈来愈黑了,天上只有星星。玉妹挽住他的手说:"天黑了,我们该回家了。""我们的家是在那儿。"他挥了挥手,指着前面的那片广阔无垠的土地。

土地上长了一片金黄的麦子,树上挂着一串串紫红色的水果。在河边有几只雪白的山羊在饮着清冽的水,咩咩地叫着。那绿草地绿得像翠绿的宝石,一直伸到天边。

在这片散发着泥土芳香的土地上,好像有种什么东西在挣扎、在升腾、在冲向黑色的太阳。

玉妹的胸口一阵发憋,嘴里含着一粒速效救心丸,可脸上却泛出一抹金色晚霞似的光晕。她一直沉浸在这个梦,这个绮丽的梦里。

渐渐地,玉妹身上那种没有着落的感觉已经消失了。当第一道晨光和煦地洒在她身上的时候,她明显地感觉到自己的体力充沛起来。她推开窗子,一股清凉的风流溢一室,屋子里浮荡着一股浓浓的春的气息。她闻到了槐花的香气，春已挂在树梢枝头了。她笑了，她觉得自己真正地又活了过来。于是，玉妹的眼前又出现了梦中的那条河，静静地在童年的村前流过。水边，是那样清亮，将澄蓝的天，同上面偶尔飘过的碎云，都拓印下来。是收获的季节，点缀着金黄的麦穗。马儿的颈际响着悦耳的铃声，就像这小河的水流一般的清亮。那河，那湖，那水，还有他的身影都溶漾在玉妹的心湖。

于是，生命变得年轻了，变成了一杯醇醇的香酒。

当玉妹对着镜子，觉得一切都妥帖了。一个愿望，竟如此简单又如此坚定地填满了她的心，她变得轻松喜悦了。

玉妹像往日一样沏了一壶黄山云雾茶，那清淡的香味让她舒心爽气。她慢慢地品味着，又像品味着一个神圣而伟大的决定。

这时，隔壁房内的收音机又准时播音了，玉妹断断续续地听着：什么伊拉克下着黑雨，海湾环境污染，海里的鱼死了，鸟也死了，伊拉克的城市没有水没有电……多国部队进行轮番轰炸，还有什么飞毛腿导弹呀……玉妹长叹了一口气，这世界还真不消停呀！一会儿，又传来了舞曲，"小姐，请您跳一个舞可以吗？哦！您的舞姿太美，您的服装太飘逸太迷人了。请问小姐，您的时装在哪买的？这是华表时装，地址在和平里东街青年沟……万家乐洗碗机给你的生活增加无限的柔情蜜意。"

玉妹半闭着眼睛，微微掀起了茶杯盖，轻轻吹着飘起来的茶叶……早晨起来，请您沏上一杯金华茉莉花茶，金华茉莉花茶会给您的一天带来新意。玉妹的脸上浮起了笑意……小谢，你怎么了？我感冒了，快吃一粒康泰克吧，早上服上一粒轻轻松松去上班，晚上再吃一粒安安稳稳睡个觉，一觉醒来，你的感冒就差不多了……你愿意有一头柔软乌黑的秀发吗？请认准华姿商标，谨防假冒，华姿、华姿、华姿……哥儿们，怎么不迟到了？厂里安了考勤打卡机，我都不敢，你敢？快走吧！完善牌考勤打卡机让你心服口服，地址在骑河楼沙滩……

各种瞬息万变和令人眼花缭乱、难辨真假的广告世界，让人心里乱得像结了个大疙瘩，解不开，抖不落。玉妹觉得这外面的世界和自己有隔世之感，尤其是这庞大的广告群体，玉妹听起来仿佛和神话聊斋差不多。

终于传来了女播音员甜润的声音：各位听众，您好，现在播送北京地区天气预报：今天晴转多云，南转北风，风力1~2级，最高温度15℃，最低温度9℃。这次天气预报是由20号预报员预报的。谢谢您的收听。

玉妹迈出了屋门，走在街上。外面的世界一下子开阔了，空气像展开的诗。

在胡同口，一个用自行车驮着两个麻袋的农民，蹲在地上吆喝着："换白薯，换白薯，甜得赛栗子的白薯。十斤粮票给您五斤，再多换再多饶，娶媳妇搭丫鬟，白给白饶喽！"

玉妹拄着拐杖沿着墙角悠悠地走着。这散发着土腥味的吆喝声让玉妹的心很舒展。她笑了。

再往前走，有几个鱼肉摊点。摊主们笑嘻嘻地张罗主顾。只见摊子上整整齐齐地堆着被肢解的鸡，鸡胸脯是鸡胸脯，鸡大腿是鸡大腿，鸡翅膀是鸡翅膀，鸡架子是鸡架子……都干干净净、顺顺溜溜的。透明的大玻璃缸里，游着活蹦乱跳的鱼。红红的萝卜、青青的菠菜透着鲜。

玉妹看着，走着，走着，看着，这盎然的生活气息，使玉妹的心热乎乎的。

穿过这条宽敞的胡同就是大街了。街上的人很多，大汽车、小汽车、摩托车、自行车、三轮车，鸣笛声、说话声，热热闹闹的。穿着五颜六色及各种款式时装的人流，在这充满快节奏的空间里，涌动着各种色彩，时而又从女人的头顶上飘来印着各种朦胧色的头巾，真像一片片游动的彩色的云，竟使玉妹产生一种幻觉。

十字路口，交通警察在忙乱地指挥着拥挤的交通，后面又堵上长蛇一样的车队。玉妹躲在安全岛上望着警察，是一张方正的二十几岁的脸，脸上水淋淋的，像是流着汗。玉妹心疼地想，这小警察早晚得患高血压呀……

越过了马路，走进了西门圆环，斜前方公共汽车站已在望。恰好一辆302驶过来，只见公共汽车身挂一个横幅——弘扬雷锋精神。玉妹想了半天，今天是什么日子？她记不清了，只知道这是个三月，是春暖花开的好月份。

车慢慢驶进站，便听见售票员拿着扩音器从车窗探出头来，"大娘，不要着急，请哪位年轻的同志搀扶着老人家上车，谢谢您了。"

车上的人很多，可一上车就有人给玉妹让了座位。玉妹的心里很愉快。售票员是个脸儿红扑扑、嗓音很响很脆的姑娘，对着扩音器像唱歌似的，一遍又一遍地说："在我们社会主义国家里，老人受到尊敬，儿童受到爱护……"玉妹坐在座位上竟有些不好意思了，她的心里暖暖的。她望着窗外，一幢一幢高耸的楼房，一条一条拓宽的马路，一排一排绿树成荫，她感到新鲜陌生。她一阵阵心跳，跳得很快活。

就这样，玉妹又换了一次车，十一点的时候，她到了终点站。

玉妹随着人流走出了车站，便坐在不远的一个台阶上。对面有一扇大玻璃门，兴许是一个还未开张的商店。她望着玻璃上自己模糊的影子，端详了好一会儿，把飘在帽子外面的两绺凌乱的头发，仔仔细细地塞了进去。玉妹左右环顾着欢乐热闹有色彩的人流，不由得产生这样一种感觉：人们都在匆忙地走自己的路，对周遭的世界表现出一种超然的冷漠。玉妹也似乎体验到了一种热闹中的宁静和自在。她伸了伸腿，轻轻地在地上敲了敲拐杖，那腿便又觉得长了几分力量。她心里好松快呀！她记得只要走过一座小石桥，再穿过一条窄长的胡同，出胡同口有家夫妇开的豆汁铺，再走上一会儿就可以看见他了。

她走上了这座小石桥，向桥下望去，湖水已经干了。记得她第一次和他走在这石桥上时，桥下满是翠绿的荷叶和粉红色的荷花。她还听见桥下款款的、细细的流水声。晚上，河上有几只小船，小船上还点着莲花灯。

"我们到湖上去划划船吧！"他说。

"以后吧，天都黑了。"玉妹说。

"以后？以后就怕这湖水会干的。"

现在，这湖里的水早已干涸了，只见河底裸露着碎石、乱瓦和枯草。那枯黄的草在初春的风中不安地抖动着，看不到一点绿意。

玉妹的脚步愈走愈慢，愈走愈倾斜。她扶着白石桥的栏杆，愣愣地望着桥下，那目光是恍惚和茫然的。

玉妹的步伐已经疲惫和沉乱了，她走着，找着，走着，找着……却怎么也找不到她熟悉的地址，只看见前面有一条宽宽的沟，正在施工，好像正在安装什么管道。不，不只是管道，还有砖瓦乱石，看样子还要拓宽马路。

玉妹总算找到了那家豆汁铺，可又不敢相认，那门上的大招牌明明写着："粤菜，生猛海鲜，不吃不知道，一吃忘不掉"。

玉妹看见一个年轻的后生站在门口，连忙走过去，"打听一下，这地方原来不是一家豆汁铺吗？"

"早就关张了，现在店主是咱。"那后生挑了挑大拇指，用地道的京腔说。

"关张了？"玉妹愣了好一阵子才寻思过味来，又问，"那原来的罗圈胡同4号，怎么找不着了？""拆了，拆了。"那后生干脆地摆了摆手，转身便要进去。"小伙子……"玉妹一时不知说什么。"您干脆进来吃点东西，看您呼哧带喘的。"那后生转过头嬉笑着说。

"先，先喝口茶吧！"玉妹拥在桌前，心里被压得喘不过气来，低头看见满地铺着的是花格图案，带色的各种壁灯。玉妹好像看见了一个一个的惊叹号挂在墙上。她的双手搓着茶杯，似乎很冷的样子。

一会儿，端来了一碗猪肝面，上面盖着两根绿绿的菜。伙计说那是芥蓝。玉妹机械地举着往嘴里送，却吃不出味来。

那一年，玉妹和他坐在这里，店主肩上搭了条白羊肚手巾，笑盈盈地端来了两碗热豆汁，还有两小白磁盘咸菜丝，有点酸味，也有点辣味，切得细细的，很受看。那焦圈，就更别提多让人心疼了，炸得不愠不火，金红脆薄，夹在层次分明的芝麻粒盖面的芝麻酱烧饼中。两个人对面喝着热豆汁，心里就甭提多舒服了，就像心口贴了块暖心的膏药。

现在，那味道哪去了？找不到了吗？玉妹的眼睛一热，两滴泪悄悄落在碗内的绿色芥蓝叶上。玉妹又想起了那桥下的荷叶，那夜晚河上的灯光……

她不知道是怎样离开这家饭铺的，更不知道自己又是怎样走到刚才过来的这条大街上的，只是觉得一切都变了。在这条街上听不见声音，也看不见色彩，仿佛是一片空空的沙漠。她在街上发呆，想，想，想……过去的都过去了，心里突然有了一种巨大的怅然。玉妹第一次买了一盒烟。她抽了一支，苦苦的，便把烟盒慢慢地捏碎了，扔进了垃圾筒。而后，她走了，若有所失地沉重艰难地举步。她突然不知道自己该去哪，是要回家吗？那家是什么？是一个人倚在窗前，看着早晨到黄昏长长的影子吗？

旧历年，儿子一家人在楼上的单元房里热热闹闹地过大年三十。一阵阵噼噼啪啪的爆竹声，在人们的欢笑声中炸裂着。儿媳妇端来了一碗饺子，还有一盘鳝鱼炒韭黄，"妈，我们屋里来了几个朋友在搓麻将牌呢，您一个人享享清福吧！"那持续不断的鞭炮声，啪啪地响着。人们在笑，在唱，那笑声逐渐汇成一股汹涌的波浪，震撼着玉妹的小屋。

她一个人，一个人守着一架电视机，度过了一个又一个年三十的夜晚。她渐渐感到生命是个软软的、空空的、没有依托的东西。

起风了，街上刮起了一片黄沙。她想起小时候唱过的一支歌：我是一个毛茸茸的蒲公英，散布在田野里荒山上无声无息……

玉妹依着拐杖，斜靠在一棵光秃秃的老树干下。裹着黄沙的风，撕扯着她零乱的白发。她的腰好像此时也弯了许多。她看见天上飘零着许多的蒲公英，飘呀，飘呀……天上又刮起了一阵风沙，蒲公英被吹得无影无踪。这时，玉妹这个七十岁的老人，突然有了一种弃儿的感觉。这种感觉竟使她想到了死。生与死只隔着一道浅浅的、无声的屏障。那是一个简单的世界，在那个世界里也许会有一种永恒的安宁和温暖。在那里，人是不会感到孤独的。

玉妹在恍惚中踽踽地走着。她只是走着，不再去想，也不愿去想。她觉得天上又飘来了几枚蒲公英，在风中打着旋，飞旋在三面是黄土高坡的草地上。一只什么鸟，栖息在树上。玉妹走着，走着……

不知什么时候，一阵人潮一阵喧嚣像海浪般淹没了玉妹。只见两位穿着红色长裙，脚蹬长筒高跟皮靴的年轻小姐，站在一家店铺模样的台阶上，看上去好惹眼，真是人比花艳。她们手持扩音器用娇滴滴的声音说："今天是紫玫瑰歌厅的'红色星期天'，敝歌厅免费为来宾提供方便，其中包括免费酒水，请诸位来宾光临。愿紫玫瑰歌厅成为您的亲朋密友，愿紫玫瑰歌厅为您提供一个自由温馨的天地。接下来，我再向诸位介绍一下敝歌厅的特殊优惠服务：单日要票，双日赠票；男性要票，女性免票；鲜花、果盘及各种酒水样样俱全……"

玉妹随着涌进的人流，不知什么时候也走进了这家歌厅。

屋子里很暗，窗子垂挂着深紫色的落地窗帘。她看见一个大大的圆球在转动，闪着红绿黄蓝各种光。玉妹觉得这个圆球很稀罕。

她坐在一个软软的凳子上，觉得好像进了戏院，可又不像是戏院。这是什么地方？她的眼睛突然变得明亮了，不住地向四处张望着，看看周围的人竟是一些穿得怪里怪气的年轻人。眼睛所及之处，比比都是新鲜奇怪的东西。她的呼吸有些急促了。她有些害怕，但更多的是惊喜，还有一些理不清的混乱。

一位长发小姐给她送来了一杯红茶，说了声"请"，便轻盈地飘走了，真像是仙女一般。玉妹的眼睛一眨也不眨。一位头发盘得高高的女青年，在舞池中自由自在、旁若无人地摇着身体，手拿话筒唱着："为什么，茫茫人海，我和你偏偏遇见。为什么，漫漫天涯，我和你偏偏遇见。是生前注定，是今生有缘。为什么，为什么自从相见，那过去种种，都化为飞烟。那河山大地，那河山大地，再度变得光辉，变得灿烂。"

在设置不同方向的四个荧屏上，展现了绿色的树林、蓝色的大海、蘑菇群一样的太阳伞、人们躺在海滩上，望着天空……玉妹印象最深的是一个白发老人，在烛光下望着一杯斟满的酒杯。

灯暗下来了，那位头发盘得高高的女青年，说了声"谢谢"，深深地鞠了一躬，随着一片掌声便款款地落座了。

"第四桌的张先生，《我是一片云》，有请！"传来了一个颇妩媚的声音。只见一位个头不算很高，四十岁模样的男子，走向舞池，清了清嗓子："我是一片云，天空是我家，朝迎旭日升，暮送夕阳下。我是一片云，自在又潇洒，身随魂梦飞，来去无牵挂。"

荧屏上出现了一位老人，靠在乡村的树旁，凄凄地望着天边的云。

这时，玉妹又好像看见了天上飞来的蒲公英……她的眼泪竟流了下来。

玉妹低下头时，一块云朵一样洁白的手绢，轻轻地落在玉妹的手上。玉妹抬头一看，对面坐着一位学生模样的俊俏姑娘，正对她会心地微笑。她穿着一件雪白的运动衫，胸前佩戴着"齐秦头像"，岚岚也曾戴过，玉妹记起来了。

从姑娘细细的眼睛里，洒下了极温情的目光。她好像很理解玉妹。玉妹摸了摸衣兜，"我手帕在这儿，谢谢你，孩子，我没哭。"玉妹没有再说下去。

"我知道。"姑娘轻柔地说。

玉妹擦了擦眼睛，便仔仔细细端详着眼前这位突如其来的姑娘：像月光一样的眼睛、小嘴巴、白皙而细腻的皮肤、瘦削而动人的尖下巴，除了淡淡地擦了点口红外，她完全没有化妆，整个脸是干净而清灵的。一眼望去，给人一种飘逸超群又生机勃勃的感觉。你会不自觉地想亲近她，真有如沐春风之感。

玉妹突然觉得她像一个人。像谁呢？想起来了，前不久电视台播出的日本电视剧《少女疑云》中的小雪，对，是小雪！玉妹竟叫出了声，那姑娘已经笑了起来，"真的，我真的像小雪吗？现在许多朋友都这样叫我。"她笑了起来，这笑声会令人想起春天明媚的阳光，这片阳光终于感染了玉妹。她也笑了，让人感觉冬天不那样寒冷了。

"姑娘，你在哪读书？"

"我去年大学毕业了，现在在一家外企任职。"

"奶奶，我可以这样称呼您吗？因为您像我的奶奶，可惜她……她……您是第一次来歌厅吧？"

"唉，姑娘，你可别笑话我。我这么大岁数怎么会来这？是人流把我推进来的，是我走错了路！"玉妹急切地解释着，显得有些不好意思。

"奶奶，您没有走错路，来到这里是对的。我代表歌厅欢迎您，我是这家歌厅的老板，我愿使您快乐。您以后只要愿意就随便来吧，您就说是我的奶奶，服务员们会关照的。"

"这……这……"玉妹竟不知说什么了，半天才又问，"姑娘，你是老板？"

"我白天上班，晚上来照看歌厅。我的合伙人是位演员和作曲家。我毕业于音乐文学系，但对经营有兴趣。不过，现在歌厅的盈利不很好，我们还在开创，探索，我也不想只为了盈利才开歌厅……"说着，她从手边的一个小手袋中取出一支烟，和一个小小的打火机，点燃了烟，她深吸了一口，喷出烟雾，陷入沉思。

玉妹望着缕缕轻烟，飘飘袅袅，眼睛又变得迷蒙和不解了。

那是什么？玉妹本能地一阵眩晕，又不由地兴奋起来。她有些喘不过气来，也没有工夫眨眼。音响突然增大了许多。舞池上急遽地闪动旋转着各种变幻莫测的色彩，仿佛进了一个魔术的世界。

一个男青年灵活而又节奏感很强地扭动着全身的关节。他唱着：

我不是你们说的那种坏小孩，
也不是你们说的那种乖小孩，
我现在已经超出你们的时代。
请你们替我想想，
这是属于我们的时代，

好久以前我的脾气就这么坏，
好久以前我的叛逆就像现在，
请你们原谅，不必为我担心，
我有我的理由，希望你们能够明白。
哦！我不是个坏小孩，不是个坏小孩，
哦……

玉妹向歌厅望去，黑压压的一片人。一位歌厅服务员拿了许多纸帽子、纸带分给大家。

乐器奏着喧嚣的音乐，歌厅里人头攒动，大家随着音乐的节拍翩然起舞，许多不跳舞的客人也双手击掌打着拍子。空气里洋溢着一片青春与欢乐的气息。

音响灯光所烘托出的氛围有一种特殊的感染力，玉妹竟也跟着音乐的节拍击起掌了。她笑了，是从心里发出的笑。

那位叫小雪的姑娘，自自然然地搂着玉妹的肩膀，从从容容地晃来晃去，唱着，"哦，哦，哦，我不是个坏小孩。"玉妹也不自觉地，"哦，哦，哦……"

一曲既终，大家就欢乐地把纸帽子和彩色纸带扔得满天飞……小雪情不自禁地在玉妹的脸上亲了一口。

玉妹擦了擦头上的汗，舞池又传来了一声声优美的清唱：

人生曾是艳丽，
承受数不尽的春来冬去，
在春天里我拥有你，
在冬天里我离开你，
……

小雪招了招手，示意服务员给玉妹送来了一杯椰汁，"请喝吧，我看您有些热了。"

"小雪，我们头一次见面，可你对我就这么好，这让我怎么担当得起！"小雪紧紧握住了玉妹的手，亲昵地在玉妹的耳畔说了些什么，玉妹笑着拍了拍小雪的后背。

她们又重新坐下来，小雪小心翼翼地问："您是不是有些不开心？"

"唉！人老了，不中用了，哪能像你们青年人像个花朵似的，没愁没恼。"

"其实，我们除了青春以外，其他的一切都是未知，刚刚开始人生的战役。"小雪用几乎听不见的声音说。

"小雪，我想问个明白，这时兴的地方是不是人人都可以由着性子，爱咋唱就咋唱，爱咋跳就咋跳，也没有人笑话你，人人都可以是演员也可以是观众？"

"对，对，这地方叫卡拉OK，是属于自己娱乐的地方，也就是自己开心的地方。您的情感愿望像一条河，随着歌声自由地流淌，像云一样任意地飘游。人有时是需要发泄一下的，在这里还可以找到一些自信。"

"啊！原来世上的人，还有这样一种活法，任自己的心去活。"玉妹脸上的笑容凝固了。

"第六桌的小雪，《北方的狼》，有请！"

小雪用自己的心在唱。歌厅里一片安静。她那一身白色的运动衫，在灯光下像一阵银色的春风，仿佛空气里浮荡着浓浓的绿意。

她的声音低沉而苍凉，手有些颤抖，情绪已完全投入了，身体在轻轻舞动着。她在唱：

我是一只来自北方的狼，
走在无垠的旷野中，
凄厉的北风吹过，
漫漫的黄沙掠过，
……

小雪落座在玉妹的面前，眨动着长长的睫毛，眼睛变得又清又亮又澄澈。

玉妹端详着小雪，就像端详着一件艺术品，终于用爱怜的口吻问："小雪，我刚才听你唱歌时，为什么心里皱皱巴巴的，可又不懂为什么你说你是一只狼？"

小雪扑哧一声笑了，竟跳了起来，"狼是一种象征，主要是抒发了青年人不被人理解的内心的痛苦。"

"你，你也有不被人理解的痛苦？"

"所有的人都有，无论是谁。"

荧屏上展现了冬雪覆盖着大森林，河在悄悄地解冻，顽强地穿过冰层，从山间流下，沿着绿色的长满青苔的岩石，自由蜿蜒地流着，流向田野、树林、村庄……最后又穿过一片白桦树林。

不知什么时候，小雪换上了白色的曳地长裙，飘然有林下风致。她款款走向舞池，"各位朋友，今天在我献上这首歌之前，请允许我先讲一个小小的故事：在法国一个圣诞夜的前夜，一位老人到一家服务公司想寻找一位圣诞伴侣。公司的一位先生问：'什么样的伴侣？'他回答：'陪伴孤独的人过圣诞夜，她不会因孤独而怜悯我，而是和我一样孤独，一起度过圣诞。'"

小雪沉默了，歌厅陡然间静了下来，静得有些凝重。

"我要唱的这首歌是刚才即兴谱写的，献给我刚刚认识的第六桌的白发奶奶。"

歌厅里所有的目光刷地像摄影机的镜头一样，投向了玉妹，那是一道道惊异、友善、温暖的光柱,瞬间又燃成了一片光明的火。

玉妹不好意思地低下了头。

"奶奶,请您看着我,不然我会唱不好的。"

玉妹透过层层的阳光,慢慢地抬起了头,脸上泛着红晕。

小雪唱了起来:

这一天

我走过许多胡同

当有一天

我期待他

喧闹的城市

经历了千万年

纵然时间会变老

可爱的心永远不老

当我回家的时候

总会有个美丽的笑容

在这春天到来的时候

送走了漫长的冬夜

纵然时间会变老

爱心永远不老

……

玉妹望着小雪,脸上挂着晶莹的泪珠。

"我要告诉大家,虽然我们是刚刚认识的,可有时候,人的友谊和理解是不能用时间来计算的。这位奶奶给了我那么多的东西,让我去思索,我突然有了那样多的灵感和幻想。无论舞台如何旋转,灯光如何变换,摇滚如何轰响,也无论城市的围墙如何森严,人类最大的心愿永远是爱。"

歌厅响起了一片掌声，这掌声终于变成一个有节奏有力度的、热情的节拍，没有休止符，没有休止符……

小雪向玉妹就座的方向伸过手，那袖口滑到肘部露出一截白皙圆润青春的胳臂，"奶奶，大家都等着您呢，我也等着您。"玉妹迟疑了一会儿，终于稳稳地走向舞池。

这时，那没有休止符的掌声已融成一股巨大的热浪，透过冰层，温暖如春的土地。

小雪张开了双臂，迎接了玉妹。

萨克斯管响起来了，一抹金黄色的光在玉妹的脸上游移。小雪轻轻地唱着刚才的那支歌，一会儿，整个歌厅，伴着击掌的节拍回荡着爱的旋律。

终于玉妹也唱了起来。她的肩膀微微摇动着，她的歌声渐渐大了起来。小雪用哼音伴唱着。静了的歌厅只有轻柔的背景音乐，衬着玉妹的歌声。玉妹唱得有些沉醉，她好像看见了什么，看得那样真切。她唱着：

当我回家的时候
总会有个美丽的笑容
在这春天到来的时候
送走了漫长的冬夜
纵然时间会变老
爱心永远不老
……

从那一天以后，玉妹的心里永远珍藏着一个美丽、热烈、灿烂、年轻的黄昏。

经过那个黄昏以后，她不再害怕黑夜，因为她会在黑夜中寻找星星。

原载于《特区文学》（1991.4）

# 牙买加灯火

公元一九九二年，在京城发行量最大的一家报纸《青春报》周末版上，刊出了一则寻人启事：

毛枚，女，二十三岁，身高一米六八。较瘦，鸭蛋脸，梳马尾辫，紫色衬衫扎在牛仔裤里，斜挎着一把吉他。于十月十五日出走，至今未归，有知其下落者请速与周末版联系，必有重谢。

枚枚，妈妈盼你早日回家！

## 晚间的电话

早晨，毛峰一起床就兴冲冲地对枚枚和骄骄说，今晚九点左右，你们的妈妈有电话来，你们俩把要说的话想好，要简单扼要。我们三个人轮着说，要抓紧时间，一分钟五美元，妈妈在美国赚钱是很不容易呀！

傍晚，毛峰下班后一推开家门，一个看起来六十多岁的老妇人，便从从容容地把热菜热汤端到饭桌上。她的神情有一种夸张的舒展，脸上还残留着一些风韵，看得出年轻时是个很有些姿色的女人。一年四季她的身上总是飘着一缕香气，邻居们都叫她"香娘"。

"娘，他们呢？"每当香娘一听到"娘"的叫声，内心涌出的不仅有温暖，更重要的是踏实。

"枚枚还在自己的房里，不知道在鼓捣什么，怕又睡了吧；骄骄刚刚踢球回来，正在冲澡。"

毛峰换了双拖鞋，不耐烦地敲着枚枚的房门："吃饭了，快吃饭，今天晚上你妈妈来电话。"毛峰拉了拉门，门紧锁着，毛峰无可奈何地甩了甩手。

香娘照例给毛峰倒了一杯中国红葡萄酒，轻声轻语地说："先喝一口吧，赶赶寒气。"

毛峰呷了一口酒，没好气地盯着枚枚的房间。香娘赶快又把一碟香菇瘦肉丝放在毛峰的面前，压低了声说："我是怕女孩子睡得太多，长得没有腰身，将来出嫁都难呀！"

枚枚用力把门一推，眼睛斜视着香娘，上牙咬着下唇，坐在饭桌上，拿起筷子把大半条清蒸草鱼拽到自己的碗里，然后再一块一块地蘸着蓝花碟里的佐料。

骄骄紧挨着枚枚坐着，像是运动场上没抢到球的运动员，歪着脑袋，斜视着枚枚，小声嘟囔："没教养。"

"哎呀呀！一个姑娘家，这个吃相，实在不受看，幸亏你们赶上了改革开放的好时代，要是在我们那个时候，恐怕找不到男人了……"

香娘不动声色地用小勺一小口一小口地喝着蘑菇鸡汤，像是在示范表演。

枚枚用勺子使劲地搅着碗里的汤，不仅搅起了旋涡，还飞溅了一桌子。她的眼睛死死地盯着那个汤碗，突然觉得那是一口井，可以淹死人的井。她的眼神变得有些异样："我……我……我就是生在改革开放的时代，靠我的一双手吃饭，用不着像你一样把讨好男人当成职业，把我亲奶奶和爷爷拆散了，害得我亲奶奶跳井死了……"

　　香娘被这忽然扔出来的火辣辣的滚烫的话，弄得一时懵懂了，显出了一种荒凉的表情，脸变得像是一块破旧的揉皱的抹布，嘴角不由自主地颤动着，整个脸像是一个变形的大蚕豆。但她毕竟是一个老到的女人，等她用平稳的手把一勺汤放进嘴里以后，她的脸开始舒展了，用一种近乎悲壮的声调说："我这个人就是一辈子当菩萨，你们还小，过去的事我就不陈芝麻烂谷子倒腾了，反正一句话，我要是不进毛家拉你爷爷一把，毛家的生意就要垮。那时候，我可不是今天这样的老太婆，有钱有势的公子哥排着队追求我。唉，这些话我就不多提了，就说今儿吧，我已经是快七十岁的人了，本应在家里享享清福，可你爸爸一封信一封信请我来，你娘把你们扔下去了美国，美国是最阔的国家，可再阔也是别人的地界，你娘也不能随手把你们带去。我可怜你们还小，你爸太辛苦，又当爹又当娘怎么受得了？你爸虽说不是我的亲骨肉，可我们都是毛家的后代。我是毛家的正牌夫人，是明媒正娶八抬大轿抬过来的。我一听你们家有难处，咯噔一下把自己的家扔下了，一心扑向北京照顾你们……"说着，已是鼻涕眼泪一起流了，让人看了好不辛酸，也难为她一个快七十岁的人了！

　　毛峰连忙扶起香娘，歉疚地说："娘，您屋里休息，孩子们不懂事，说话没有深浅。只怪我管教不严，您气坏了身子我可担当不起！"

　　香娘摆了摆手："不，我坐一会儿就好，孩子们不懂事，我不怪他们，只怪自己命苦，你爹早年就扔下我走了。"说着，便靠着毛峰的肩膀哭了起来。

　　毛峰把香娘搀回到她的房间，便坐到饭桌前瞪着枚枚。枚枚一言不发地剥着栗子。"只会吃，这么大的姑娘说起话来一点礼貌都没有，将来怎么在社会上立足！"枚枚一声不吭地把栗子皮撮成堆，然后吹一口气，散了又堆，堆了又散。枚枚这副若无其事的样子，着实令毛峰火冒三丈。他"啪啪"地拍着桌子，桌子的碗碟哗啦碰撞起来，枚枚这时才把目光转向毛峰。那目光是直直的，略有几分悲哀。粗心的爸爸望着这对他熟悉的眼睛，已经习惯了。他不会体味这目光背后更深一层的东西。他忽略了她，也忽略了她的感情。"对了，我倒要问问你，咱们家的电话费怎么一个月两百多元？我的电话大部分是在单位打，骄骄也很少打，经常听见你在屋里嘀嘀咕咕，你到底给谁打的？说说看。"

骄骄咬了一口馒头，赶忙把手举起来了："爸，我可一次电话都没用。"他用手拍了拍衣服，好像要把什么脏东西抖落掉。

这时，香娘探出头来："哎呀！一个月要花两百多元的电话费，枚枚你说话可真值钱呀！你在家里从来不讲话，只会喘气，怎么和外面的人有那么多的话？真奇怪！"

"怎么从来都没见有人来找你，你说清楚你在外面到底搞了什么名堂？"

枚枚仍然低着头一言不发。

毛峰的眼睛睁得圆圆的，气恼烦躁使他的脸发青："从今天起，你和骄骄换房间，不许你再住有电话的房间。"

"不！不！我不换房间！"

"为什么？"

"骄骄的房间前面有一栋高楼。"

"有高楼又怎么样，骄骄不是也一样住吗？"

"对，我都住了五年了，也没嫌黑呀！"

"不，那栋楼挡住了月亮。"枚枚脸上沁出了汗水。

大家都沉默了。

"铃——铃——铃"电话铃声急切响亮地冲进了房间，像是一位久别重逢的亲人，狂热地拥抱着每一个空间。

毛峰下意识地跑了一步拿起了话筒，话筒里传来了妻子齐星的声音。

"喂，齐星，齐星你好，我们都在等着你。"

"我实在是想念你们，毛峰你的声音怎么有些沙哑？是不是又感冒了？当心气管炎别犯了，一定要自己多当心，别让我太挂念了，太放心不下。我这里还好，别惦着我，我想听听你们每个人的声音，快让骄骄、枚枚来和我说话。"

骄骄跑过去:"妈,我可想你了,你身体好吗?告诉你一个好消息,我得了全市物理竞赛第三名,又当了校足球队队长。妈妈,你别哭,你哭我也想哭了。好,我马上叫枚枚姐姐来。"

枚枚站在饭厅里,听到骄骄的叫声,好像被什么东西击了一下。她嚯地跑到自己的房间,关上了门。

任毛峰、骄骄怎样叫,枚枚也是不开门。

毛峰拿起了话筒,长叹了一口气。

"枚枚怎么了?"齐星焦急地问。

"没什么,她突然被同学叫走了。"

齐星松了一口气,哽噎地说:"告诉她,妈妈整天整夜地想她,想听到她的声音……"

齐星的声音在电话里消失了,消失了。毛峰的手死死地攥着话筒,又把话筒放到胸前看了好一会儿,终于慢慢地松开了。

屋子里一下子变得像坟墓一样静,静得发憋发空,毛峰瞬间好像迷失在沙漠里。他在门厅里愣了好一阵子,走进了自己的房间,迟疑了一会儿,匆匆地从衣架上拽了一件外套,像逃避什么似的推开了房门。

毛峰走到自己工作的实验室。实验室里冷冷清清,只见墙上挂着一个用椰壳制作的老头,头戴一顶破草帽。白色的三角形贝壳再涂一点黑墨水权作眼睛,嘴巴半张开着,似乎随时准备张嘴开骂。这是实验室里一个刚毕业的硕士生的杰作,平时毛峰一抬头看见这个倔老头就想笑,今天他一迈进实验室外套还没脱就把这个倔老头的脸翻了过去。

毛峰努力使自己静下来,尽力把思绪拉到这几天的研究项目上。他把仪器的几条线连在他的实验装置上,等待仪器预热,等得他心里有些发慌。他一遍又一遍检查计算机的程序,计算机屏幕上呈现出一行又一行莫名其妙的符号,与他所设想的结果毫无关系。他又重新操作,不知是机器出了毛病还是自己出了毛病。他心绪烦乱地切断了电源,倏地,实验室陷入黑暗。

实验室和家只隔一条马路,往日热热闹闹的街市,今晚显得特别冷清。只有两三个小贩,一起一落地吆喝着:"滚开锅的热馄饨!""小米粥热烙饼!"毛峰看见其中一个头戴白肚毛巾的老汉好像正冲着自己吆喝,声音嘶哑而且拉得很长。毛峰连忙低下头加快了脚步,他想,这老汉准是郊区的老农,兴许在城里的一个旮旯租了一间小土屋,家里还有老伴孩子等着……

炉子里的火苗一闪一闪的,使这夜晚有了一种模糊的生气。

回到家,他站了好一会儿才开灯。他趴在桌子上,望着玻璃板下压着的一张照片——妻子年轻时代的,两条乌黑的、长长的辫子垂在肩上,眼睛温柔得像月亮一样,玻璃板上慢慢有了一层水汽。毛峰用手指擦去了,一会儿又有了一层,湿湿的。最后,毛峰的眼前好像汪着一片海。

不知过了多久,毛峰卧倒在床上。他感到很累,身子沉沉的好像不是自己的。近两年来,他感到自己衰老了,身体经常感到僵硬发板,稍稍一累心口就发闷,而且脾气愈来愈暴躁,动不动就发火,小便后尿液经常不能自制,滴滴答答浸湿了内裤。他去看病,医生说他中气不足肾亏损,要多吃些人参、黄芪。他感叹道:"老了,老了,头发已经灰白了,花镜也已经换了三副,看东西愈来愈模糊了……"生命原本是一件经不起消费的东西。

现在他的眼前又出现了妻子离别时的情景。齐星除了哭已经什么都说不出来了,只见她上下嘴唇颤动着,手死死地拽住毛峰和孩子们。是呀,临行前的一个月,她一点一滴把心里的话都掏干了,掏得她前心贴后心,现在她的心已经空了,空得发疼。

机场大厅里响起了广播:"开往旧金山的飞机就要起飞了,请走五号门上机……"这时,齐星伸开双臂,把丈夫和孩子们搂住了,牢牢抱成一团。那一瞬间,对于齐星来说是那么长,又是那么短,就像是面临着一次死亡。

"该走了。"毛峰轻轻松开了妻子的手臂。

"我……我……就……走了……你们好好等着我,我混好了把你们都接出去，你要多保重，孩子就靠你了。你千万别打他们，枚枚、骄骄你们要听话呀……"一丝股红的血从她的牙龈里顺着嘴角流了出来……"再……见……"那一声撕裂的带血的哭声，被喧闹和杂沓声淹没了。

齐星被涌动的人流卷走了，她好像在这茫茫的世界里，身不由己地追赶什么，又好像在逃避什么。

毛峰和枚枚、骄骄走出了机场的大厅，望着遥远的天空。毛峰看了看表，飞机起飞了。孩子们久久地望着高不可及的天空，好像有什么在空中划过，没有留下痕迹，也没有声音。

他们迈着拖沓的脚步离开了机场，父子仨谁也没开口，直到他们的脚步混入了滚滚的人流。

毛峰掏出钥匙。那钥匙沉甸甸的好像生了锈，打开房门一股冷飕飕的风迎面扑来。屋子里昏昏暗暗。他望着两个像是被霜打了的孩子，强制自己用一种轻松的口气说："妈妈走了，现在咱们三个人轮流当家了，你们现在想吃什么？"可他的喉咙像是被什么东西堵住了，连他自己也不相信那声音是自己的，像是从哪儿借来的。

齐星走时，为他们做了最后一顿饭——亲手擀的面条，说是为了今后全家人都顺顺溜溜的。枚枚端起饭碗，只是望着碗里的白白细细的面条，一口也不吃。骄骄说："真不知什么时候再能吃到妈妈做的饭了。"

毛峰望着两个未成年的孩子，第一次感到什么是肩上的担子。妻子在时，他从来没有这种感觉。他内心涌起一阵深重的孤独。他强打起精神鼓励着孩子，"妈妈又不是去天涯海角，是去美国。美国这地方是多少人争着想去都去不成的。妈妈四十多岁的人了，受了半辈子苦，本可以留在国内，虽说日子不富裕，但踏实。别人家吃五斤鱼，咱家也能吃五十两。穷，大家绑着一块穷，穷得没脾气。妈妈到了美国可就算是底层了，可是妈妈为了你们的前途，为了让你们能受到世界上最先进的教育，她只身去拼搏了。你们该知道努力学习……"毛峰鼓励着孩子，也在鼓励着自己。

时间一年一年地过去了，人也一天一天地老了，他渐渐觉得这个美国梦，就像是天上的月亮。最初他在人前提起自己的妻子在美国那种内心的得意，也被磨蚀得疲倦和麻木了。

他闻到一股烙春饼的味道，这味道勾起了他的愁绪。齐星在家的时候每星期都要给他烙两次，因为这是他最爱吃的。春饼里裹着薄脆、豆芽菜、细粉丝、鸡蛋炒木耳、甜面酱，还有一段一段的葱白。晚上下班回来，门一开，门厅里倏地洒下一片暖暖的光，从厨房里飘来缕缕的饭菜香，紧接着传来妻子甜甜的声音"回来了"。说着，她接过他手里的包，把外套挂在衣架上："孩子们都等着你呢！"这样的日子一天一天地重复着，重复着她的温暖，她的安定，她的适意，浓浓的家的感觉包围着他，使他的整个心有了归宿感。妻子温柔的手，能把他在外面烦劳的皱褶轻轻熨平，尤其是在西北风号叫的数九寒天，回到家里迎面扑来的是一屋的热气，这就是家呀！

家？家是什么？不仅是一个属于自己的空间，还必须有心心相印的男人和女人。男人是屋子里的柱子，女人是屋子里的泥和水。没有男人，家就失去了依托，没有女人，屋子里就四面透风，冬天不能挡风雪，夏日不能遮烈日和雨水。

毛峰蜷缩成一团，好像在一个四面透风漏雨的破屋里，寒风吹着屋顶上的荒草瑟瑟作响。

冬天的残月，仅仅是一钩淡淡的白色，像玻璃窗上的霜花。冰凉的。

## 除夕夜

我的亲人们：

当你们接到我的信的时候，应该正好是除夕。信到了家，如同我回到了家，咱们一家人又在一起团圆了。

除夕晚上，我在这里和你们一起守着分分秒秒，和全家人一起说说笑笑，一起守岁，守住过去，守住所有属于我们的过去。我常常想，如果整个地球就是一个大家庭多好！为什么人为地划成了那么多的国家？

除夕在这里就像重复着任何一个平常的日子，没有鞭炮，没有烟花，没有人贴春联，也没有那么多的家人围在一起包饺子，一起观看春节联欢晚会……

我想到这些，就觉得离你们太远了。唉，几年来我只能在被电波软化的声音里拥抱你们，感觉和抚摸你们。当话筒放下的那一刹那，我真想拼命抓住你们的手，可马上就被一个巨大的铁闸猛地砍断了。我所有的感觉都消失了，脑子里空空的，心里也是空空的，砍断的手失去了知觉。我在问自己：我在哪？我在哪？？我在哪？？？当我意识到我是一个人漂泊在异乡的时候，那种孤独寂寞无助的感觉是难以表达的。

除夕春节，这是所有的中国人都盼望的日子，我也是一样。可现在我怕，我怕每一个与亲人、与祖国有关的节日，可我又苦于不能忘却，每当我努力使自己忘却的时候，它却格外清晰地缠绕着我。

今天是除夕夜，咱们一家人一定都在姥爷家团聚。齐明、齐华，他们一定也都去了。吃年饭的时候，别忘了给我放一双筷子、一个碗，还有我喜欢的那个红木凳子。

骄骄、枚枚一定又放鞭炮了，可千万要当心，别烧了手，伤了眼睛，妈妈就是放心不下。骄骄，你今天给妈妈放一个最亮最亮的七彩花吧，把它抛向东北方向的天空，妈妈在这里会看见的。

我像往年除夕一样和你们共同守岁，屋子里静极了，静得连一片树叶落在地上都能听见。我打开电视，不是为了看，只是为了给屋子里增加一点声音。房间太空，好像是一个清空的世界，我不能不用灯光来装满它。光还是不够，我换了个更亮的灯泡。桌子上放着一大杯咖啡，我看着杯里冒出的缕缕热气，心好像暖和一些。

来美国一晃已经五年多了，我像机器人一样从一家公司到另一家公司，清晨五点就必须赶到屠宰场，把刚刚宰杀的牛羊头拿回来，在零下2℃的实验室

# 牙买加灯火

里,把牛脑、羊脑中的蛋白质剔出来做实验,一干就是十几个小时。很长一段时间我的半个身子是麻木的,每天晚上躺在床上我都害怕第二天早晨起不来了……

在这里不比在国内,人与人之间没有什么交往,更不可能谈心。上星期我感冒发烧,一个人在屋里躺着,吃的药还是从北京寄来的板蓝根冲剂、金莲花片。在美国是看不起病的,看一次感冒少说也要花六十美金。等烧稍稍退了一些,身子还是软软的,我勉强支撑着身子去上班了。老板见我脸色很难看,其他的工作人员都各忙各的,只是礼貌性地点了点头。人与人之间隔着一层无形的罩,人人只关心他们自己的小世界。我的心已经不懂得难过了,只感觉冷、冷、冷。我望着仪器眼前发黑,一会儿耳边传来了老板娘的声音:"请到我办公室来一下。"原来我被解雇了。

我可以忍受一切,我必须忍受一切,因为我选择了一条没有回头的路。有时,我觉得自己好像踩在钢丝上,一不小心就会摔得粉身碎骨。你们知道我现在最怕是什么吗?不是劳累也不是紧张,因为那样的时刻我可忘记一切。我最怕的是周末、节日,我会发疯地想你们,想国内所有的亲人,所熟悉的一切,街道、天坛、地坛、香山。我反复听着你们寄来的录音磁带,有时,我试着与自己交谈,或者在屋子里唱歌,唱一首我们分别时我唱的歌……唱着唱着,便大哭起来,哭够了便睡去,醒来时,望着空空的四壁,总会有一种迷失的感觉,不知道自己究竟在哪。等半天才明白自己是在美国,一个异乡的赌徒。我像逃避什么似的,拿起照相机跑到街上。我看见街上无数张陌生的面孔,他们好像在笑,我在问自己为什么我不能笑呢?于是,我堆起了笑,请路上的人给我按一下快门。我道了谢,眼睛是酸酸的。

你们也许想不到,我每个星期大部分时间是在教堂里度过的。我不信仰宗教,可是我喜欢教堂里的气氛,它给人一种宁静、抚慰,甚至是麻木的快乐。我伴着管风琴和许多人融在一起唱赞美诗。在冥想和歌唱中,我看见了你们。我拉着你们的手,唱得我泪流满面,这时,我心里才感到好受一些。我爱美国的教堂。

请放心吧,我的亲人,我会咬牙坚持下去的,我既然为我和你们选择了这条路,就必须也只能走下去。我要一点一滴地积攒钱,等有一天,我手里有了绿卡,生活就会大有改善,有了绿卡,我回去时身份也不一样了,中国人会对我另眼相看,我也不枉来美国一趟。

毛峰,我的大孩子,我求你一定要对孩子温柔一些。我欠孩子的债太多了,心里沉甸甸的,你替我把那一份爱给他们吧!一定要注意营养,每天一个人要吃一个鸡蛋一袋牛奶。如果钱不够,我寄些美元去,千万不要苦了自己苦了孩子,我们会有光明的未来。

今天是一家人团聚的日子,请把今晚全家人的录音,快点给我寄来。

我等着!

爱你的妻子、爱你们的妈妈<br>齐星<br>1992年除夕前

全家人每个人的手里都拿着齐星寄来的贺年卡,不同的图案、不同的色彩、不同的风格却有着同样热情的祝福。全家人把贺年卡一一展开放在桌子上,围成一个半圆形,像一轮透着金光的月亮。

第一个凑近话筒的是齐华,他把衣领敞开着,露出了红红的泛着热气的胸脯,"星姐,听得出我是小弟吧?你离开家好几年了,我们时时在思念你。一个四十多岁的女人只身一人在美国打天下,真让人钦佩,盼着你把脚跟站瓷实点,坚持下去,曙光就在前面。听说,你老想家人,三天两头闹着回来。星姐,你真是想不开,人在外国想家里的人,在家里的人又想在外面的家人,那是一种惯性,一种虚的东西。你活了四张了,难道不懂得人活着就得求实吗?一个国家最终的强大靠的是先进的科学技术,靠经济实力,不是靠喊口号。你好容易杀到了先进国家,就索性杀到底吧,何苦又跑回来受穷?你隔山隔海望

着这片黄土地，当然会动感情，可你真的回来了，你的心一下就会冷了。你费尽了千辛万苦冲杀了出去，千万不能又缩回来。常言说北京户口值几万，美国绿卡金不换。等星姐扎下了根，拉兄弟一把。我现已辞职下海，一天到晚忙得昏天黑地，晚上还得抽时间学习英语，时间是够紧的，尽量往有钱的地方混吧！星姐，请你多留神商界的一些关系，抽空给我搭上，我兴许搞一个跨国公司。星姐，有什么事要兄弟帮忙就言语一声。"

　　肖琳一把拽过话筒："星姨，你好，每逢佳节倍思亲，我当然很想念你。你走了几年，国内的变化可大了，不像过去那样把人捆得死死的。我现已辞去原单位的工作，那工作除了抄抄写写就是喝茶看报纸，没劲透了。星姨，你猜我现在干什么——干最火爆的摇滚，略有些小名气了。我喜欢摇滚，它表现战争、人生、和平等。我唱的时候感到人性的解放和自由，我唱摇滚就是想改变自己。上星期我给你寄了我唱的一盘摇滚，请你听一听，也托你找懂摇滚乐的美国人听一听。美国是摇滚的故乡，看看我的磁带是否能打入美国市场，实在不行，夜总会和酒吧也行。我想去美国探亲，可惜我不算你的直系亲属，就只有结婚这条路了。不管真假，只要能出去就行，请星姨帮个忙。"

　　齐星的爸爸齐渊教授慢慢站了起来，手里端着一个盖碗的茶杯，脸上的神情显得有些凝重。他示意把话筒拿过来，饮了一口茶："星儿，我本想和你叙叙家常，五年多不见了，我已是七十多岁的人了，不知今生是否还有机会和你面对面地谈心。人活一世，草木一春，快得很呀！刚才听了他们的谈话，突然触发我回忆起两件事情：前几年，在上海有一家中日合资的工厂，工人们进餐的时候，中国工人吃的是馒头，白菜上放了几片薄薄的肉；日本工人吃的是营养配餐。日本工人好奇地走到中国工人面前叫了一声，'哇——你们真苦！'然后又说，'你们生产水平这么低，经济这么落后，你们只配吃这个。'……星儿，你是搞科学的，科技的使命就是为人类造福。星儿，要记住，爸爸在这里祝福你一切都好。"

　　齐渊教授讲完后，屋子里的空气变得异常凝重。大家都不说话了，沉默中似乎有一种说不清的东西。

　　毛峰的脚步打破了沉寂，他向前走了几步，把录音的话筒放到枚枚面前，枚枚摇了摇头把话筒推开了。毛峰责备地说："你怎么这么不懂事，妈妈要听你的声音。"毛峰强制性地把话筒递到枚枚的嘴前，枚枚倔倔地把脸朝向窗外，天上只有厚厚的云层。她的嘴紧闭着，像是在努力抑制一种痛苦，一会儿，她霍地站了起来，推开门走了。

　　枚枚回到家，回到自己的小屋，那是唯一属于枚枚的世界，在这里她可以享受孤独与放松。她用勤工俭学赚来的钱，买了一块乳白色的布，然后把它撕成一块窗帘、一块桌布，还有一块床罩。在这个浅色调组成的世界里，她的心变得轻松快活了。书桌上放着一个用竹子编的小花篮，花篮里插了一些玫瑰紫的小花。在房间里，她喜欢斜卧在床上遐想，或是写日记、听音乐，还有一个爱好就是打电话。在这个小小的封闭的世界里，电话就像一条流动的小溪。

　　现在枚枚想说话，想和人说话，随便什么人。她翻了翻电话本，薄薄的几页纸，简单的四五个电话号码，今天这些符号完全不能引起枚枚的热情和好奇。前些日子，她经常拨打"青春热线"，接电话的那位李慧姐姐，她的声音温和得像妈妈。她对李慧的声音有一种深深的依恋。可后来接电话的就不是李慧姐姐了，她很失望。这时，枚枚突然想起了一个人——蓝青，她是齐星的朋友，一个年轻的女作家。枚枚第一次见到她，便觉得她是一个很特殊的人。她住在一套普通的两居室楼房里，一间是书房兼客厅，任何一个空间都堆满了书，另一间是用淡紫色作基调的卧室。蓝青对于枚枚是一个新鲜的、令人激动的世界，那是一种人与人之间微妙的感知。

　　枚枚突然发现在书柜下方赫然立着一张画。她一下子坐在沙发上，不眨眼地盯着这幅画，一块一块橙红色的油彩涂满画面，非常抽象，中间又透过一束强烈的黑色的光线，唤起人一种孤寂、热烈、焦虑、甚至愤怒的情绪。枚枚被一种强烈的情绪感染了，嘴唇微微有些颤动，内心深处有一种莫名的东西在呼喊着。

今天枚枚特别想和蓝青谈心。

"喂，蓝青阿姨吗？"

"啊——是你——小枚枚，太好了，除夕夜接到你的电话。"

"你真的那么高兴吗？"

"当然，除夕夜的电话意味着友谊与祝福。"

"可……可我今天并不高兴。"

"能告诉我为什么吗？"

"其实也不为什么，我刚刚从外公家回来，心里特别不好受……"

"是不是想妈妈了？"

"不，不全是，我妈妈想要一盘除夕夜家里人说话的磁带，他们一个个都争着说，其实他们也没说什么了不得的话，可我听着心里就别扭。我真想躲到一个清静的地方，可我一回到家又觉得寂寞，冷冷清清的，也不知该干什么。唉，我现在愈来愈不愿和人接触，总觉得和别人隔着一层什么。"

"枚枚，请你明天到我这来玩吧，我们好好聊聊，一起唱唱歌，快活快活好吗？"

"不，不去了，还是在电话里聊聊吧！"

"那也好，我知道你一定感到孤单无助。"

"是的，是很无助，可我一想到和人在一起，和那么多的人在一起，不知为什么就害怕，有时真想锁在抽屉里。蓝青阿姨，你一个人生活觉得孤独吗？"

"枚枚，你问的几乎可以说是一个学术问题，我怎么对你说呢？你还是孩子，而我是一个生活过来的人……可能想法不一样，我愿意和你一起讨论。人们都喜欢繁华热闹，害怕孤独和寂寞。可热闹与繁华都是瞬间暂时的东西，只有寂寞和孤独才是真实和长久的。一个人更多的时候是和自己生活，因此就要充实自己，使自己强大坚强，不可能有任何人可以永远陪着你的心。自己的心长在自己的胸膛里，人如果看清了这一点，对于热闹，人来人往，就不会过于执着，会对生命抱一种真实的态度。至于你，说到不愿与人接触，内心有些害怕，从心理学的角度来看，可能有人际关系障碍，既然已经认识到了，就不要怕，要有意识地克制自己，尽量去与人多接触。因为任何一个人最终都要走向社会，不可能永远封闭在自己的世界里。最好能把与人的接触，看作读一本厚厚的书，以一种沉思静观的态度去翻阅它；或者把每一个人，都当作一个世界，一个国家。我们不妨把与人的交往看作是一种观光旅游，每一个地方都有自己的特点、风光，以一种欣赏的态度与人交往，自己会觉得是愉快的。"

枚枚入神地听着蓝青的讲述，不知不觉度过了除夕夜。

## 春天里的童话

齐星来信说，墨西哥的暖流使新奥尔良迈着急促的脚步去迎接春天。春天像是一位匆匆的过客，春天是一个美丽的童话。

枚枚把地球仪放在膝盖上，仔细端详着，用一只绿色的笔沿着国界线把美国勾出来，又剪了一艘小小的红色的船，把它贴在墨西哥湾里。枚枚眯起眼睛，用一种独特的角度去观赏它，觉得那艘帆船正在墨西哥湾缓缓行走着……枚枚呆呆地望着那只红色的小帆船，直到那红船变成一片炽烈的火焰。

枚枚参加了"大学生创作社"，她的小说《归》受到老师和同学的好评，可成功并没有驱散她心头的阴影。

春天，春天来了。枚枚推开了自己白色的小窗，一缕桃花的香气随风扑了进来。她托腮凝望天空，长长地叹了一口气。她突然想起远处的树林里一定会有跳动的松鼠，也会有时隐时现的阳光。

她背起画板，骑上自行车沿着郊外一条僻静的小路去寻找春天，寻找一块可以让她快活的土地。

她爬上了山坡，看见粉红色的樱花林连成一片，顿时觉得眼前是一片飘动的云彩。这片樱花林很偏僻，草地上有几只鸟低低地飞来飞去，时而唱着歌。枚枚慢慢地徜徉在樱花林里，把手伸向樱花，轻轻地让花瓣从手中掠过，飘落的花瓣落满了她的头发和衣裳。她用鼻子轻轻地触着一簇一簇的樱花，用力地吸收着它的香气，好像要把所有的香气都吸到肚子里，然后用舌头一瓣一瓣地把花瓣卷到嘴里，慢慢地咀嚼着。

"这花瓣是不能吃的，吃了会生病的。"突然，一个低低的声音落在枚枚衔着的花瓣上。于是，枚枚及整个樱花林都倏地颤动了一下，站在她面前的是一个男子。枚枚一时还分不清他是青年还是中年，帅气而不造作的打扮，一件宽松的衬衫，一条牛仔裤。他微笑着向枚枚走来，眼神有异彩。他？他！他是谁？枚枚突然想起《蝴蝶梦》里男主角劳伦斯·奥利佛那对忧郁深沉的眼睛，又自然地联想起曼陀丽庄园……这一瞬间，竟分不清哪是现实，哪是幻想。

枚枚红润的嘴唇上正粘着一瓣樱花，她轻轻地把花瓣吹起，花瓣悄悄落下。枚枚的脸红了，好像桃花层层绽开。那双眼睛几乎没有眨动，在淡淡的花影下，弯弯的睫毛在眼皮上有个很长的投影。

在他的眼里，枚枚还是一个孩子，一个大孩子，这不仅因为枚枚稚气的神情，还因为她稚嫩的身体，好像缺乏水的滋润，而显得缺乏青春的丰腴。她那像嫩草茎般的身躯上，支撑着一张孩子的面孔，像是一朵不能完全开放的花。

在这片静寂的樱花林里，这个陌生的男人给枚枚的感受是自然与质朴。她没有说话，这不仅仅是因为枚枚不知道该说什么，最重要的是她喜欢这份神秘的静谧。

"你是个学生，我猜得不错吧？"他的声音里有一种让枚枚感动的温情，这正是枚枚想要的。

枚枚用一枝樱花挡住了自己的脸，轻轻地说："现在是学生，不过很快就不是了。"

"哦，原来是毕业生，不过，看起来你还那么小。"

"真的？我真的还很小吗？"她用手移开了那枝遮住她脸的樱花，然后用审视的目光问："你是谁？"

他并不走近她："我就是我。"他拍了拍胸前的相机。

"你是摄影师？"

"如果你愿意，我想给你拍一张黑白艺术照。你的样子很纯净，更适合拍黑白的。"

枚枚迟疑了一会儿，然后慢慢地并不肯定地摇了摇头，说了声"再见"就跑了，连她自己也说不清她为什么要跑。

太阳暖暖地照在一片绿草地上，绿草长得很长也很厚，在阳光下泛着一层光，显得很丰满。枚枚小心翼翼地踏着草地，脚下是软软的，她感到了小草轻微的呼吸。枚枚把鞋挂在树上，光着脚丫感受着绿草的抚摸。她支起画板，躺在草地上。一小时过去了，画纸上是空空的，现在她已经完全沉醉于绿草、蓝天和鲜花。她在想，妈妈是在天的那一边吗？世界本来是一个整体，天空本应是用云彩铺成的柔软的路，不要护照也不要签证，洁白的云彩会轻轻地托着你走，走到美利坚合众国。现在美国正是夜晚吗？自由女神在什么位置？迪斯尼乐园呢？

不知什么时候，那个熟悉的声音又落在草地上："这画？"枚枚敏捷地坐了起来，脸有些发热。她赶快把画板从树枝上拽下来倒拍在草地上，那团不安的火消失了。

他用一种沉思的目光打量着枚枚，拔起了一根草，默默地咀嚼起来。枚枚望着他的侧脸，微微翘起的鼻子，还微笑地抬高了他那带点骄傲的下巴。他像是一个了不起的大男孩，这种感觉给了枚枚一份亲切和轻松。

"你向往的那个闪着火焰的地方，我去过，可它绝不是通向天堂的地方。"

"你去过美国？"

他点了点头。

"为什么又回来了？"

"很简单，只因为想。我曾在美国两家广告公司工作过，一家是美国人开的，一家是以色列人办的。他们用人特别狠，美国人是很功利的，一旦你没用了，就一脚把你踢开。我因踢球不小心骨折了，唉，后来的事就不用说了。我从小受家父的影响喜欢中国古典文学，别的不敢说，但至少是个民族主义者。"太阳渐渐西斜了，天地染上一层淡淡的紫色，枚枚蓦然有了一种伤感的情绪。平时喜欢孤独的枚枚，突然害怕起来，害怕太阳西沉，地上的鲜花、绿草和这个叫人心动的大男孩都不知所踪了。

云消散了，太阳已完全沉下山了。

他还在，正坐在草地上，正用惊异的目光，爱怜地望着枚枚。

他站了起来，握紧了枚枚的手。他心里一惊，那手冰凉而有些颤抖，在这一刹那，他才发现枚枚是柔弱的。枚枚以另一只手去掠眉际的头发，他看见她眼中闪着朦胧的光。她感觉了他的注视，昂起头，一甩及肩的头发，顺势偏转过头。

"以后有什么困难，我愿意帮助你。"

他递过一张名片：摄影记者，张凯。

自从在那个樱花盛开的日子以后，枚枚的心里就装进了一个梦，一个满满的梦，一个沉沉的梦。枚枚想到他时的感觉就好像在欣赏法国钢琴王子理查德·克莱德曼的钢琴曲。这时，枚枚的心里好像有一条浅浅的小溪轻轻流过，太阳在溪水上闪着一层金色的光，钢琴声、溪水声、音乐声在少女的心里化为一种缥缈的欲望，这欲望使整个世界都变得新鲜、快活和美丽。有时，枚枚也弄不清自己的情绪，只觉得心里乱。她平躺在床上，仰视着天花板，试图整理自己纷乱的思绪。她在问自己："为什么他的声音、他的影子总是离不开我？"然而，一个最大的问题向她笼罩过来，一下子占据了她整个心灵："难道这就是爱情？！"她突然被这大胆的思想所震慑！她惊惶地望着屋顶上的吊灯，禁不住流泪了：怎么了？为什么要哭呢？枚枚竟害怕了。这突然涌来的情绪，不仅使她感到兴奋，还有混乱的困惑。她摇了摇头，站起身来，走到镜子面前。她揉了揉眼睛，望着镜子里被泪水洗亮的眼睛，这才看见自己的头发那样凌乱。她马上跑进浴室，让温热水任意地抚摸着自己，给她一种疏解，一种抚慰。当她从浴室出来的时候，觉得轻松了许多。她第一次把长长的头发上了油，一头秀发又柔软又明亮。她得意地任性地摇头甩着头发，头发滑到肩上发出"扑扑"的声音，好像晴天里的鸽子在轻轻拍着翅膀。

枚枚渴望对谁说点什么，可对谁说呢？那晴天里鸽子拍着翅膀的声音消失了。

周末，毛峰坐在桌子前慢慢地饮着浓浓的木瓜汁，心里盼着儿子女儿快点围在饭桌前，一家人热热乎乎坐在一起享受天伦之乐，这多少可以驱散妻子不在身边的寂寞。当他听到从厨房里传来的炒菜声，内心就会产生一种特殊的亲切感。这时，骄骄大摇大摆走了过来，胸前的衣服上印着两行大字：不一样！有钱没钱就是不一样！他嘴里哼着英文歌曲，脑袋瓜有节奏地摆动着，一副"生命力富裕户"的样子。毛峰看见结结实实的儿子，心里舒展了许多，高兴地用手把儿子的耳朵捏了捏。骄骄故意大叫一声"啊哟——好疼——"，然后拿起筷子夹起一块火腿肠放到爸爸嘴里。他自己并不吃，只用筷子敲着碗，两只脚轻轻地踩着点，跟着录音机的歌唱着"一条大河波浪宽，风吹稻花香两岸，我家就在岸上住，听惯了艄公的号子，看惯了船上的白帆……"毛峰的神情突然变得忧郁了，继而又有些呆滞了……他想起了二十多年前他与妻子的婚礼，那天齐星唱的就是这支歌。妻子甜美抒情的歌声就回荡在毛峰的耳边，清楚极了。那天晚上，当参加婚礼的人都散去了，只剩下他们两个人面对面地坐着。齐星突然哭了，毛峰拉紧了妻子的手："不要怕，我会好好待你的，我们开始了一种新的生活，两颗心比一颗心要跳得有力热烈……"妻子拥在他的怀里，他们谈了一夜。齐星有一句话，至今还刻在毛峰的心里："只要我们有个共同的目标，活着就充实，再穷再苦再累我都不怕……"

毛峰在想，那个目标过去是什么？现在又是什么？过去的目标有一种踩在地上的感觉，它是踏实的，奔事业，把孩子教育好。现在的目标好像踩在云上，走起来直打晃，远处闪着一团时隐时现的火，还闪着绿光。

毛峰一口一口地饮着"四特酒"，下意识地摸了摸空空的凳子。当他看见香娘把一盘香菇炒鸡胸脯放在自己面前时，他听到了妻子齐星温柔的声音："尝尝，我的手艺，保你喜欢。"他正要说什么，只见香娘迈着迟缓的脚步，头上飘着稀疏的白发走进了厨房。毛峰顿时有了一种冬天里被人浇了一盆凉水的感觉，身子好像在瑟瑟发抖。他又摸了摸身边的那张凳子，依然是空空的凉凉的，他的脸变得异常苍白，头昏昏沉沉，脑袋里好像有虫子在叫，吵得他想把什么东西砸掉才痛快。他不耐烦地大叫一声："枚枚，快出来！"他撕裂了衬衣的领口露出了红红的跳动青筋的脖子自言自语道："远处的来不了，近处的不出来，连吃顿饭都没点热乎气，这个家还算什么家！"毛峰无名地烦躁起来，好像又看见了远处那团燃烧的火，一闪一闪地，一瞬间，毛峰对那团火有了一种莫名的恐惧。

枚枚听到爸爸反常的叫声，立刻感到某种不祥的预兆。她在命令自己和听筒那边的朋友说"再见"，可她的谈话仍然像小溪流水一样，任性地流淌着，"是的，我害怕白天，害怕看见那么多我不喜欢的人的脸，我盼着黑夜快点来，黑夜把一切都遮盖了，我会觉得自由放松得多。我已经和你讲了那么多心里的秘密，实在是没有勇气面对你……"

枚枚像所有的同龄人一样，渴望更多的理解和爱，尤其是处在青春期的少女，现在她正陷入一种情感的惶惑和兴奋当中。她既不能肯定自己，又不能肯定他。枚枚回忆着他说的每一句话，分析着他投来的眼神，她一遍又一遍像解方程一样，想得出一个结论。她试着说服自己什么也没发生，但内心真实地发生了地震，心湖像被闸挡住了，憋闷得几乎令她窒息。人毕竟是耐不住孤独的动物，当她一个人独自苦思冥想的时候，有时她会神经质地哭起来。于是眼前这部红色的电话机,是唯一使她心灵向外延伸的道路,于是,她总是一遍又一遍拨打着"希望热线""青春热线""生命热线"的电话号码,传递着心的声音,缓解心灵的危机。

当枚枚红着脸从房间里走出来的时候,毛峰渴望一家人欢欢乐乐过周末的热情瞬间已埋葬掉了,他好像走在一片废墟上,眼前一片黄沙。他不住嘴地灌着酒,机械地往嘴里塞着菜,已经喝了半瓶多酒了,脸涨得通红,头昏昏得像是压着一个大铁盖,恍惚中看见一个影子从屋子里走了出来。他猛地站了起来,趔趄了几步把椅子撞倒了,桌子上的碗碟不安地抖动着。他转身从抽屉里拿出了一把剪刀,冲向枚枚的房间,"咔嚓"一声把电话线剪断了,大声喊道:"打——电——话——打——电——话——"骄骄马上跑上去搀扶着快要摔倒的父亲:"爸,你喝多了,快回屋休息吧!"香娘赶忙递过一杯酽酽的绿茶。

毛峰躺在床上呜呜地哭了起来,那哭声让人听了不由地想流泪。枚枚站在饭厅里,一动也不动,呆呆地,像是一个没有知觉的人,也像是一座冰雕,脸色苍白得像一张纸。

从这一天起,枚枚再没有正视过父亲,也没有说过一句话,从这一刻起,她不再像过去那样爱她的爸爸了,而且还有一点恨。

## 没有寄出的信

枚枚不止一次拿起话筒,缓缓地拨打着电话号码,随着每一个阿拉伯数字轻轻地转动,枚枚的心也一上一下地跳动,当七位数字都拨完了,枚枚既兴奋又惶惑地按下了按键,于是电话里出现了嘟嘟的忙音,她把电话抱在怀里,好像这样可以感受到他的声音、他的呼吸,两行滚热的泪水从眼角流到腮下,她把日记本打开又合上了,最后,她展开了白白的信纸,开始一页一页地写起来。

张凯：

我终于还是决定给您写信了，这似乎比再见到您或者在电话里听到您的声音，要放松和简单一些。我好像不能承受太多，可有时又渴望承受一些。唉！我很矛盾。

我不知道这一切是怎么回事，更不知道我的生活到底发生了什么。自从在那个樱花盛开的时候，在那片绿草地上，还有那个山坡，我第一次看见了您，生活一下子就和过去不一样了！反正是不一样了，我也说不清。但是有一个愿望是清楚的，那就是想对您说话，想让您真真切切地听着，了解我，懂得我。这就是我唯一的愿望。

另外，我总是回忆着您的声音，您这样对我说："孩子，我愿意帮助你。"这声音落到我心里，我真想哭。

毛枚枚<br>×年×月×日

张凯：

看，我又在给你写信了，请原谅我，我已经自然地不再称呼"您"而改为"你"了，我想你已经听到了。

我想跟你谈谈我生活的家。

我的妈妈永远很忙，忙她的工作、她的实验，在她的世界里团团转，渐渐地妈妈已经变了！她不太像妈妈了，而像一个情感单一、粗糙的女人。

不知从哪一天起，我的妈妈突然准备去美国了。她说这种选择完全为了我和弟弟的前途，不希望我和弟再过她那样的生活。妈妈拼命地学习英语，为了能在美国找一份稳定的工作。她说："我一定要搞到一张绿卡。"妈妈每次说到绿卡的神情，是兴奋而悲壮的，好像是在为一项伟大的事业去殉葬。从那一时刻起，在妈妈的美国梦里，我就感到了悲剧的色彩。

我真不明白，妈妈为什么不理解我，我需要的是爱，有爱的生活才是有阳光的天堂。在我不满十三岁,弟弟不满十一岁的时候,妈妈就只身漂泊到大洋彼岸了⋯⋯

　　妈妈认为她所做的一切牺牲都是为了爱。而我却不明白在我还不能说完全懂事的年龄,妈妈就抛弃了我们,离开了爸爸,只身去美利坚闯天下。这究竟是坚强还是冷酷?是有情还是无情?

　　美国,美国,你是什么?你是天堂还是地狱?你有如此大的魅力夺走了妈妈!

　　美国,美国,你到底是什么?

枚枚<br>×年×月×日

张凯:

　　妈妈走后,留下弟弟和我,还有爸爸。

　　爸爸经常出差,他是个粗心大意的爸爸。

　　⋯⋯我现在的生活是什么样呢?没有色彩,没有快乐。我渴望清新、自由、朴素的日子,不喜欢刻板的学校教育,即使我现在读的大学中文系也一样,死记某作家有什么著作,有什么社会影响,生在哪年,死在哪年,我始终觉得学校不可能给我更多的东西⋯⋯有时,我甚至想,为什么我不能是一个吉卜赛姑娘,那样自由奔放。我多想旅游,去看看所有的我不知道的地方,我想体验活生生的、有趣的生活。

　　如果生命就是旅行,但愿你能与我同行。我总是莫名地想着你,请你不要笑我,这是我自己不能左右的。

　　我害怕你不会真正地注意我,也许还会笑我太孩子气,缺乏一种你喜欢的东西。是的,我贫乏、渺小、平常,永远不为别人所注意。我一无所有,只有一种执着、一种渴望。现在,我的泪水滴在信纸上了,它慢慢地散开像一朵蓝色的云。

　　多想有一天,我能面对你,自然而亲切地和你聊天,那时,我不再紧张,也不再害怕,当我看着你时,就像看着一个兄长、一个亲人、一个最好的朋友。

现在,窗外的夕阳已下山了,天空堆满了绚丽的晚霞,它那么美,我真害怕它一会儿就会消失。

枚枚
×年×月×日

枚枚在集聚勇气,等待一个时刻,把一封封没有寄出的信投进绿色的信筒。

枚枚一直在等待,等待一个辉煌而痴迷的梦幻。她需要等待,她害怕等待,在纷乱的思绪中等待,在疲倦的焦虑中等待。当所有的等待都已过去,她发现了——多少个黎明,她吹不灭蜡烛,多少次凝神,她解不出答案,可她依然在等待。

可是有一天,她在报上看到一条消息:张凯在拍摄沙漠风光时,消失了,消失在沙漠中了。

一个月、两个月过去了,一年过去了,张凯始终没有再回来。

枚枚的眼神愈来愈恍惚,内心茫然地想抓住什么,她变得更加寡言少语了,心里总是响着一个声音:"他来了!他来了!"他走近了她,无言地坐在她的对面,托腮凝望着她。

枚枚坐在他们第一次相遇的山坡上,嘴里慢慢咀嚼着一根草茎。这又是一个月圆的日子,她望着天上那轮月亮,她在长长的银河里流浪着,月亮,月亮,哪里是你的归依?你的故乡?

在残月、流星、空山、荒野中,枚枚进入了一种似梦非梦的状态:她感觉自己乘坐在一艘很大很大的船上,从船舱里向外望着大海,黑茫茫的一片,只听见大海"哗——哗——哗——"凶猛的波涛声要把船吞没。枚枚抱紧手中的小提包。船突然失去了平衡,枚枚一阵阵眩晕呕吐,这时,整个船舱乱了起来。有人大叫起来："前面有灯火！前面有灯火！"载着沉重的身体，摇摇晃晃向那灯火驶去……

啊——枚枚大叫起来，整个船触礁了，船沉了下去。当枚枚在海上飘着的时候，一阵可怕的疼痛在她胸间涌来了……我要淹死了，我要淹死了……我喘不过气来了。这时，张凯向她游过来了，突然被一个波浪猛然击下去……

当夜，有几个军人巡逻，发现了一个高烧昏迷的姑娘，立即把她送进了医院。

## 又是一个月圆的日子

正当红杏出墙、柳絮纷飞的日子，毛峰来到黄山参加科普作家的笔会。

笔会是人心理的一种疏解剂和精神上的缓冲剂，因为一切都是暂时的。人们不必背着时间和利害的包袱，更谈不上责任与良心。人们欢乐一阵，吃完、喝完、玩完、乐完，笔会一结束，一声"拜拜"各奔东西，各路兔子纷纷下山奔回兔子窝了。

毛峰因发表了《论振动系的稳定性》的论文，曾引起物理界的重视，也自然成为这次笔会的重要人物之一。其中《星海周末》的记者肖毛对毛峰尤为关注。

肖毛是位三十八岁的女士，最近几年来很是走运，刚刚拿到了夜大新闻系的文凭，就找了记者这份美差。由于她专门报道企业及参加各种新闻发布会，不到一年的时间里，她明里暗里的袋里装进了十几万元人民币，然后又以黑市价兑换成美金，心里这才踏实。

肖毛过去一直为肥胖犯愁，脑瓜一转，找到一条既减肥又省钱的路子——为健美城撰写了篇吹捧的报道，现在她可以自由自在享受各种现代健美疗法，在雾气缭绕中寻找现代贵族的感觉。她果然窈窕起来了。

如今，肖毛的心里真正不如意的事只有一件——她的丈夫出国一去不归，信也写得稀稀拉拉。听回来的朋友说，她丈夫已和一个南美血统的女人同居了。前不久，丈夫果然来信离婚，信中一口一个"我的妻"：我不是不爱你，只是因为环境所迫，与这个南美女人在一起完全是为了能在美国留下来，生存与爱情比较，当然生存更实际，爱情确实已成为一件奢侈品了，求求你，我的妻，给我一条活路吧，我一定会报答你的。将来，我一定想办法把你办到美国……

开始，肖毛接受不了这个事实。她想，在国内时那么穷，可结婚是因为爱情而结合；美国那么富有，爱情反倒是消受不起的奢侈品了？这是为什么？渐渐地，她的心变得踏实了，自己安慰自己道，谁离开谁也活得了，何必在一棵树上吊死呢！于是，她凭借职业的优势，张开了与人交往的大网。

笔会的第二天，会议的安排是观看黄山日出。毛峰和肖毛安排在山上同一排的木屋里。淡黄色的小木屋是用木头和竹子制作的，颇有些童话色彩，石头铺成的甬道别有一番情趣。毛峰沿着碎石甬道散步，听着山上哗哗的风声，内心感到一种异样的清新与超脱，仿佛忘记了尘世的喧嚣和世俗的缠结。

肖毛正把照相机的镜头对准了小巧拙朴的小屋，"咔嚓"一声，满意地甩了甩及肩的头发。当她稍稍转过身子时正好与毛峰的目光相遇，她笑了，"您好，对不起，能帮我拍一张吗？"听到这声音，毛峰很快乐，伸出手去，相机刚刚拿稳，肖毛已轻快地坐在小木屋的门栏上，用手托腮做沉思状。毛峰隔着镜头仔细地读着眼前这个陌生的女人，就像一个隐蔽在草丛中的猎人。啊！看起来这个并不算年轻的女性，仍然有着旺盛的生命力，均匀的两条腿把牛仔裤绷得满满的，宽松的毛衣仍能勾勒出她丰满的胸脯……毛峰身体突然闪过一阵快感与兴奋。

照相机的快门按响了，肖毛说了声："谢谢，稍等一会儿！"旋即起身回屋披了一件红色的风衣，快步走到毛峰的面前呈上一张名片。

"您是记者，怪不得这么帅气，对不起。我没带名片。"

肖毛款款地走了几步微笑着说："像您这样的科技明星本身就是名片。"

毛峰不好意思地低下头，沉默着。肖毛望着他，竟呆住了，她被他的气质吸引了——东方男人的深沉与儒雅。

"我们随便走走，就算是一次漫步采访吧！"肖毛轻松地说。

"我……我真是没有什么可说的。"毛峰感到有些意外但很兴奋。

"我是生活版的记者，主要请您谈谈家庭、爱情、兴趣、爱好、往事等，这些都是您熟悉的，不算为难您吧，我就等着这篇专访回去领奖金呢！您应该成全我吧！"

毛峰听着这有些撒娇的语调，心里被弄得痒痒的。

他们说着走着，已经绕过了一座山。现在他们并肩坐在一块长方形的石头上，耳边响着哗哗松涛声。

"您在事业上很成功，想来一定有位贤内助了？"肖毛试探着问。

"她——她在美国。"

"她在美国？多久了？"

"好几年了。"

肖毛一下子陷入了沉思，刚才有些玩世的快感一下子消失了。她想起了自己的丈夫，那个决心要遗弃自己的男人。人的感情是多么单薄呀，只有时间、空间和现实才是强大的。她微微蹙起修描过、直飞入鬓的细眉，低下头，用鞋跟轻轻叩击着脚下的石头，发出叩叩的回响。毛峰悄悄端详着她，她并不漂亮，有些宽的鼻子周围长着细细的雀斑，两眼间已有了浅浅的鱼尾纹，一头黄得没有光泽的头发显得有些疲惫。毛峰突然对她产生了怜惜之情。

"怎么不舒服了？"

肖毛摇了摇头，没有说话。

这天晚上，他们谈了很久很久。肖毛谈到了自己的家庭、情感和苦闷，也许是相同的处境会拉近人与人之间的距离，更何况是男女之间呢？他们很快就找到了一个共同的契合点。他们手拉着手，一起钻进了弯弯曲曲的隧道。

雨不知什么时候悄悄地落下了，细细地，悄无声息。毛峰轻轻撑起一把伞，肖毛用围巾包好头发，小心地倚在毛峰的一侧。他们慢慢地踱着步子，时而谈心，时而沉默。雨中的树林，不住地发出簌簌的声响，空气中弥漫着松树的清香，青石板发出清脆的声响。肖毛看见不远的地方有一堵矮矮的断墙，她告诉毛峰，小时候她常坐在矮墙上，望着远远的蓝天沉思。毛峰愈发觉得肖毛是一个需要被人爱的女人。这天晚上没有月亮，也没有星星，天空显得格外空旷，好像在等着什么去填补。

"那——你一直这样等她吗？"肖毛小心翼翼地问。

"是啊！等——待——"毛峰拉长了声音，显得十分无奈和凄苦。

"你累了，我打一会伞吧！"

肖毛离开了伞跑到了毛峰的对面，那神情显得活泼而稚气。这时毛峰的手碰到了她的外衣，这才发现她外侧的衣服几乎完全湿了。

"啊呀，你会着凉生病的。"

毛峰把伞的一侧歪向了肖毛，用一只手搂住了肖毛的腰，肖毛趁势靠住了他的身体。两个发热的躯体愈靠愈紧。

雨夜的山路又陡又滑，肖毛一不小心站立不稳，整个身子扎进了毛峰怀抱。毛峰迅速地扔掉了伞，两只手紧紧地圈住了她。她轻轻地喘着气，另一个灼热的嘴唇已和她的嘴唇粘在一起了。他把她紧紧压在自己的胸口上，触到了她软软的、丰满的胸脯。两具燃烧的躯体任意地让雨淋着……

毛峰与肖毛很快就成为一对情人。他们频繁地交往，电话、舞会、床上的彼此需要给两人的生活增加了色彩和活力。

星期六，肖毛早早就下了班，在街上无心地闲逛着，家里没有什么让她挂心的。前不久，她喂养的一只大白猫爱称"白少爷"，被一只大黑猫"黑妞"给勾引走了，肖毛伤心了好一阵子。黑妞与白少爷也真是眉来眼去地恋爱了好一阵子。每天太阳一出来，白少爷就趴在窗子上晒太阳，仗着自己高大挺拔，态度总是骄傲的。黑妞肥嘟嘟的倒是很性感，一见到白少爷就没魂似的咪咪直叫，时常嘴里叼着一块鱼，用头把窗子顶开送到白少爷嘴里。一来二去，白少爷被黑妞感动了，同时也被黑妞的性感和野性所吸引。后来，白少爷与黑妞竟一起私奔了。

肖毛想，人与猫同理，都经不起勾引，谁对谁忠实呀！扯淡！可肖毛的心还是觉得委屈，自己对白少爷不薄念呀！猪肝、鲜鱼，从没让白少爷断过顿，还冲着白少爷的面子隔三岔五地甩给黑妞一个鸡屁股半个鸡头什么的，可怎么也拢不住白少爷的心。看来，人心猫心都难揣在自己的怀里。

现在肖毛害怕钥匙转开后，那一室的黑暗，那一层的寂静，那感觉让她浑身上下直冒凉气。

她慢慢地在街上溜达着，进一家商店出一家商店，看首饰服装，再看看各种名牌：阿迪达斯、彪马、皮尔·卡丹……上面的标价没有一个不让她胆战心惊的。

一家商店正在响着叶倩文的《潇洒走一回》，肖毛寻声走了进去，这是她最喜欢的一首歌。听到这首歌，她的内心一阵苍凉，一阵解脱。

她看着价值八百元的一件丝质睡衣，正在犹豫的时候，耳边又传来了"天地悠悠，过客匆匆"，她心里长叹一声，"啊！过客匆匆，何不潇洒走一回，又何必计较这一分一厘，死后还不是两手空空！"她终于买下了那件柔软的淡粉色的睡衣。又进了水果店，买了两斤红富士苹果，和十元一盒的鲜活带绿叶的草莓，还买了五个绍兴粽子。

回到家，她懒懒地靠在沙发上发呆。过了好一会儿，她觉得肚子饿了，便吃了一小盘白糖拌草莓和半个苹果，便有了些睡意。不知什么时候，她觉得身子发凉。她坐了起来冲了一杯咖啡，精神好了一些。她把那件刚买来的真丝睡衣穿在身上，对着镜子来回展示着自己的各种姿态。她用手摸着柔柔的细细的隆起的胸部、臀部，隔着丝绸皮肤触摸起来更软更舒服了。她的身体掠过一阵热浪，然后迅速地把衣服脱掉，一头钻进了卫生间，温热的水珠洒在她的身上。她周身有了一种温热的感觉。她轻轻地唱着："我想有个家……"她不用肥皂也不用浴巾，只是站着仰起脸让水珠任意在她身上抚摸着，戏弄着。她把手臂伸起,让无数个水珠聚成一条柔柔的水流。浴室的蒸汽让她透不过气来,她关上了热水器,用大浴巾把自己裹了起来,躺在床上。

夜里,肖毛发起烧来,身子沉沉的,嗓子干得像是在冒烟。她急于想倒一杯水,但是没有力气,挣扎了好一会儿,终于摸着了电话:"我……我……我……要死了!"

电话铃声一响,枚枚本能的反应就是妈妈来的电话。她像接到命令的军人一样快速拿起了听筒,当她听到了一个陌生女人的声音时,枚枚以为是一个打错的电话,正想放下话筒时,却传来了毛峰的声音:"毛毛,你病了?我就去,我就去。"爸爸的声音既焦急又亲昵。枚枚拿着话筒的手慢慢地滑落了,好像一下子被电击毁了。她失去了感觉,空、空、空,一切都是空的。她僵直地瞪着窗外的月亮,月亮是苍白的,好像在哭。

这时,她心中的家,已经毁了!她变成了一个流浪儿。过去,她觉得家就像一只船,爸爸和妈妈一起向前划着,在海上漂流,她和弟弟坐在船上看阳光、看海鸟、看天空。虽然小船在海上不断地颠簸,可它是坚实的,扬起风帆在海上前进。可现在这象征着家的小船已断裂了,海水涌进了船舱,不久就会把它吞没,她有一种被溺死的恐惧。

肖毛病愈后,身体仍十分虚弱,愈发需要身边有一个男人。自从那个夜晚,毛峰在急诊室守了她一个通宵以后,肖毛便认定毛峰是一个可靠可亲的人。

毛峰也有了肖毛家的钥匙,经常熟门熟路地进进出出。

许久以来,肖毛第一次感到肉体和心灵的润泽与甜适,恢复了一个女性的自信与需要。毛峰紧张僵板的身体,许久以来第一次感到了松弛。这个性感的有几分野味的女人,狂野地迎接着毛峰的每一次冲击。这是毛峰与妻子不曾有过的兴奋,不曾有过的刺激与快乐。

毛峰的手在肖毛的肌肤上恣肆地游移着,从山峰到草丛到峡谷……他突然有了要寻找另外一个女人的感觉,他在寻找妻子剖腹产时留下的一道疤痕。每当他触到它时，手总是轻柔地来回抚摸着，温柔地把妻子抱在怀里，用舌头舔着妻子的耳朵轻轻地说："我的爱，你为我们的孩子受苦了，以后我不让你受一点委屈，我永远爱你……"他的手在肖毛的腹部探寻着，探寻着……猛然间，他的手从她滑腻的皮肤上滑了下来，他的身子离开了肖毛。窗外的月光冷冷地照了进来，今天又是一个月圆的日子。

毛峰坐了起来，肖毛斜靠在他身上。毛峰的一只手拿着香烟，另一只手机械地抚摸着肖毛臂上的肌肤。

"怎么了？是不是不舒服了？"肖毛问。

毛峰摇了摇头。

"我知道你想她了。"肖毛离开了他的怀抱，用两只手抱紧自己的两腿，下颌紧贴在膝盖上。

毛峰沉默着，那沉默中有肯定，有无奈，也有悲哀。

肖毛走下床，倒了一杯葡萄酒，放了两块冰，靠在沙发上。她把一盒磁带放进录音机，音量拧到低得只能勉强听见，依然是那首《潇洒走一回》："天地悠悠，过客匆匆，潮起又潮落，恩恩怨怨，生死白头，几人能看透，红尘呀滚滚，痴痴呀情深，聚散终有时……"

屋子里是黑的，两个人面对面地坐着，只听见叶倩文的一声声苍凉的歌声……

"你想她了，我知道，等她回来我把你还给她。你多攒点钱给她买些丝绸的衣服，她一定喜欢，在美国丝绸是很贵的。"

"你——"毛峰一下子哽噎了。

"我也想他，只要他回来，只要他回来，我什么都能原谅。"肖毛的眼泪流了出来。

"如果他能回来，我真替你高兴。我绝不再打扰你了，他在外面一定想吃你做的菜了。"

"他最喜欢吃麻婆豆腐，雪里蕻炒肉丝再放一点红辣椒。他还喜欢吃白菜包子，我都会做。"

沉默了好一阵子，猛然间，他们又抱在一起哭了。他们的哭声和叶倩文的歌声融在一起。

毛峰像往常一样回到家，一迈进家门他最喜欢听到的就是炒菜声、炸带鱼的声音、炒黄酱的声音，还有家人的说话声，甚至是吵架声。

今天，家里死气沉沉的，他顿时就很扫兴。前不久医院诊断他有冠状动脉供血不足，男性更年期综合征，现在他又打心眼里起急心烦了。他在门厅里转了一圈，推开了香娘的门——没人，唉！又去搓麻将了。骄骄的屋子里也是空空的，兴许又去踢球或到外面野去了。

他凝视着枚枚的房间，门开了一条缝，他向前推开了门，愣住了——只见枚枚靠在沙发上，拉着窗帘，嘴唇涂得红红的，一个人正在闭着眼睛吸烟。毛峰惊呆了，然后脑子里"轰"地一下像爆炸了一样。他扑向枚枚，把她手里的烟抢了过来，一折两段愤怒地踩在脚底下："你——你一个女孩子家不学好，像个小流氓！"

枚枚不以为然地甩动着马尾头："别以为你的事我不知道，深更半夜跑到一个女人家——"

"你——你——"也许因为这太意外了，毛峰的脸色发青，嘴唇直哆嗦。恍惚中，用力拽住了在他眼前晃动的咋咋呼呼的马尾头。枚枚急促地向前挣脱着，由于用力过猛竟撞倒在墙上。毛峰的手里攥了一绺乌黑的头发，这才后悔自己的失态。

枚枚背冲着毛峰，坐在地上，既不哭也不动，用一种近乎绝望的声音说："出去，这是我的房间。"

枚枚一天一夜不吃不喝。毛峰望着手里那绺女儿的头发，好像从头发根处正淌着血。他的手好像被电击了一样，失去了感觉，自责痛苦充塞了他，但一切都已经晚了。毛峰一想到女儿是在没有妈妈的环境下长大的，心就开始绞痛得难以自持。

毛峰终于鼓足了勇气走进了女儿的房间，打开了灯。枚枚蜷缩在被子里一动也不动，毛峰把椅子拉到床前慢慢地坐下了，长长叹了一口气："枚枚，请原谅爸爸吧，爸爸也是人，爸爸心里也苦，有好多事你还小，你不明白。爸爸今天做得不对，看在爸爸对你二十多年的心血上，请原谅我一次吧！爸爸是爱你的，爱这个家。"说着，毛峰哭了起来，这是枚枚第一次见到爸爸哭。

枚枚也在被窝里哭了起来，她怕哭出声，用力咬着枕巾。

窗外的月亮是圆的，她寻寻觅觅地飘在空空的云里……

## 冰冷的月光

枚枚大学毕业了，在一家公司任秘书。

……你永远的朋友……"咔咔咔"空了三行，再找上一条横线——毛光伟。

"铃——铃——"电话铃声响起，枚枚赶忙把信纸从打字机里抽出来，又推机架，椅子转个四十五度角，面对满桌的纸张、本子、信件，伸手向左推了推桌上琳琅满目的材料，摸索着拿听筒："是曹总办公室。"枚枚的声音有些疲倦。

"您是新来的那位秘书小姐吧？"

会有谁来找我呢？枚枚猜疑着，轻轻说："我就是，请问您是哪位？"

"我是于荣，你忘记了，我是——"

枚枚终于想起来了，是上星期来谈生意的那位颇有实力的客户："想起来了，您是于先生。曹总不在，有事我可以代转。"

对方沉默了一会儿。

"是不是对敝公司的产品有兴趣？"枚枚问。

"不，不，我对小姐您本人有兴趣，晚上可以一起用餐吗？"

"对不起，我没兴趣，没时间！""咣当"一声电话挂上了。

把电话挂掉，她精神有些恍惚，把抽屉打开，随手拿起化妆盒，端详着镜中的自己：脸色苍白，眼皮有些发青。她伏在桌上，平静一下自己的情绪。

"铃——铃——铃——"电话急切地命令式地在屋里尖锐地响着。

"喂，我是曹总，你亲自去饭店定一下桌次，一定要亲自，提醒森田先生下午四点的会谈在五洲大酒店，把报告送去，再打电话给旧金山确定飞机班次。另外，把要我签字的文件准备好。怎么？你的情绪不够好，记住，晚上吃饭时一定要笑，笑得愈甜我们的谈判愈有希望。"

枚枚接到总经理一系列的命令，心里被压得沉沉的，嘴里还不停地说"是、是、是"，放下话筒，她才松了一口气。她环顾一下室内，面临着周遭的一切，生活一下子变得陌生和令人厌烦。

喝杯咖啡，先让自己打精神，她鼓励着自己。

总经理和枚枚观看完国际服装表演，然后请枚枚去咖啡厅，选了一个幽静的雅座。今天，总经理显得特别谦和，笑着做了一个"请"的手势，露出一口白白的整齐的牙齿。枚枚说了声"谢谢"，就像一个局促的学生。她把头转向楼下望着假山下流出的清清的小溪流，心里有些疑惑不解：总经理今天怎么有点特别？服务小姐送来了咖啡、甜点、水果。总经理用一种审视的目光望着枚枚，然后带着几分狡黠的口气问："枚枚小姐，你知道我要和你谈些什么吗？"枚枚摇了摇头，用勺机械地搅动着咖啡。

"枚枚小姐，我是个直性人，生活本身就够累了，咱们谈话就不要弯弯绕绕了。我看得出，你工作很努力，但你不适合做女秘书，至少不适于我。女秘书既是我的助手又是我的情人。并不是我强迫她，强迫的事没滋没味，而要她自觉自愿，可你却不懂得这个道理。我绝不愿意伤害你。我是一个壮年男子，我有我的需要。我有一个不错的家庭，但那是不够的。可有两种女人我却不惹，一种是雏儿，就是处女；另一种是有夫之妇。你显然不是后者，我想你不会否认你是前者吧？"

枚枚的脸涨得红红的，勺不停地在杯子里搅动着，有几滴咖啡溅到她手上。她又握起一杯冰水，手微微地颤抖着，发出"丁零当啷"的响声。枚枚猛然饮了一口冰水，眼睛里湿湿的，朦胧看不清东西。她始终没有说出一句话，一句话也说不出，牙齿紧紧地咬住了嘴唇，咬得嘴唇上都是齿痕。

"枚枚小姐，你明天去财务科结账，这是我给你的一千元奖金，还有这个名片你拿去，上面有我朋友的地址和电话，如果你愿意，可以到他那里去应试。"

枚枚的嘴嚅动了一下，然后扭过头抬起身，毅然地走了。

服务小姐好奇地注视着这位含泪跑出的少女，她们在猜测发生了什么。

枚枚茫然地走在大街上，心里冷飕飕的，脑子里是空的，泪水不住地在眼眶中打转。她深深地吸了一口气，努力抑制着，不让泪水滚下来。枚枚突然失去了方向感，感到自己是一个没有家、没有亲人的流浪儿，一个被遗弃的孩子，孤零零地裹在人流里。

"这不是我的世界，我该回到书本里，回到幻想里去。"她想。

她走到了玉渊潭，这是一处僻静的所在。她租了一条船，想在湖面上一个人静静地漂流。

湖上很静，只有三三两两的船。她划到了湖心，便收起了桨，头枕着书包，斜卧在船上，任船自由漂流。她望着天，天是蓝色的，无边无际的蓝，她感到自己凄凉地立在宇宙之中。

枚枚枕着轻轻的水声，仔细想着今天所发生的事，这一切是真的吗？总经理、情人、去结账……总经理的要求明明是不道德的，可他为什么说得那样坦然，分明像是得到了社会的认可。

生活？生活？社会？社会？你到底是什么？这就是实实在在的社会吗？为

什么从来没有人对我讲过？她想。

这是枚枚走向社会的第一节课，她懵懂了。她突然觉得社会是个可怕的陷阱。她恐惧了。

她像山坡上的一朵小花，纯朴自然。她应该属于田野和山谷，而不能属于霓虹灯和酒吧。

太阳渐渐偏向西方，几抹晚霞从水的那一面升到了空中，水被染成淡淡的粉红色。

黄昏来了，没有雾。

船依然在水中漂着，枚枚执着地望着天空，她在等待什么？云终于托着月亮缓缓地出来了。这不是个月圆的日子，一弯上弦月斜斜地挂在天上，冷冷地不说话，半天只见眼泪从月亮的脸上滑落到枚枚的嘴唇里。这时，远处传来了悠长的喊声："收船了——"

夜来了，落雾了，沉沉的，沉沉的。

第一次求职失败后，枚枚每天把自己关在屋子里，好像是一只受伤的小羊，怕别人看见自己的伤口。

她躲在房子里听音乐、看书，用布缝了一个丑娃娃，取名叫"丑妞"。她把屋子打扫干净，白色的窗帘垂到地面，白色的床罩展得平平的，桌子上摆着一个白色的花瓶，里面插着一束干花。她希望日子能够这样平静地过下去，可是，每当吃饭的时候，奶奶故意拉长了声音："大小姐，吃饭了！"枚枚听到这声音，好像一根又长又粗的针在刺自己的心。她擦了擦眼泪，奶奶又大叫了起来："饭还要端到你口上吗？"

枚枚走到饭桌前，端起饭碗，咽喉好像被什么堵住了。奶奶说："工作不好找，慢慢再说，趁年轻先找个男人吧！工作可以等，可年龄不等人，年轻是本钱，过了岁数就不值钱了！"

枚枚觉得自己每天都是在乞讨和寄人篱下中生活，她忍受不了这样的日子，决心还是找一份能养活自己的工作。

枚枚第二次求职找到了当导游的差事，有时接机，有时陪团，觉得生活充实了许多。

有一天中午，导游组长和枚枚带着一群外国人来到了一家古寺庙旁边的饭店。

枚枚随着导游组长坐到雅座上，一位服务小姐把一个信封递给了导游组长，那神情让人感到好像在递一双筷子，熟练而平常。导游组长随便地摸了摸，然后若无其事地装进了腰包。一会儿，服务小姐呈上了西瓜汁、椰汁，导游组长一招手："快上菜，今天溜溜跑了一天了，太累！"服务小姐连声应着。一会儿，清蒸河鳗、葱姜炒蟹、蒜泥西兰花、鱼香茄子煲、枸杞乳鸽汤……摆满了一桌。

导游组长对枚枚说，学着点，今后哪家饭店招待得好，给的好处费多，就往哪家拉客人。

"那店又给咱们好处费，又给咱们好吃的，不就太亏了吗？"枚枚不解地问。

"饭店吃什么亏，咱们是饭店的衣食父母，没咱们把老外往这拉，他们还不就等着喝西北风么？现在搞的是市场经济，你还嫩点。"

"我刚才看见外国人喝的是汽水，吃的是麻婆豆腐、冬瓜汤……"

"嘿！那还用你说！老外的酒水只有一块钱的标准，好吃好喝的都在咱们这呢！你好好干，慢慢地把北京的名菜馆都尝遍。"说着，从信封里掏出了一百元："分你点，你今天也够累的，以后咱们互相照应，我在外面还有一份兼职。另外，我给你讲讲干这一行的道行，别到时候犯傻。咱们这一行是专吃票提成的。比如，去爱犬乐园门票二十元一张，导游提十元。带老外去珠宝商店，不能见门就进，只有咱们规定的几家，去之前一定先向老外介绍珠宝店历史文化背景，要特别强调该店的货是地道的中国货，价钱合理。另要按官方的调剂价把老外的美金换成人民币、兑换券，再按黑市价倒出去，这都有一条龙的系统工作程序。记住，珠宝店的提成是百分之四十，我不在时，也得按比例给我。"

"我……我听着觉得心里不踏实，不明白。"

"你要想踏实就去受穷，挨人宰吧，这年月能离开'钱'这个字吗！没听人说吗，'为非作歹金腰带，修桥补路无尸骸'，更何况咱们也是风里雨里卖力气挣的！"

有一天，枚枚拿着饭店给的回扣钱，想来想去，还是还给了值班经理。经理是位五十岁左右的妇女，她拍拍枚枚的肩膀："你刚刚参加工作吧，这钱，你要是不收就等于砸我们的饭碗。你太年轻，许多事你不懂。大家套在一个关系链里了，脱环就得死。我看你小，像我的孩子一样，才对你掏心窝的。别人怎么着，你就怎么着吧，你太吝啬了，别人也容不下你。"

值班经理的一席话，使枚枚的脑子里乱成了一团麻，心里沉沉的。

有天旅游团外出，导游组长把枚枚叫到山上，气势汹汹地问："要不是看你是个女的，我真想抽你。来过那么多导游，从来就没见过你这么一头蒜！"

"我怎么了？"

"你怎么了？我问你，昨天你去局里把钱交给谁了？"

"这是我的事，我又没说别人。"

"这就等于在毁我，幸亏我根深，局里有托。"

"我没毁你，我只是觉得那钱拿得不干净，我才不愿意要的。"

"你要干净，一边干净去，明天你就光着屁股去精神病医院吧！我这儿不要你！"

枚枚好像踩着云走了，脑子里是空的，空得可以飘起，整个身子在下沉，一点一点地下沉……

## 牙买加灯火

骄骄把家里的整个墙上，挂上了一幅大白布。白布上画了一艘大大的轮船，船顶是红色的，上面插着美国的星条旗。骄骄很得意自己的创作。

今天晚上，骄骄要在这里举行派对。

房间里沸沸扬扬，伙伴们一起把床拆了扔了出去，沿墙摆了一溜沙发、椅子。激光唱机响着约翰·丹佛的《阳光洒在我肩上》。屋子里挤满了骄骄的男女同学，相互勾肩搭背。桌上摊着各种礼品，八音盒、京剧脸谱、彩剪纸、旅游鞋……一个穿着迷你裙的女孩子跑过来在骄骄的脸上亲了一口，便把一束鲜花插在一个大花瓶里。骄骄穿着花格短裤，身着一件印着网球拍的文化衫。他身高一米八五，周身洋溢着虎虎生气，一步一弹地背着手跑了进来，然后"突"地一只手高高举起一个小簿本："猜！这是什么，这是美利坚合众国的签证！"男女青年们都"哗"地扑了过去，张着一对对亮晶晶的青春的眼睛，死死盯着"美利坚合众国驻中国大使馆"的印章，他们脸上、身上都沁出了汗珠。这一瞬间，他们好像看到了人间极乐的圣品。十九岁的骄骄，自打从美国大使馆领到签证以后，心里就飘飘忽忽，走起路来能弹得老高，浑身上下煽动着青春的狂热和无羁。从那一刻起，他便觉得自己是克林顿的臣民了。

骄骄举起酒瓶："看，人头马！"他依次把桌上的酒杯斟满。那个穿迷你裙的女孩把切好的柠檬一片一片地放在酒杯里，然后又加上冰块。桌子上摆着一盘一盘的水果沙拉、火腿、烤牛肉、蘸鱼、炸土豆片，还有荔枝和樱桃……

年轻人喝着酒大声说："味道好极了！""洋酒就是地道！"一个小伙子举起酒杯："祝贺毛骄一脚就踢开了美利坚的大门！""对，因为毛骄穿的是耐克鞋！"

"还是耐克鞋有劲。"

"不，是毛骄的脚有劲。"

"别废话，咱们举起酒杯一块儿干了！"

一阵响亮的碰杯声还伴着欢呼。

不知什么时候，有人把那块白布剪了一个洞，洞里插上了美国的国花——郁金香。骄骄望着郁金香得意地笑了起来。他的背后是蓝色的大轮船扬起红色的帆，星条旗在风中飘扬。镁光灯一闪，骄骄被摄入了镜头。

"别走，再跟我来一张。"一位穿着皮尔·卡丹西装的小伙子搂住了毛骄。

"该我了！"

"还有我！"

"别忘了我！"

一张又一张的合影在空气中旋转着。

骄骄被一群青年男女围在中央，他容光焕发就像刚刚露出海面的朝阳。命运把幸福、机会、彩球过早地抛向了他。

骄骄能在十九岁的年华就顺利地登上美国的土地，他是青年人眼中的明星。

屋子里充满了喧闹和叫声，青年人面对着开往美国的大轮船、星条旗和面前这个实实在在的拿着美国签证的骄骄，情绪亢奋。毛骄微笑着拿着酒杯在同学中穿来穿去，不停地碰杯，不停地祝福，颇有些绅士派头，尽管看上去有些滑稽。

"毛骄，你到美国准备学什么？"

"我准备考哈佛大学，将来搞国际金融。"骄骄的口气有一种不容置疑的自信。

"听说在美国读大学学费挺贵，你妈妈有那么多钱供你上大学吗？"

"我可以申请奖学金，再争取银行贷款。"

"你姐姐为什么不去,你捷足先登了?"

"当然应该是我,从培养前途上看,我保险系数大。"

"唉!叫你姐姐过来玩一玩。"

骄骄摆了摆手:"她是个怪人,平常都很少和我讲话,何况今天有这么多生人。"

"你将来在美国成了富翁想做点什么?"

"我想拥有最豪华的一切,享受一切。"

"现在,我们一无所有。"

"对,过去的人,他们喜欢玩精神的,一觉醒来发现自己是个衣衫褴褛的穷光蛋,可我们现在一无精神、二无财产,不就是一无所有吗?"

"请骄骄来一个告别演唱吧!"

"唱什么?"

"一块红布。"

"好,请稍等一会儿。"骄骄转身出去了,一会儿,他手里摇着一块红布:"来,给我把脸蒙起来。"

骄骄一边摇动着身子,一边大声吼着。

青年人有的拍手,有的全身关节像脱了臼,有的大幅度地扭动起来。大家唱得撕心裂肺,有的在哭,在吼。蒙在骄骄眼睛上的那块红布已经湿透了。

骄骄房间喧闹的狂欢的电流,不停地叩击着枚枚的房间。她躲在自己的小屋里,愈发感到自己的孤单和无助。她望着窗外的夜空,自己好像是一只孤雁在冬夜里盘旋,不知哪里是栖身的地方。

她真想大哭一场,骄骄的世界那么热闹,他有那么多的朋友,有鲜花、有欢笑、有歌声,他可以去美国读书,可自己已被美国大使馆拒签三次了。那个美国人隔着防弹玻璃,只看了她一眼:"你过了探亲年龄!"把申请表扔了出来,就这样打发了她。她明白美国人的意思是说她有移民倾向。看,美国人那副样子，真是傲慢极了。

枚枚翻开了《青年参考》："万圣惊魂"——发生在依阿华大学的惨剧：一名枪手射杀四人，重伤两人后饮弹自尽。连凶手带受害者，中美两国天体物理学界瞬间失去五名高级研究人才。枪手是一名来自中国的留学生。他的名字叫卢刚，通过李政道主持的中美物理学交流计划考试。卢刚二十二岁，于北京大学毕业后即以交换学生身份赴美攻读博士学位……

枚枚双手颤动着拿着那张报纸，一种突发的迷惘沉重地困抚着她。在他们这一代人身上有着严重的崇美情绪，觉得美国是世界的天堂、人间的乐园。枚枚的脑子里盘旋着卢刚举枪杀死五个人恐怖的惨状……她在想，弟弟，你到了美国，如果成功了，你会杀人吗？如果不成功，你会被人杀吗？

此时，她的心里充满了一种被欺骗的恐惧，为什么妈妈、弟弟，还有许许多多的人，都宁愿抛弃一切而去投奔美国呢？！美国，美国，美国，你究竟是什么？

枚枚突然感到很冷，打开了一瓶葡萄酒对着瓶口喝了一口，仰着头望着天花板，好像在寻找什么。她想起了蓝青。枚枚总会在这样的时候想起蓝青，她拨通了蓝青的电话：

"喂，是蓝青阿姨吗？我是枚枚，我想向您请教一个问题。您读过《万圣惊魂》吗？为什么一个能获得美国大学博士学位的中国青年又成了杀人凶手，自己又饮弹身亡了？"

"卢刚进入了一种精神的误区，科学是个金字塔，塔身必须有一个坚实的支撑点。"

"蓝青阿姨，为什么现在那么多人都喜欢往美国跑？到不了美国跑到其他欧洲国家也高兴，一个个都像逃难似的跑了，你为什么不往外跑？"

"这原因就复杂了。不过，你即使获得了绿卡也是个二等公民。美国人是很歧视黄种人的，一个国家、一个民族要想有尊严就得自己成全自己。至于我，因为是靠卖文为生的，自然离不开我熟悉的生活和语言，否则创作就失去了依托。能到外面玩一玩看一看，就比如到别人家做客串门，不能看人家富，房子大，就赖在那里不想走，甚至改换了人家的姓。"

"我就想不通，卢刚到了美国，又获得了博士学位，不就等于到了天堂吗？为什么会发生杀人和自杀的悲剧？"

"我对卢刚其人其事不甚了解，不过，我想如果他有深厚的中国文化的根和东方哲学的充盈，就会有较强的疏解能力，会有一种包容的力量。卢刚成了凶手，最后又饮弹身亡，这是一种极端的行为。他虽然获得了美国的博士学位，精神上却陷入了地狱，他又丧失了调整自己的能力。东方哲学强调人要解脱，中国的道家强调人的超越与复归，超越就是超越物欲，复归就是过一种自然的人生，与大自然合一。佛家认为不解脱即不忘实我，对我的执着使自己处在一种不自由的状态，自己不能摆脱自己的束缚。如果能够对宇宙本质有深刻的认识，按照它的意识去生活，人就是自由的。比如一个老农，尽管他没有读过什么书，但他懂得生命之道，他就是自由幸福的人。一个人是不是生活在天堂，不在于他获得了什么学位，生活在什么国家，赚了多少钱，而在于他的内心是不是感到舒服和随意。昨天，我和一个拉板车的老工人聊天。我问他：'你退休了，为什么不在家享享清福，还在外面风风雨雨地受累？'他拍了拍胸膛：'这见天的活动就是兜风，看看外面花花绿绿的世界，一天变一个戏法，心里不闷得慌，晚上回来买点爱吃的菜、肉、糖往板车上一扔，乐哈哈地回家，把糖果往桌上一撒，看着孙子孙女们一抢而光，图的是个乐子。活动了一天，吃得香睡得好，身子骨也硬朗。吃完饭，在门口大柳树底下沏壶茶，躺在竹椅上，拿把扇子，小风飕飕地吹，嘿，这日子像不像神仙？'看，这位老工人的心里多自在呀！"

"哦——好像明白了您的意思，不过，我还要想一想。"

奶奶悄悄地推开枚枚的房门，先是一条缝，然后开大了，皱了一下眉头：

# 牙买加灯火

"又在捣什么鬼，神经兮兮的，你是姐姐，弟弟要走了，你应该过去和弟弟一起玩，怎么这样没有人味呀！"

枚枚蜷缩在一角。这时，她才真正意识到弟弟真的就要走了，要离开自己了。她的心一下子紧缩了，泪水悄悄地淌了下来。她回忆着小时候和弟弟在一起的情景，心里感到一阵阵的温暖，又夹杂着惜别与悲凉。

从什么时候起，两个人就渐渐疏远了？好像是妈妈去了美国以后。齐星让枚枚来美国探亲，怕她过了探亲年龄（二十一岁）美国大使馆不给签证。骄骄表现得很蛮横，他一定要先办。等他出国以后，枚枚再办，理由是妈妈赚的钱只够培养一个人，而他认为自己当然比枚枚有培养前途，有去美国的价值。再有，如果他上了大学，国家规定毕业以后要等五年才有出国的可能，那就太晚了！

枚枚把出国的机会让给骄骄，可她的心却被骄骄深深地伤害了。美国阻断了她与妈妈的亲情，也破坏了她与弟弟的感情，和爸爸也变得疏远了。美国！美国！你是什么？如果你不是天堂，为什么那么多人抛家舍业扑向你？如果你不是地狱，又为什么把一个好端端的家分得妻离子散，撕裂得肝肠欲断？这时，在枚枚的眼前，闪现着雾海中的牙买加岛屿。她想起了电视剧《牙买加旅店》，眼前闪现着那个恐怖的牙买加的灯火：

当时，墨西哥湾是一条通往欧洲的航路，那里有洋流，船行走得很顺利，但是那里有珊瑚礁，离水面一米，宽三十至四十米，长七十至八十米。当然，人是看不见的，这样就有许多船在这里触礁沉没。当时规定，沉船财产归船主，所以没有人救援，也没有人打捞。后来又规定，凡是在船甲板沉入海底三分之二时，谁打捞了，财产就归谁所有。这样就有许多海盗，他们在雾海茫茫中，高举着燃烧的灯火，寻引着一艘又一艘航船撞击在礁石上，然后把金银财宝抢劫一空，并杀死任何一个可能活着的人。

美国你是什么？你是什么？你就是黑暗中的牙买加灯火吗？

在黑暗中，枚枚看见骄骄兴奋地在船上向她招手："再——见——姐——姐——"枚枚泪流满面地扑了过去："不——要——靠——近——灯——火——"

枚枚身不由己地冲进了骄骄房间。骄骄和他的朋友们正在昏暗的烛光中摇摇晃晃地跳着贴面舞，屋子里回荡着《大西洋的波涛》的乐曲。

枚枚看见墙壁上那艘大轮船，还有随风飘舞的星条旗。烛光中，那白布一闪一闪地好像是一片茫茫的大海，星条旗闪着红光，好像是睁大的魔鬼的眼睛。

骄骄站在星条旗下，烟蒂红光一闪一闪地。他叫了声："姐，你——"枚枚跑向前，流着泪抱住了骄骄。

"弟弟，你不要走，不要走，那是鬼火！是鬼火！"

骄骄疑惑不解地推开了枚枚："你——你怎么了？"

枚枚又一次泪流满面地扑向弟弟。

"弟弟，弟弟，不要走，不要走，在这里和我相依为命吧，到了美国你会被人杀的！"

"美国不好，你说哪好？你两次求职失败，一次是老板让你当情人，一次是头头儿让你赚黑心钱。妈妈在国内每月工资九十七元，可在美国每月赚三千美金，相当于人民币两万，在美国干一个月够你在国内干一辈子的。"

枚枚紧紧地抓住弟弟的手，好像一松开，她的生命就失去了依托。她嘴唇哆嗦着，流淌着泪。

突然，弟弟用力把手甩开，冷冷地说："姐姐，咱们都过了十八岁，都是独立的个体，我们各奔前程吧！"

枚枚突然大叫起来："没有，没有，我没有亲人，没有净土，我什么都没有。"

这时，枚枚走向那波光闪闪的大海，扑向那闪光的鬼火。她高高举起了摇

曳着火光的蜡烛,自己好像站在茫茫的大海上,大声喊叫:

"不要靠近那灯光,下面有暗礁!"

不知什么时候,那大海——白布燃烧起来了,沙发着火了,窗帘在闪着红光。

"不好了,不好了,着火了!着火了……"

消防队员拿着管子向屋子里猛冲着水,有人拿着脸盆向屋里泼水,屋子里成了河……

屋子倾斜了,好像受了一场劫难,所有的人都像经历了一场大病,丧失了元气。刚才的欢乐与生命力的挥洒,都已消耗殆尽,听到的只有呻吟。

枚枚蹲在角落里,蓬散着头发,手里攥着一根折断的蜡烛,木然地望着天花板。

## 尾　声

一位中年妇女望着茫茫无垠的江水,大声呼叫着:

"枚枚,你在哪?"

"枚枚,你在哪?"

她一步一步地寻找着,一步一步地呼叫,摔倒了,又蹒跚着走向前方。朔风扑面而来,四周寒雾弥漫。在黑夜中,她依着拐杖,佝偻地向前走着。伴随她的是无数个冰冷无望的日子,她碰到人便向人打听询问……

沉沉的江水灰蒙蒙的。泊在江上的船,随着暗涌的浪头起起伏伏。冷然间,船上的汽笛鸣叫一下,仿佛从水上面飘散开了。她听了便激灵一下,好像听到了女儿的呼叫声。她赶忙向船上招手,告诉在石板渡口上洗衣服的妇女,她的女儿就在船上。

她从贴心口的衬衣兜里,又掏出了那封信:

齐星：

　　希望你尽快回来！

　　枚枚来过我这，说是一个人要沿着长江散步。据我观察，她精神上有些异常。她不仅需要心理治疗，尤其需要你的爱。

　　望你速归！

蓝青<br>×年×月×日

这封已浸透泪水的信，在风中低吟着……

她沿着江畔，把信举起，嘶哑地呼叫着：

"枚枚，妈妈回来了！"

"妈妈回来了！"

"回来了……"

声音飘在江上，被风吹散了，没有一点痕迹。

原载于《特区文学》（1994.2）

# 后 记

本着对爱妻申力雯的深切怀念,现将她的所有文字收集整理,汇集出版"申力雯文集"一套四本,以示我对她的纪念。

逝者已矣,生者当如斯。

夫 王国栋
2017年3月